I0831243

TEA
BOOKS

Published worldwide in English by Boldwood Books Ltd
Translation rights arranged through Plima d.o.o.
and The Agency srl di Vicki Satlow

Naslov originala
Kate Frost
One Greek Summer

Za izdavača
Tea Jovanović
Nenad Mladenović

Glavni i odgovorni urednik
Tea Jovanović

Lektura / Korektura
Agencija Tekstogradnja / Agencija TEA BOOKS

Prelom
Agencija TEA BOOKS

Dizajn korica / Crteži za korice
Lexie Sims / Shutterstock

Izdavač
TEA BOOKS d.o.o.
Por. Spasića i Mašere 94
11134 Beograd
Tel. 069 4001965
info@teabooks.rs
www.teabooks.rs

ISBN 978-86-6142-160-0

Kejt Frost

JEDNO GRČKO LETO

Sa engleskog preveo
Aleksandar Petrović

Posvećeno mami.
Hvala ti za beskrajnu podršku i što si uvek bila tu za mene.
I sećanju na tatu.
Toliko mi je drago što si znao da je knjiga s Boldvudom moguća.
Snovi se zaista ostvaruju.

1.

NEDELJA PRVA – ZAVRŠNA NEDELJA PRETPRODUKCIJE

Pogled na šumovito ostrvo i blistavo plavo more bio je zamagljen od znoja koji je Harlou kapao u oči. Obrisala je lice maramicom istovremeno proklinjući neuobičajen toplotni talas i paniku koja je rasla dok se trajekt polako približavao Skopelosu. Borova šuma prekrivala je brda iza grada Skopelosa, naseobine belih kuća s krovovima crvenkastim od rđe i egejski plavim prozorima. Luka je blistala na suncu, dok su jarboli jedrilica kloparali ispred prepunih kafića i barova.

Harlou je uzdahnula, ugurala vlažnu maramicu u džep uskih farmerki i spustila naočare za sunce preko očiju. Čeznula je da siđe s prepunog trajekta i zaroni u kristalno čisto more pre nego što sedne ispred kafića i baci se na jedan od onih ukusnih frapea o kojima je maštala, ali doputovala je poslom, a zbog kašnjenja leta iz Engleske propustila je presedanje u Atini i već je zadocnila.

Bila je sredina juna, ali zbog vedrog plavog neba, nesnosne vrućina i vreve na lučkom šetalištu uz obalu činilo se kao da je sredina avgusta. Čim se trajekt zaustavio, Harlou je podigla ranac na leđa i vukući kofer za sobom pratila reku ljudi u šortsevima i majicama. Nije imala vremena da istraži grad, a kako je popodnevna vrućina postajala sve jača, sledeća najbolja stvar posle plivanja u moru i sledstvenog osvežavajućeg frapea bio je klimatizovani hotel.

Gužva ljudi s trajekta rasula se po gradu ili se usmerila ka nanizanim taksijima koji su ih čekali. Harlou je taman stigla na vreme da uhvati poslednji. Bradati grčki vozač ugasio je cigaretu i otvorio prtljažnik dok mu se Harlou približavala.

– *Yasas* – rekao je, uzimajući joj kofer.

– Zdravo.

– Kuda idete?

– Hotel *Ajrini*, molim vas.

– Kod plaže Fegari? – Zalupio je prtljažnik uz tresak.

Unapred je u *Gugl mape* na telefonu unela gde se nalazi hotel, pa je dodatno proverila i klimnula glavom. Poslednje što je želela bilo je da taksistu pogrešno uputi i još više zakasni.

Harlou je skinula ranac i skliznula na zadnje sedište. Motor je radio, a na radiju je svirala vesela grčka muzika. Klima-uređaj je takođe bio uključen, blaženo olakšanje od zagušljive vrućine.

Vozač je stišao muziku i odvezao se od pristaništa, probijajući se uskim ulicama prepunim ljudi.

– Došli ste na odmor? – upitao ju je dok su napuštali grad i njegove građevine okrečene u belo i nastavljali krivudavim putem u senci drveća.

– Ne, radim.

– Ah, ovde ste zbog filma, zar ne?

– Da.

– Da pogodim, glumica.

Harlou je skrenula pogled s prozora i uhvatila vozačev kez u retrovizoru.

– Ne. Samo sam pomoćnica menadžera lokacije. Nimalo glamurozno.

– Ličite na onu glumicu, ah, kako se zove... Kristen Stjuart, tako je. Miljenica moje ćerke.

Harlou se okrenula ka prozoru. Verovatno je mislio kako joj time laska, ali ta pretpostavka ju je, kao i uvek, samo živcirala. Zagledala se u svoj odraz u staklu. Obasjana sunčevom svetlošću, kratka kosa joj je izgledala tamnija, a minđuša na nosu se zasjajila.

Zagledala se u daljinu. Uspeli su se od mora i krenuli ka unutrašnjosti, a pejzaž je proletao pored njih poput zelenih mrlja. Borova šuma je prekrivala brda sa obe strane puta, i uprkos brzini, Harlou je osetila mir koji se spuštao. Bućkanje u stomaku dok se trajekt približavao ostrvu nestalo je istog časa zahvaljujući zelenilu i miru koji su je okruživali.

– Veoma smo ponosni što je naše ostrvo opet izabrano za film – nastavio je taksista, remeteći joj mir. – *Mamma Mia!* je Skopelosu doneo dosta posla. Mnogo turista. Veoma nam se svidelo. Na kojem filmu radite?

– Zove se *Jedno grčko leto*, i romkom je u pitanju. – Primetila je da se namrštio. – Romantična komedija, zamislite *Mamma Mia!*, ali s više seksa i manje pevanja.

– Ah – reče on uz smeh. – Mojoj supruzi bi se dopao, a možda i meni.

Harlou je nastavila da posmatra krajolik, ali se osmehnula. Za ostrvo ove veličine, mora da je ogroman uspeh što se još jedan veliki film tu snima.

Tokom preostalog dela puta vozač ju je pustio da uživa u miru. Šuma se naposletku proredila, otvarajući im pogled na plavo more pred njima. Zaokrenuli su i sunce je sijalo kroz prozor.

– Jel' uvek ovako vruće? – upitala je Harlou dok su skretali na parkiralište hotela *Ajrini*.

– Ne baš ovako rano. Još dan-dva i biće normalno sve do avgusta, onda kreće žega. – Zaustavio se na mestu iza bele zgrade po čijem su zidu bile raspršene purpurne bugenvilije i ružičaste ruže puzavice.

Harlou je izašla iz taksija i dočekali su je udar vreline i piskutava pesma cvrčaka. Bila je tu i ukusna naznaka soli u vazduhu, pomešana sa slatkastim mirisom ruža. Stavila je ranac preko ramena.

Taksista je izvukao kofer iz prtljažnika i dala mu je dvadeset evra.

– Hvala vam – rekla je, mahnuvši mu. Pošla je ka popločanoj stazi u senci masline.

U hotelu pored recepcije bilo je prijatno hladno. Nasmejana preplanula žena crne kose vezane u rep dočekala ju je sa osmehom. – *Yasas.* Dobro došli u hotel *Ajrini*.

– Zdravo – rekla je Harlou, naslanjajući se na hladnu mermernu površinu recepcije. – Zakasnila sam – zvala sam vas unapred jer je trebalo da stignem i prijavim se sinoć. Ja sam s filmskom ekipom.

– Aha, u redu, vi ste Harlou Sands?

– Da, to sam ja.

Žena je unela podatke i pogledala u ekran. Pružila je Harlou ključ-karticu. – Vi ste u *Vili Egej*, soba broj šest.

– Hvala vam.

– Naći ću nekog da vas odvede tamo.

Visok mršav momak, naizgled ne stariji od šesnaest godina, pozvan je na recepciju. Uzeo je kofer od Harlou i ona ga je sledila u užarenu popodnevnu vrelinu.

Više od desetak belih vilâ bilo je razbacano duž blagog nagiba brda. Izgrađene su s dovoljnim razmakom kako bi i one udaljenije delimično gledale na plažu i more. Krenuli su popločanom stazom koja je vijugala kroz uređene vrtove ispunjene maslinama i limunovima, ružama i lavandom.

Vila Egej je bila udaljena od plaže. Ušli su u predvorje i popeli se dva sprata uza stepenice. Harlou je otvorila vrata sobe broj šest. Momak je ostavio kofer unutra i ona mu je pružila nekoliko evra.

Skinula je ranac, izula patike i zatabanala po hladnim pločicama. Otvorila je vrata pristojno velike terase. Gledala je prema bazenu i stazama koje su presecale uređene vrtove i granale se prema drugim vilama. Soba je imala bledosive zidove, belu posteljinu, a živost su unosile boje na slikama i cveće na toaletnom stočiću.

Složila je jastuke i svalila se na krevet. Iz tog položaja videla je preko terase komadić plavog neba i još plavljeg mora. Nakon naizgled beskrajnog putovanja, konačno je bila ovde. U najboljem slučaju, imala je tri ili četiri sata dok se ekipa ne vrati. Treba da raspakuje stvari i napokon se istušira, ali prvo mora da pozove mamu.

Uzdahnula je i izvukla telefon iz zadnjeg džepa farmerki. Gde bi mama mogla da bude sad? Harlou je pogledala na sat: 15.00. Radi, uvek radi. Kao producent visokobudžetnog filma koji se šest nedelja snima na lokaciji, radila je bez prestanka. To je bila završna nedelja pretprodukcije. Ako je zauzeta, jednostavno se neće javiti. Pustila je telefon da zvoni.

– Harlou?

– Hej, mama, stigla sam.

– Harlou?

– Da li me čuješ?

– Nešto buše – vikala je nadglasavajući buku u pozadini. – A testiramo i mašinu za vetar, hvala bogu, pošto je danas toliko vrelo da ćemo se živi skuvati. Samo što je prokleto bučna. Pomeriću se malo.

Čulo se pucketanje i tišina, zatim ćaskanje u pozadini.

– Napokon si stigla – rekla je mama Mejv, a glas joj je odjednom postao kristalno jasan.

– Nisam kriva što je let bio odložen.

– Nisam ni rekla da jesi.

– U svakom slučaju, u hotelu sam.

– I dalje ne razumem zašto nećeš da budeš kod mene.

– Mama, dobro znaš zašto.

– U vili imam privatni bazen, bioskopsku salu i spoljni bar – progunđala je Mejv.

– Blago tebi, ali ni ekipa ne odseda u nekoj bednoj rupi. – Harlou je pogledala oko sebe, po prostranoj sobi. – Ovo mesto je raskošno. Biće mi dobro ovde.

– Pa dobro, ako promeniš mišljenje...

– Neću.

– Ako ti tako kažeš. Moram da se vratim, ali kasnije ćemo večerati zajedno.

– A u međuvremenu...?

– Radi šta god želiš. Pocrni malo. Treba da se javiš Tajleru kad se vrati. Vidimo se kasnije. – Veza se prekinula.

Harlou je opet uzdahnula. Panika koju je osećala na trajektu dok se približavala ostrvu ponovo ju je obuzela. Ne samo što je zakasnila da stigne na Skopelos i propustila prvi radni dan nego će se naposletku prvo sresti s dve osobe za koje se najviše sekirala kako će provoditi vreme zajedno.

Duboko je udahnula, ostavila telefon na noćnom stočiću i naterala se da ustane iz kreveta. Nakon što se izmigoljila iz uskih farmerki koje kao da su joj se istopile na nogama, istuširala se i obukla kratku suknju i majicu. Uzela je ledenohladan *tango* s limunom iz mini-bara, svoj primerak scenarija za *Jedno grčko leto* i izašla na terasu da ga pročita do kraja.

Predveče, malo-pomalo, ekipa je pristizala u hotel. Svi su naporno radili kako bi snimanje počelo na vreme. Trebalo bi da ovu nedelju iskoristi što je bolje moguće, pošto će kad snimanje počne njen dan biti najduži. Pored frizera, šminkera i pomoćnika produkcije, ona će stizati prva i odlaziti poslednja. Za razliku od majke radoholičarke, koja kao da cveta pod pritiskom i neobično voli dugačke dane s malo sna, Harlou se nije radovala tom delu posla.

Nije prepoznala nikoga i, kako nije spazila Tajlera, odlučila je da zanemari ono što joj je mama rekla. Osim ako ne naleti na njega, jednostavno će sačekati do sutra kada će ionako raditi zajedno.

Mejv je oko pola devet poslala vozača po Harlou. Želudac joj se bunio dok su jurili sumornim putevima prema Glosi, gradiću na padini gde je Mejv radila veći deo dana. Sunce se topilo na horizontu, bojeći more obiljem ružičastih i narandžastih preliva. Harlou se odmorila nekoliko sati i uspela da izbegne susret s Tajlerom. Iako je razmišljala o tome kako će proteći veče s mamom, jedva je čekala da večera.

Vozač ju je dovezao do restorana *Lefko* na brdu. Konobar ju je sproveo pored stolova s plavim stolnjacima za kojima su gosti jeli i pili, a svetlost sveća im je treperila na osunčanim licima. Izašli su na prostranu terasu s pogledom na zaliv. Harlou je mogla samo da zamisli kako to sve izgleda preko dana. Sunce je nestalo i nastupila je tama. Svetiljke i sveće osvetljavale su prostor, a vinova loza se uvijala oko velike drvene pergole.

Mejv je sedela za stolom na ivici terase. Jednom rukom je sipala vino, a drugom držala mobilni telefon na uhu. Preplanula, kratke kose ofarbane u plavo i s velikim alkama koje su joj dodirivale vrat. Nosila je haljinu sa živopisnim životinjskim printom, kratkih napuštenih rukava koji su joj lepo isticali ramena.

Konobar je izvukao stolicu dok je Harlou prilazila stolu. Mejv ju je pogledala i osmehnula joj se, izgovarajući usnama *izvini* dok je njena ćerka sedala.

Harlou je odmahnula rukom na izvinjenje, već navikla na to. Konobar joj je iz bokala na stolu natočio čašu crnog vina i udaljio se uz klimanje glave. Harlou je uzela čašu i otpila gutljaj, očekujući blago crno vino, ali se umesto toga iznenadila jer je bilo rashlađeno i ukusno slatko.

Restoran je bio krcat. U pozadini su se čuli različiti jezici, a Harlou bi uhvatila pokoju reč na engleskom i grčkom. Mama je volela takvu vrstu restorana: popularan i na dobrom mestu. Verovatno skup. Nije mogla osporiti prelep položaj na brdu s pogledom na Egejsko more obasjano mesečinom.

Mejv je bila najglasnija, nešto u vezi s logistikom sutrašnjeg postavljanja scenografije tokom toplotnog talasa. Veče je bilo sparno bez trunke vetra. Noćna vrelina kao da je bila još neprijatnija pošto je zalazak sunca trebalo da donese malo olakšanja.

Mejv je završila razgovor i tresnula mobilni na sto. – Sto godina se nismo videle, Harlou – reče smeškajući se. Pokazala je prema čaši koju je Harlou držala. – Poluslatko crno vino. Savršeno pitko.

– Da – reče Harlou, otpivši gutljaj. – Ali ne viđamo se jer veći deo godine provodiš u Los Anđelesu. Nije te baš lako nahvatati.

– Zato ti stalno govorim da se preseliš tamo. U Americi bih mogla da ti obezbedim mnogo više posla nego kod kuće.

– Ne želim da mi bilo šta obezbeđuješ – uzdahnu Harlou. Uvek je tako, majka pokušava da je usmeri kuda ona želi.

– Hoćeš da kažeš kako nisi želela da ti nađem ovaj posao? – Mejv se zavalila u stolici sa čašom u jednoj ruci, dok je drugu spustila na grudi. Napućila je usne kako to čini kad je uznemirena.

– Nisi mi baš ostavila mnogo izbora.

– Džo je slomio nogu deset dana pre početka snimanja – mislim, da je u pitanju bilo koji drugi posao pronašli bismo neko rešenje, ali sve lokacije su nepristupačne, a kamoli sa štakama. Nije mogao da vozi. Morali smo brzo da mu nađemo zamenu i izabrala sam tebe.

– Jel' se Tajler nešto pitao?

– Bila si slobodna, Harlou. Budi zahvalna. Celu godinu si krpila kraj s krajem radeći bog sveti zna šta.

– Odvojila sam malo vremena za sebe, to je sve.

– To i dalje ne objašnjava zašto si, za ime sveta, napustila obećavajuću karijeru rediteljke kako bi postala pomoćnik menadžera lokacije. – Očigledna ogorčenost prožimala je njene reči.

Harlou se ugrizla za usnu i zurila u noć.

– Sem toga, zašto te je briga šta Tajler misli? – uzdahnu Mejv.

Harlou se okrenula i slegnula ramenima. Mama se inače slabo zanimala za njen lični život. Pokušaj da njoj objasni zbog čega joj je neugodno da radi s Tajlerom, s kojim ima dug i zapetljan odnos, zaista nije nešto čime je htela da se bakće.

Spasao ju je konobar koji se vratio s poslužavnikom. Stavio je nekoliko manjih jela na sto između njih dve.

– Bila sam slobodna da naručim za obe – rekla je Mejv dok je konobar odlazio.

Naravno da jesi, pomisli Harlou, ali svejedno ju je pratila, uzimajući pomalo od svakog jela: salatu od cvekle i avokada, pečeni feta sir, piletinu s limunom i origanom, hobotnicu u crnom vinu, grilovani patlidžan s belim lukom i maslinovim uljem, i veliku činiju grčke salate. Mejv je zabola viljušku u komad piletine. – O čemu smo razgovarale?

– O Tajleru i poslu pomoćnice.

– Tajler radi za mene. Dobar je. Uostalom, poznaješ ga. – Mobilni joj je zavibrirao i podigla ga je, pritiskajući dugme za odgovor i dalje gledajući u Harlou. – Sigurna sam kako će mu biti drago da provede vreme s tobom. Halo, Dene. Šta se dešava?

Harlou je promuljala salatu od cvekle i avokada po tanjiru dok je Mejv slušala šta joj Den govori. Sigurno nijednom nije ručala s mamom a da ona barem jedanput nije razgovarala telefonom, svakako ne otkako je odrasla, a verovatno ni kada je bila tinejdžerka. Porodični obroci dok je bila dete obično su značili da tokom sedmice otac i ona jedu sami, a povremeno bi sve troje na okupu jeli nedeljom, najčešće u gostionici. Doduše, to ne bi dugo potrajalo jer bi mama često brzo otišla, pravdajući se poslom.

Razgovori su im bili površni. Mama je obično bila razočarana zbog nečega, uglavnom zbog njenog odabira karijere ili jer je nema. Međutim, mama zapravo skoro ništa nije znala o njoj, što je pokazala njena opaska o Tajleru.

Sada je Mejv govorila, nabrajajući zadatke koje Den treba da reši. Harlou ju je ćutke posmatrala žvaćući ukusan zalogaj piletine, obilno začinjene limunom, što se savršeno uklapalo u okruženje.

– Izvini zbog ovoga. – Mejv je vratila telefon na sto. – Kako ti je otac?

– Bajno, mama.

– Nemoj biti drska sa mnom – coknula je Mejv.

– Zašto ga ne pozoveš?

– Znaš da ne mogu.

– Zašto? Razvedeni ste već dvadeset godina. Srećna si, i on je srećan. Oboje živite kako ste želeli – samo ne jedno s drugim. Bio bi presrećan kad bi ga pozvala.

– Možda bi bio, ali šta bi ona pomislila?

– Džina bi pomislila kako se napokon ponašaš kao odrasla osoba i normalno razgovaraš s bivšim mužem, umesto preko svoje kćerke.

– Stvarno se tako osećaš? Smeta ti što pitam kako ti je otac?

Harlou je odmahnula glavom i otpila gutljaj vina. – Ne, usrećuje me što iskreno hoćeš da znaš kako je.

– Stalo mi je do njega, uvek je bilo tako. Želela sam da ga vidim srećnog nakon što... pa, znaš već.

– Nakon što si mu slomila srce.

Mejv je otpuhnula i pogledala ka bleštavim svetlima Glose koja su krasila padinu brda.

Harlou je odlučila da promeni temu. – Gde je glavna lokacija?

– Nedaleko odavde. Ići ćeš sutra tamo s Tajlerom, a onda će on da te upozna s grčkim asistentima. Navikao je da radi sa Džoom – sarađivali su na nekoliko skorašnjih projekata. Moraćeš brzo da uhvatiš korak. Ako se dobro pokažeš na ovom snimanju, sledeći put ne moraš da budeš samo asistentkinja. – Mejv ju je oštro pogledala preko stola osvetljenog svećama. – Šta god da radiš, Harlou, nemoj da razočaraš mene, a ni sebe.

2.

Harlou se smestila na beli zidić koji je okruživao parkiralište. U osam ujutru nije bilo toliko vruće, ali glava joj je bila teška, bunila se zbog previše vina i premalo sna. Nakon večere s mamom vratila se u sobu, istuširala na brzinu i naga se sručila u krevet. Ujutru se probudila naježena, ležeći na čaršavima dok je klima-uređaj radio punom parom.

Tajler joj je poslao poruku da se u osam sati nađu na hotelskom parkiralištu, pa je poranila, s namerom da sve od početka teče glatko. Svakim delom svoga bića želela je da dokaže majci kako je sposobna da radi ovaj posao. Duboko je uzdahnula i zagledala se dalje od asfalta prema drveću koje je prekrivalo padinu brda, zelena oaza koja ju je mamila da obuje planinarske čizme i krene u istraživanje.

– Kasniš samo jedan dan. – Tajlerov povišen glas poremetio je tišinu jutra dok je prolazio pored nje idući ka bronzanom pežou.

– Zdravo i tebi. – Harlou je ustala i prišla mu.

Iako ga nije videla nekoliko godina, bio joj je dobro poznat, svetlosmeđa kosa, pegice još izraženije na suncu, i nekoliko novih tetovaža po rukama. Pogled na njega vratio ju je u pozne tinejdžerske i rane dvadesete godine, u vreme kada su oboje bili puni stvaralačkog naboja i optimizma. Barem je ona bila.

Pogledao ju je preko krova automobila, naočare za sunce skrivale su mu plave oči. – Znam da ti je let kasnio. Ne brini zbog toga. Sranja se dešavaju.

Malo se opustila. Nije znala kako će on to prihvatiti, pošto je bio primoran da sarađuje s njom, ali barem je izgledalo da će biti opušten i profesionalan. Ipak su ovde zbog posla.

– Žao mi je što je Džo slomio nogu.

– Da, mučenik. Okliznuo se na ivicu bazena i uspeo da polomi nogu. Bio je očajan. I ja isto. Dobro sarađujemo. – Otvorio je vozačka vrata. – Hajde da krenemo. Danas treba mnogo toga da ti pokažem.

Harlou je stavila naočare za sunce i skliznula na suvozačko sedište.

Tajler je upalio motor i izvezao kola na put. – Ove nedelje ćeš voziti do lokacija i pripremićeš raspored kretanja, tako da možeš koristiti ovaj automobil kad mi nije potreban.

Išli su istim putem kojim ju je taksista dovezao prethodne večeri, osim što se preko dana pogled protezao i iza drveća. Svetlucavo Egejsko more pružalo se u beskraj, a ostrvo Skijatos krilo se u dalekoj izmaglici.

– Baza ekipe smeštena je na zemljištu pored hotela. – Tajler je nagazio gas duž ravnog dela puta. – Većina plaža na kojima ćemo snimati, kao što su Panormos i Kastani, blizu je, ali tu je i glavna lokacija dalje uz obalu u blizini Glose, gde završavamo renoviranje postojeće vile za unutrašnje kadrove. Takođe, postoji još jedna lokacija za neke spoljašnje kadrove u maslinjacima na brdima. Lokaciju koju smo planirali da koristimo izgubili smo u poslednji čas, što je bio pravi košmar. Džo je pronašao ovo novo mesto i dogovarao se s vlasnikom – ti ćeš to nastaviti, ali ako ti je mrsko da tako nešto preuzmeš na sebe, reci mi odmah kako bih se pozabavio time.

– Ne, u redu je, mogu to da uradim. Ima li nešto posebno što treba da znam?

– Seljak je pomalo mrgud i slabo govori engleski, pa možemo da pozovemo Dimitrija, grčkog asistenta, da pregovara o uslovima, ali osim toga trebalo bi da bude u redu. Samo treba da potpiše ugovor što je pre moguće. Sigurno možeš to da obaviš?

– Naravno da mogu. – Nije bila oduševljena mišlju da se bavi nekim ko će joj zadavati glavobolju, ali nije nameravala to da prizna Tajleru. Morala je da dokaže svima, uključujući i sebe, kako može ovo da uradi. Mama je to već rekla.

Jutro su proveli na lokaciji blizu Glose, gde se oko prostrane vile upravo završavala izgradnja drvene terase s pogledom od kojeg zastaje dah. Tajler je Harlou podrobno opisao sve lokacije i ostavio je da se upozna sa ostrvom dok je on telefonirao.

Na mnogo načina je bilo teško priključiti se ekipi neposredno pre početka snimanja i zauzeti mesto nekoga ko je bio toliko upućen u posao i bio dugogodišnji blizak Tajlerov saradnik, ali Harlou je bila odlučna da to iskoristi na najbolji mogući način.

Vratili su se u hotel malo posle ručka i Tajler je pokazao Harlou bazu ekipe na zemljištu pored hotela. Kancelarije produkcije i garderobe za zvezde filma – kada nisu bile u raskošnim vilama duž obale – smeštane su u zgradi koja pripada hotelu, dok su stolovi i stolice postavljeni pod hlad drveća koje je okruživalo sasušenu travu. Veliki šator ispunjavao je preostali prostor i u njemu su bili klimatizovani sektori za friziranje i šminkanje, svlačionice i prostori za rad, kao i oblasti za odmor i ručavanje.

Dan je brzo proleteo i briga zbog saradnje s Tajlerom polako je jenjavala kako su se usklađivali u gotovo ugodnom ritmu, daleko manje neprijatnom nego što je očekivala. I tako je, kada je Tajler na kraju dana predložio da nešto pojedu, pristala.

Mama je bila u pravu u vezi s jednom stvari: Tajler i ona su se zaista poznavali. Sve je počelo još otkako su se sreli u londonskoj školi *Met Film* i postali veoma bliski. U trideset prvoj godini, bili su daleko zreliji nego kada su se prvi put sreli, sa osamnaest. Naravno da je dobra saradnja moguća, neće biti stalno slepljeni jedno za drugo, kao što je današnji dan pokazao. Tajler je očekivao da bude preduzimljiva, a svakodnevno će imati mnoštvo dužnosti i zadataka. Biće sve u redu.

Lakog koraka i ispunjena nadom da će ovaj neočekivani posao biti dobar za nju, Harlou je pratila Tajlera do bara na rubu plaže. Bili su na pravoj strani ostrva kako bi videli zalazak sunca. Ono je već bilo nisko i preko horizonta bacalo srebrno-ljubičasti odsjaj.

Tajler ju je upoznao s nekoliko pomoćnika produkcije s kojima će raditi, i s prvim i drugim asistentom režisera, Džimom i Denom, koji su za šankom ispijali čašice uza.

– Drago nam je što si deo tima. – Džim se rukovao s njom uz topao osmeh. – Svi smo zahvalni što si uspela da ostaviš sve i priskočiš nam u pomoć.

Kad bi samo znali, pomislila je Harlou. U ovakvim trenucima bila je srećna što se ne preziva kao majka. Ljudi bi uvek *odreagovali* kada shvate čija je ćerka – a da ne pominje pravi razlog zašto je ovde. Htela je da bude deo ekipe i da je prihvate, a ne da budu na oprezu ili joj se ulizuju zbog njenih veza.

Harlou i Tajler su seli za sto na rubu plaže. Jeli su sočan svinjski suvlaki, savršeno pečen na žaru, serviran s pomfritom i osvežavajućom *horta* salatom od divljeg spanaća, koprive i maslačka, prelivenu maslinovim uljem i limunom, zalivajući sve *mitos* pivom.

Sunce je nestalo u moru i sve je prekrila tama. Teško se disalo od vrućine, vazduh je bio bez daška vetra, oblaci su prekrili mesec i zvezde. Bar je bio obasjan svetiljkama, a svetlo se presipalo i na šljunkovitu plažicu. Opušteno su pričali, ali Harlou je primetila kako izbegavaju određene teme, usredsređujući razgovor na snimanje, Skopelos i hranu.

Restoran se polako punio, pristiglo je dosta članova ekipe, ali je bilo i turista pošto je mesto otvoreno za sve. Kako se stvarala gužva, Harlou i Tajler su prešli za šank i naručili piće.

Harlou je promešala džin-tonik. Tajler se laktovima oslonio na glatki drveni šank i pogledao preko terase. Posmatrala ga je. Bio je poznat, toliko da je bolelo. Mnogo puta su sedeli i uz piće se jadali jedno drugom.

– Znaš, zaista je lepo videti te opet – rekla je nakon nekog vremena.

Tajler je podigao obrvu. – Zaista? To je pravo iznenađenje, s obzirom na to da sam te poslednje dve godine zvao i slao ti poruke, a ti nisi odgovarala.

– Dešavalo mi se mnogo toga.

– Proseravanje. Oboje smo bili zauzeti, ali to nas ranije nije sprečavalo da budemo u kontaktu.

Harlou nije znala šta da kaže. Očigledno je zaboravio koliko ju je povredio pre dve godine. Nakon prijatno provedene večeri i ukusne hrane u ugodnom okruženju, nije htela sve da uništi tako što će biti otvorena i iskrena u vezi sa svojim osećanjima.

– Pomišljao sam kako te nikad više neću videti. – Tajler je pogledao prema njoj, sa ozbiljnim izrazom lica. – Ali ovde si samo zbog... – Protresao je glavom i skrenuo pogled. – Nije važno.

– Zbog čega?

– Nebitno. – Neko vreme je pijuckao pivo i izbegavao da je pogleda u oči.

– Pričaj sa mnom, Tajlere. Odužiće nam se snimanje ako nismo u stanju da budemo iskreni jedno prema drugom. – Bila je svesna ironije onog što je rekla, kad samo trenutak pre toga nije mogla da se natera i kaže mu istinu.

Okrenuo se ka njoj na barskoj stolici i prešao rukom preko čekinjaste brade. – Hteo sam da kažem kako je jedini razlog zbog kojeg si ovde to što je tvoja mama povukla veze.

Kao da ju je ošamario rečima. – A ti imaš problem s tim zato što...?

– Ona je producentkinja, a ti si joj ćerka.

Harlou je želela da ostane smirena, ali pogodio ju je pravo u živac. – Zašto se onda njoj ne požališ zbog toga? – Odmahnula je glavom i podigla ruke. – Oh da, jer nemaš petlju.

– Ne bih se začudio da me otpusti kako bi ti preuzela moj posao. Nisam baš blesav da se njoj zameram, ali istovremeno ne mislim kako je toliko glupa da tebe stavi na čelo, ne na projektu koji vodi i od kojeg mnogo toga zavisi.

Harlou se suzdržala da bilo šta kaže, znajući da će zažaliti. Ako bi to učinila, zagorčao bi joj život tokom snimanja. A sve je išlo tako dobro, dok mu alkohol nije razvezao jezik, a zajednički provedeno veče nije uzburkalo duhove prošlosti. Trebalo je da zna kako će se ovo desiti. Bilo je detinjasto od nje što je pomislila kako će narednih nekoliko nedelja moći blisko da sarađuju a da se zajednička prošlost ne umeša. Bilo je dovoljno loše što ju je mama primorala da prihvati posao – posao za koji je znala kako bi mnogi zgrabili priliku da ga dobiju – ali Tajler joj je bio nadređeni...

Ljupko se nasmešila. – Još bolje je što si ti odgovoran za sve i tvoja glava će pasti ako nešto krene po zlu.

– Volela bi to, zar ne?

– Ne bih. – Harlou se namrštila. – Zašto si to pomislio? Jako dugo se poznajemo... Nekad smo bili dobri prijatelji.

– Najbolje smo se slagali kad zapravo nismo pričali... – Podigao je obrvu i uputio joj znalački pogled.

Zadrhtale su joj nozdrve. Uvek se svodilo na to. – Tvrdoglav si, to je problem. Voliš da započinješ svađe sa mnom.

– Lako se pecaš.

– Možda zato što me dovoljno dobro poznaješ i znaš koje dugmiće da pritisneš.

– Ponekad pomislim kako te uopšte ne poznajem. – Pijuckao je piće i pažljivo ju je posmatrao. – Mislim, zašto ti dođavola radiš kao asistent menadžera lokacija? Zar ne bi trebalo već da budeš rediteljka? Zar to nije ono što mama želi za tebe?

– Praviš budalu od sebe.

Slegnuo je ramenima.

Četrnaest sati provedenih zajedno i ovakav završetak. Trebalo je to da pretpostavi. Dan je bio previše dobar da bi bio istinit. Ponadala se kako će naredne nedelje proteći u skladu. Nije trebalo da piju večeras. Kao da su opet bili dvadesetjednogodišnjaci, ali obrvani teretom zamršene prošlosti koja je sve zamutila. Bilo bi joj bolje da je večerala s majkom.

Harlou je spustila gotovo praznu čašu džin-tonika nazad na šank. – Najluđe je to što ne bi pomislio da ovako nešto kažeš pred njom.

– Naravno da ne bih. Neću da reskiram karijeru kako bih uništio njenu dragocenu ćerku.

– Teško je poverovati da smo se nekad slagali. Stvarno smo se voleli, ako se sećaš. Šta sam ti ja to dođavola uradila?

Tajler se lažno zakašljao u šaku. – Nepotizam.

Harlou je zaškrgutala zubima. Približila mu se toliko da je osećala njegov losion posle brijanja, isti onaj koji je koristio još kao student. – Misliš da mi je bilo lako zbog toga što mi je ona mama? Nemaš ti pojma.

– Imam. – Gledao ju je u oči. – Znaš da imam.

Harlou je odmakla pogled, iskapila preostali džin i skliznula sa stolice. – Kasno je, umorna sam, a ti si pijan.

– To nije pošteno – imam dobar cug.

– U tom slučaju, nemaš izgovor zašto se ponašaš kao toliki kreten.

– Shvataš li da sam ti šef...

– Idem na spavanje. – Podigla je torbu s poda, prošla bar i izašla na terasu. Mesečina je posula srebrni sjaj po moru. Prozraci svetlosti su se širili iz sobâ, a svetiljke su oivičavale staze. Harlou se pribrala i od bara na obali uputila se tamo gde je po njenom mišljenju bila *Vila Egej*. Sve vile su izgledale isto, posebno noću i posle previše pića. Voda u blistavoplavim bazenima je svetlucala, obeležavajući uređene prostore između belih zgrada. Spazila je znak za vilu i krenula u tom pravcu.

Na stazi iza nje začuli su se koraci.

– Trebalo je da kažem kako ću te ispratiti do vile. – Tajler ju je sustigao kad je stigla do ulaznih vrata.

Harlou se okrenula. – Mora da se šališ? I ti si u ovoj vili?

Oči su mu se sijale kao da mu je situacija smešna, što je nju iživciralo do bola.

– Nemoj da se ljutiš na mene. – Prošao je pored nje i otvorio vrata. – Priseti se kako nije trebalo da mi ti budeš pomoćnica. Ne bi bilo problema da radim sa Džoom.

Harlou je odbila da se upeca i krenula za njim, srce joj je tonulo dok su se peli na drugi sprat i kada je izvukao ključ – karticu iz džepa. Zaustavio se ispred vrata susedne sobe.

– Hoćeš da mi se pridružiš? – Otvorio je vrata svoje sobe i namignuo joj. – U ime starih dobrih vremena i svega toga...

– Idi dođavola, Tajlere. – Harlou je prošla pored njega i u torbi potražila ključ-karticu.

– Kako želiš. – Nestao je u sobi i zatvorio vrata.

Harlou se suzdržala da ne zalupi vrata za sobom. Stajala je u mraku sobe i stiskala pesnice. Bila je na rajskom ostrvu, imala posao iz snova, a evo njih dvoje se ponovo poigravaju osećanjima – pa, bar je Tajler to radio. Neće dozvoliti da se istorija ponovi. Ipak, pogodilo ju je kada je pomenuo kako je već trebalo da bude rediteljka. Nije bila iznenađena što je zbunjen zbog njenog nazadovanja u karijeri i time što počinje iz početka, od pomoćnice menadžera lokacija. Znala je kako njena mama to takođe ne razume, ali postojali su razlozi koje nije bila voljna da podeli ni sa jednim od njih dvoje.

3.

Odjeknuo je grom. Harlou se trže iz sna. Činilo joj se kao da soba podrhtava od udara. Ostavila je podignute roletne na vratima terase, a kiša je pljuštala po balkonu. Krupne kapi prskale su po stolu i stolicama. Srebrnobeli blesak osvetlio je sobu, a u stopu ga je pratilo još jedno tutnjanje groma.

Harlou je podvukla ruke pod jastuk, očajnički želeći da ponovo zaspi. Izgubila je pojam o vremenu, ali bilo je kasno kada su se Tajler i ona vratili iz bara. Zamislila ga je kako leži u susednoj sobi, takođe se trudeći da opet utone u san. Glava joj je bubnjala, a srce tuklo. Bila je ljuta na sebe što je previše popila, što je dozvolila da se opusti s Tajlerom, što se dovela u situaciju da se bakće s njim, mamom i nesigurnostima.

Oluja se naposletku smirila, a Harlou je u sedam sati probudio zvuk alarma. Isključila ga je i dobauljala do kupatila. Stala je pod tuš i pustila najjači mlaz. Izronila je iz pare, sušeći kosu peškirom. Osećala se bolje.

Zavijena u peškir, otvorila je vrata balkona i stala na prelazu između hladnog vazduha sobe i blage spoljašnje vrućine. Bilo je teško poverovati kako je sinoć besnela oluja. Kiša je isparila sa svakog mesta do kojeg je sunce doprlo, a nebo je bilo bledoplavo i vedro. Tajler je sedeo na balkonu, u šortsu i majici. Bose noge je podigao na sto i skrolovao po mobilnom telefonu. Pogledi su im se sreli. Okrenula je glavu i ušla da se obuče.

– Dobro jutro.

Harlou je podigla pogled sa činije s voćem i grčkim jogurtom kad je Tajler skliznuo na stolicu nasuprot njoj.

– Dobro jutro – reče Harlou opušteno, pitajući se hoće li spomenuti sinoćnji razgovor.

On je zevao i trljao oči, izgledajući jednako umorno kao što se ona osećala.

– Sinoć je bila baš jaka oluja. – Zagrizao je zalogaj tosta. – Danas se barem lakše diše, pročistio se vazduh i sve to. Dobar dan da razradiš rute do lokacija – ja ću ostati ovde, pa možeš uzeti automobil.

Znači, to je bilo to. Zaboraviće prethodno veče i bataliće ono što su rekli. Verovatno je tako najbolje. Nadala se da je sada izbacio sve iz sebe i da će možda moći da nastave i ponašaju se kao odrasli, profesionalno i emocionalno. Laknulo joj je što ga veći deo dana neće videti, i bila je skoro ubeđena da i on oseća isto.

Nakon doručka, Harlou se spustila do bara na plaži. Rasprostrla je mapu preko stola i proučavala je. Konobar joj je doneo frape. Sedela je nekoliko trenutaka s hladnim pićem u ruci i gledala polukružni zaliv i more koje se presijavalo. Pijuckala je hladnu, slatku kafu. To je bilo prvo što je htela da uradi po dolasku na Skopelos.

Nekoliko ljudi je već opušteno ležalo na ležaljkama pod suncobranima. Harlou je pomislila kako bi bilo divno da leži u hladu i sluša šum talasa, ali morala je da radi. Otpila je još jedan gutljaj i usredsredila se na mapu. Tajler je označio mesta snimanja, a jedan od grčkih pomoćnika za lokacije označio je rute. Trebalo je da ih danas sve obiđe i ubeleži puteve u mape, tako da ekipa i glumci imaju kratke i jasne smernice kad počne snimanje. Unela je poštanske brojeve u *Gugl mape* na mobilnom telefonu. Radovala se što će dan provesti sama, vozikajući se ostrvom i možda usput otkriti skrivene lepote.

Do plaže Panormos se stizalo peške od baze, pa je Harlou dovršila frape, presavila mapu, stavila je u torbu i nevoljno napustila bar na plaži. Sinoćnja oluja okončala je toplotni talas. Iako je i dalje bilo vruće, više nije bilo tako sparno. Prijalo joj je da hoda uskom peščanom stazom koja je vodila od hotelskog dvorišta i nestajala pod gustim borovima raspoređenim po rubu zaliva. U hladovini, borove iglice su prekrivale tlo, a svež slatkast miris smole ispunjavao je vazduh.

Izbila je pored hotela, odakle je videla finu šljunkovitu plažu koja se protezala do još jednog brda obraslog borovima na suprotnoj strani zaliva. Do nje se iz baze lako stiže peške, ali ne ako je u pitanju ekipa koja tegli opremu, pa je trebalo i do tamo da se odveze.

Ovaj deo posla je najviše volela, da bude na odredištu i radi sama. Ovo je bez sumnje bila izuzetna lokacija i podsetila se zbog čega je ovde.

Tvoja mama je povukla veze. Progonile su je Tajlerove reči od prethodne noći.

Harlou je stisnula šake i krenula preko plaže, s namerom da prvo pronađe mesto gde će se ekipa parkirati pre nego što pređe na sledeću lokaciju sa spiska.

Maslinjak je bio smešten visoko na brdu iznad Glose. To je lokacija za koju je bio zadužen Džo. Čak i sa uključenom navigacijom, Harlou je jedva pronašla neravnu stazu koja vodi do ulaza. Bilo je izuzetno važno da pravilno ucrta putanje na mape. Nije želela da glumci i ekipa lutaju unaokolo na dan snimanja. Znala je šta bi Tajler i njena mama rekli povodom toga.

Stala je na velikom parkiralištu sa šljunčanom podlogom i ostatak puta prepešačila širokom popločanom stazom, ispod lukova vinove loze bremenite grozdovima. Kada joj je Tajler pričao o susretu s mrzovoljnim seljakom, očekivala je da će stići do pravog seoskog imanja. Nije mogla ni da pretpostavi kako će biti zatečena prizorom restorana koji se belasa na brdu. Bleštavost belih zidova razbijali su ružičasti prelivi puzavica ruža i divljeg klematisa, a kamena terasa bila je prekrivena vinovom lozom. Na drvenom znaku iznad luka pisalo je: *Maslinjak*.

U kasno popodne, terasa restorana bila je prazna, osim usnulog dalmatinca u hladu, glavnog kuvara i jedne od konobarica s kojom je sedeo za stolom. Dim cigarete koja je dogorevala u pepeljari između njih vijugao se u vazduhu. Harlou, čija su čula bila preplavljena pesmom ptica i slatkim mirisom cveća, pošla je ka njima stazom popločanom kamenom.

Glavni kuvar je podigao pogled. – Izvinite, ali otvaramo tek u šest.

– Oh, u redu je. – Harlou je stala pored njih. – Ja sam zapravo deo ekipe filma *Jedno grčko leto*, koji se snima na ostrvu. Rečeno mi je da popričam sa Stefanosom ili Adonisom. Da li su tu?

– Stefanos nije, Adonis, *naí*. Tamo je. – Pokazao je prema drugom luku prekrivenom ružama puzavicama.

– Nastavi pravo i naći ćeš ga.

Iza luka se pružala druga terasa, načičkana stolovima i stolicama, koja je gledala na maslinjak. Miris ruža mešao se sa svežinom citrusa. Veliko drveće limunova u saksijama delimično je pružalo hlad. Niski kameni zid okruživao je terasu, a gušter se sunčao na njemu, njegova smeđa i naborana koža spram kremastog preliva glatke površine zida. Harlou je stala na trenutak, upijajući prizor. Zaista savršeno mesto za scenu romantične večere glavnih likova.

Nije bilo nikoga u blizini, pa je Harlou prešla terasu i sišla niza stepenice. Duga, čekinjasta trava bila je suva, ali su uprkos tome osećaj sveprožimajuće bujnosti zelenila i mira preplavili predeo, a vazduh je bio svežiji nakon oluje. Šetala je ispod maslinovih stabala. Svetlosiva, uvrnuta debla uspinjala su se prema kišobranu uskih sivozelenih listova koji su mestimično pravili hladovinu. Dalje uz brdo bile su smokve i šljive. Na njih se nadovezivalo tamnije zelenilo borove šume na padini brda. U drugom pravcu padina kao da se spuštala. Pružao se širok pogled na krošnje drveća i, niže, crvene krovove belih vilâ, a zatim na more, sa Skijatosom koji se pomaljao u zelenkastoj izmaglici. Harlou je ostala bez reči. Bilo joj je jasno zašto je ovo mesto odabrano za lokaciju. Već je spazila nekoliko mesta na kojima bi mogla da se snimi scena piknika.

Pčele su zujale ispod drveća, a bledožuti leptiri igrali su se na suncu. Izgledalo je kao da ni ovde nema nikoga, sve dok nije spazila pokret na ivici polja, gde se činilo kako se maslinjak spaja s nebom. Krenula je u tom pravcu, zadovoljna što je obukla haljinu kratkih rukava i udobne bele patike.

Muškarac tamne kovrdžave kose imao je oko trideset godina i bio je nag do pojasa. Znoj na preplanuloj koži presijavao se na suncu. Mišići na leđima su mu se napinjali dok je zabijao lopatu u tvrdu zemlju. Budući da je bio sâm, pretpostavila je da je to Adonis. Zasigurno je opravdao ime.

Shvativši da je nije video, Harlou se još malo popela uz brdo i zakašljala se. – Izvinite.

– *Ti malakía.* – Stavio je ruku na grudi i pogledao naviše. Upijao ju je očima.

– Jako mi je žao – rekla je Harlou, sklanjajući pramen kose koji joj se zalepio za zajapureno lice. – Nisam htela da vas uplašim.

Oči su mu se suzile, a bore produbile.

– Ja, hm... ja sam s filmskom ekipom. Verovatno su Džo ili Dimitris razgovarali s vama – rečeno mi je da porazgovaram s vama, ili možda sa Stefanosom... Jel' on vaš otac? – Harlou je bivala sve zbunjenija.

Adonis se ispravio i obrisao čelo nadlanicom. Harlou ga je s teškom mukom gledala pravo u lice. Kad bi se osmehnuo bio bi lep kao sâm vrag, s kratkom, urednom bradom i tamnim očima, mada je mrzovoljan, mračan izgled takođe bio prilično privlačan... Gubila je usredsređenost. – Govorite li engleski?

Titraj mu je prešao preko lica. Da li je to bila uznemirenost? Bes? Ili je napokon razumeo šta mu je govorila? – *Oxi.* – Slegnuo je ramenima. – *Móno lígo.* – Nije bila sigurna šta je značilo to što je rekao, ali glas mu je cepteo od besa.

Možda je trebalo da razgovara sa Stefanosom. Sa Adonisom neće postići ništa osim nerviranja.

– U redu je. Izvinite na smetnji. Doći ću drugi put da razgovaram sa Stefanosom... – Tu je zastala, shvatajući kako je danas čeka još dosta posla. – Hvala vam.

Nije imala pojma za šta mu se zapravo zahvaljuje. Tako da se, bez reči, Harlou okrenula i vratila istim putem kroz maslinjak. Osećala je njegov pogled na leđima.

4.

– Šta se dešava s lokacijom *Maslinjak* iznad Glose? – Mejv se zaustavila pored stola za kojim su Harlou i Tajler pili kafu i pogledala ih. Velike *guči* naočare za sunce skrivale su joj oči. U ruci je držala mobilni telefon, a pod miškom čvrsto stiskala hrpu papira.

– Sutra opet idem tamo da se sastanem s vlasnikom. Juče nije bio tu – rekla je Harlou.

Mejv ju je pogledala preko naočara. – Taj ugovor treba da se potpiše što pre. Ne želim da se zlopatim s još jednim problemom.

– Biće sve u redu. I izgledaće neviđeno u filmu.

– Onda završi to, Harlou.

Mejv je pošla ka klimatizovanoj kancelariji produkcije. Harlou ju je pratila pogledom dok nije ušla unutra.

Okrenula se, a Tajler ju je gledao s podsmehom.

– Šta je bilo? – obrecnula se Harlou. – Zato si mi uvalio tu lokaciju?

Tajler je podigao šolju s kafom i otpio gutljaj. – Zato što je vruć krompir? Naravno da ne.

Nije je ubedio, ali ona će svejedno obaviti posao. Dimitris joj je ugovorio sastanak sa Stefanosom. Imala je spremnu dokumentaciju za potpisivanje i odštampan raspored snimanja. Samo joj je preostalo da ga privoli da pristane na to. Sigurno neće tražiti pomoć od Tajlera.

U bazi je sve vrvelo od dešavanja. Glavni glumci su stigli, kostimografi su bili zauzeti poslednjim probama kostima, prvi i drugi pomoćni reditelji su sarađivali s rediteljem i producentima, pomoćnici produkcije su jurili unaokolo završavajući poslove koji su iskrsli u poslednjem trenutku, a Mejv ih je sve nadgledala. Nije ni čudo što je na kraju dana volela da pobegne u svoju vilu.

– Znaš li da nas je tvoja mama večeras pozvala na piće kod nje?

Harlou je pogledala Tajlera preko stola. – Stvarno?

– Nije ti to spomenula?

– Verovatno je mislila da ću odbiti.

– Pa, ja sam prihvatio. – Iskapio je ostatak kafe i ustao. – Nema teorije da bi pozvala Džoa i mene.

– Kako znaš?

– Oh, ali znam, Harlou. Verovatno je pomislila kako ćeš, ako mene pozove, doći i ti. Vidimo se kasnije.

Dan je brzo proleteo. Harlou je dovršavala uputstva za dolazak do odredišta i uz pomoć grčkih asistenata za lokaciju odgovarala na pitanja meštana. Pre nego što se pribrala, već se istuširala, obukla i sedela u kolima pored Tajlera. Vozili su se ka unutrašnjosti kopna vijugavim i često strmim putevima, ka brdima iznad Panormosa. Pomisao na večeru s njim i majkom delovala joj je zastrašujuće. Iznenadila se što je Tajler pristao, ali je pretpostavila da će se dobro zabaviti dok je gleda kako se migolji, a naravno, bila je tu i dodatna korist – provešće vreme s njenom majkom kako bi dodatno napredovao.

Nakon desetominutne vožnje kroz gustu šumu stigli su do vile okružene borovima i maslinama. Kad su izašli iz automobila dočekao ih je poj ptica i šuškanje u rastinju. Ostavili su iza sebe buku ljudi, automobila i mobilnih telefona dole u bazi.

Prošetali su stazom do prednjeg dela bele vile. Plava vrata i šaloni, kao i crep na krovu dodavali su boju, a Harlou se oduševila uređenim vrtom. Tri terase bile su usečene u padinu brda: prva s barom i roštiljem ispod senke starog hrasta, druga s bazenom koji se presijavao na večernjem suncu, i najmanja donja terasa sa stolom i stolicama i najboljim pogledom na dolinu i očaravajuće Egejsko more.

– Tajlere, Harlou. – Mejv se pojavila na otvorenim vratima vile u lepršavoj poluprovidnoj haljini preko šarenog kupaćeg kostima. U jednoj ruci je držala čašu s penušavcem, a u drugoj verni mobilni telefon. – Unutra imate proseko, ili se možete poslužiti pićem iz bara i pridružiti mi se kod bazena.

Tajler je pogledao Harlou. – Ti voziš nazad, zar ne? – upitao ju je, idući prečicom ka spoljnom baru.

– Naravno – odgovorila je Harlou što je slađe mogla.

Uzeo je pivo iz frižidera iza bara, pružio joj bocu dijetalne koka-kole i odšetao preko gornje terase do bazena.

Harlou je otvorila bocu. Ovako je izgledao mamin život. Radila je naporno, bez radnog vremena i retko uzimala slobodne dane, ali imala je povlasticu da živi na mestima poput ovog i u svojoj ogromnoj vili u brdima Holivuda. Ponekad je bilo zaista teško poverovati da su u srodstvu, živele su potpuno različite živote.

Harlou bi rado tu odsela da nije bilo male neugodnosti oko deljenja prostora s mamom. I bez toga je više nego dovoljno uticala na Harlou, a osim toga, nije joj se dopadalo kako bi to drugima izgledalo.

Šetala je po popločanoj terasi. Hrast je bacao neophodnu hladovinu iznad vile i prostora za sedenje. Masline, tamnozelenih listova pod mekim svetlom, oivičavale su popločani deo.

Pridružila se pored bazena mami i Tajleru, koji su opušteni na ležaljkama uživali u pogledu. Majčine glatke, preplanule noge blistale su na suncu, a Tajler se udobno smestio, oslonivši bosa stopala na smotani peškir. S obzirom na to da je veći deo godine boravila u Los Anđelesu, njena mama je obožavala sunce, ali Harlou se ipak spustila na ležaljku ispod maslinovog drveta. Temperatura je bila malo podnošljivija u mestimičnoj senci.

Mejv je podigla sunčane naočare na kosu i pogledala ćerku. – Baš smo pričali, izgleda da je Tajler radio na skoro istom broju mojih projekata kao i ti, Harlou.

– Uvek je zadovoljstvo raditi s vama, Mejv – rekao je Tajler uglađeno.

Harlou se jedva suzdržala da ne pokaže gađenje. Znači to je razlog zbog kojeg ne bi rekao Mejv ništa slično onome što je pre nekoliko večeri rekao njoj, preveliki je dupelizac. Nije bila iznenađena. Mejv je bila u stanju da stvori ili uništi nečiju karijeru, a Tajler nije bio glup. Međutim, što se nje tiče, ona je na ovom snimanju bila na najnižem stupnju lestvice. Nije ni čudo što je Tajler prokomentarisao njihov poziv na piće. Sav je ustreptao zbog prilike da ponovo bude u društvu Mejv Fenimor Bel, dobitnice Oskara i pionirke u producentskom poslu u kojem su prevladavali muškarci.

– Znam koliko dobro radiš svoj posao, Tajlere. Zato i želim da naučiš Harlou sve što znaš.

Harlou je poželela da propadne u zemlju.

– Želite da obučim svoju buduću suparnicu? – namignuo je Tajler.

– Biće dosta posla za oboje – odgovorila je Mejv.

Još jedan automobil se zaustavio na prilazu, i Harlou je laknulo. Pomisao da razgovor nastavi samo s mamom i Tajlerom užasavala ju je. Videla je kako Tajler uživa, upijajući pohvale kojima ga je Mejv obasipala, i to tako da svoju ćerku prikazuje kao nesposobnu. Biće lakše u većem društvu, a možda je i njena mama tako mislila, ne želeći da provede još jedno neugodno veče s njom.

Prvi su stigli pomoćnici reditelja Džim i Den, zajedno s direktorom fotografije i pomoćnim producentom, a potom i dve glavne zvezde filma, Kristal, vesela plavokosa pop zvezda koja je sada i glumica, i Dominik Flin, britanski odgovor na Zaka Efrona. Harlou se snuždila. Jedini razlog njenog prisustva bio je srodstvo s Mejv, ali barem ona i njeni neuspesi nisu više bili u centru pažnje. Takođe se zapitala zašto se njena mama skrivala u vili na brdu kad je želela društvo i uživala da bude glavna. Da li je to zato što voli da se razmeće?

– Harlou, pobrini se da čaše svima budu pune – rekla je Mejv krenuvši od vile do srednje terase.

Sada je bio jasan pravi razlog zašto ih je pozvala.

Harlou je na trenutak zastala sa strane i posmatrala goste. Tajler se zdušno trudio da se uklopi, a mama je bila previše srdačna, i čavrljala sa svima kao što se to radi u Holivudu, a smeh i razgovor ispunjavali su noćni vazduh.

Harlou je otišla u kuhinju i napravila sebi jaku kafu. Biće ovo duga noć.

* * *

Harlou je obuzelo osećanje spokoja dok se sutradan truckala vozeći uskom stazom prema *Maslinjaku*. To mesto je bilo kao iz bajke. Harlou nije bila sigurna da li je to zbog toga što se nalazi van utabanih staza, okruženo prirodom i bujnim zelenilom brda prekrivenih borovima, po kojima je Skopelos poznat. Restoran je blistao na suncu, a pogled koji se odatle pružao daleko bio je samo lep dodatak.

Parkiralište je ovog puta bilo krcato. U restoranu je u vreme subotnjeg ručka vladala gužva. Harlou se parkirala, još jednom proverila da li joj je dokumentacija u torbi i izašla iz automobila. Ćaskanje sa terase restorana mešalo se s dalekim zvukom kozjih zvona. Čula je kako ljudi uživaju, njihov smeh se rasprskavao po sparini i to ju je smirivalo.

Staza prekrivena vinovom lozom ležala je mestimično u senci. Osim grožđa i maslina, primetila je smokve i šljive. Bio je to izvrstan letnji spoj i savršena lokacija za snimanje romantičnih scena. Prestala je da se premišlja i odlučno krenula da se nađe sa Stefanosom.

Dvorište je bilo prepuno ljudi koji su uživali u porcijama suvlakija i grčke salate. U vazduhu se osećao miris limuna i pečenog mesa, i mešao se sa slatkastom aromom divljeg klematisa.

Jedan od konobara ju je pozdravio.

– Sto za...?

– Oh, imam sastanak sa Stefanosom. Trebalo bi da me očekuje.

Konobar je klimnuo glavom i poveo je kroz nadsvođeni prolaz na terasu, koja je bila puna kao i dvorište.

– Tamo je. – Konobar je pokazao prema stolu na suprotnoj strani, pored zida gde je videla guštera kako se sunča.

Stefanos je bubnjao prstima po belom stolnjaku. Izgledao je mrzovoljno dok je zurio prema maslinjaku. Imao je isti izraz lica kao Adonis, za kojeg je Dimitris potvrdio da je Stefanosov sin. Postojala je nedvosmislena porodična sličnost. Kosa mu je bila gotovo jednako gusta, ali seda, što je isticalo njegovo preplanulo, izborano lice. Mrštilice na čelu kao da su oduvek bile tu. Izgleda da je stalno imao taj smrknuti izraz lica. Ustao je kada je došla do njega i Harlou mu je pružila ruku. Rukovali su se, šaka mu je bila gruba.

– Hvala vam što ste se sastali sa mnom.

– Zamenili ste onog drugog čoveka? – promrmljao je Stefanos.

– Jesam, Džoa.

Imao je tvrd akcenat, ali je pristojno govorio engleski, zbog čega se zapitala zašto ga njegov sin ne zna. U svakom slučaju, nije ni važno. Stefanos je bio vlasnik i Džo je pregovarao s njim, tako da je razgovor trebalo da obavi sa istom osobom.

Seli su za sto, a konobar je doneo krčag ledene vode i bocu crnog vina.

– Od našeg grožđa – rekao je Stefanos, sipajući im vino u čaše.

– Vozim... – zaustila je Harlou, ali joj je Stefanos pružio čašu.

– Probajte.

Otpila je gutljaj. Bilo je poluslatko, kao vino koje je pila na prvoj večeri s mamom odmah po dolasku na ostrvo.

Stvarno je bilo pitko.

– Trebalo bi da probate naše maslinovo ulje. Slatkastog voćnog ukusa. Najbolje. – Harlou je klimnula glavom. – Sigurna sam da jeste.

Stefanos se zavalio u stolici i pažljivo je posmatrao. – Znači, želite da snimate na mom zemljištu.

– Da, molim vas.

– Platićete mi?

– Naravno, pretpostavila sam da su Džo i Dimitris razgovarali s vama o tome?

Stefanos je odmahnuo rukom ispred lica. – Ah, oni mnogo pričaju. Mene jedino zanima koji dani su u pitanju i koliko plaćate. Da pojednostavimo. Ne želim da slušam o ovom neverovatnom filmu i koliko je dobar za Skopelos. Nama je dobro. Imamo turiste. Oni dolaze u restoran i kupuju maslinovo ulje. Time se bavim.

Dok je Stefanos pažljivo slušao i povremeno gunđao, što je Harlou tumačila kao saglasnost, objasnila mu je kakav će biti raspored snimanja i šta sve to podrazumeva. Bila je sažeta, ali nije mogla da se suzdrži a da ne spomene znatnu naknadu i kako će se *Maslinjak* proslaviti zbog pojavljivanja u filmu koji se nadmeće s filmom *Mamma Mia!*.

Završila je sa objašnjavanjem i on se naslonio u stolici, izgledajući zadovoljno, iako se nije osmehnuo.

Harlou je gucnula ledenohladnu vodu. – Stvarno vam je divno ovde.

– Ovo mesto već dugo pripada mojoj porodici.

– Sigurno ste ponosni.

Slegnuo je ramenima. – Naravno. Ali to zahteva naporan rad.

– Sin vam pomaže, zar ne?

– Pomaže. – Izvukao je cigaretu iz kutijice na stolu i zapalio je. Prsti su mu bili grubi, a nokti zaprljani od zemlje. – Da li je to sve?

– Jeste za sada, hvala vam. – Pružila mu je dokumentaciju preko stola i dodala olovku. – Samo treba da potpišete ovo. Snimaćemo u *Maslinjaku* danima koji su navedeni dole i na terasi restorana onog dana koji smo upravo utanačili.

Stefanos je potpisao papire. Harlou je preplavilo olakšanje dok ih je sakupljala i vraćala u torbu. Bar je to rešeno, i time će Tajlera i mamu skinuti s vrata. Ustali su, a Harlou je opet Stefanosu pružila ruku. Promrmljao je nešto, rukovao se i seo da dovrši cigaretu.

– Jel' u redu ako prošetam kroz maslinjak?

Stefanos je slegnuo ramenima, što je shvatila kao slaganje.

Utekla je sa terase na osušenu travu. Iako je restoran bio pun, glasovi i zveckanje pribora jenjavali su kako je dublje zalazila među masline. Drveće maslina najbližih restoranu bilo je veće, debela stabla su se izvijala i krivila, dok su mlađa bila niže niz padinu. Pomislila je kako je pronašla mesto gde će se junak i junakinja prvi put poljubiti. Pogled je iz svakog ugla bio zadivljujući: pozadina od maslina i voćki, s brdom prekrivenim šumom s jedne strane i pogledom ka Glosi i Egejskom moru s druge.

Zadovoljna, Harlou se uz blagi uspon vratila prema terasi i automobilu. Stefanos je i dalje sedeo za stolom, pušeći sledeću cigaretu i pijuckajući vino, ali mu se pridružio i Adonis. Bio joj je okrenut leđima, a ruka mu je počivala na susednoj praznoj stolici. Ovoga puta je imao majicu. Stefanos je pogledao na njenu stranu i klimnuo glavom. Ona je mahnula i nasmešila se, baš kad se Adonis okrenuo i uhvatio joj pogled.

5.

NEDELJA DRUGA – PRVA NEDELJA SNIMANJA

Harlou je navikla bila da živi u majčinoj senci i pomirila se s tim da ne bude u centru pažnje. Međutim, i dalje su je progonila mamina očekivanja u vezi s napredovanjem njene karijere. U poređenju s mamom, uspešnom producentkinjom, nikada nije bila dovoljno dobra.

Skupila je ivice crne kese za đubre i izvukla je iz kante. Trećeg dana snimanja na lokaciji vile u Glosi, ona i Tajler su stigli prvi i radili bez prekida kako bi se pobrinuli da sve teče glatko. Harlou je sada obavljala najmanje dopadljiv deo posla – raščišćavanje i vraćanje seta u prvobitno stanje.

Držeći vreću za đubre, krenula je sa mesta snimanja i prešla prašnjavu stazu do kontejnera na putu. Podigla je vreo metalni poklopac kontejnera i ubacila kesu. Okrenuta leđima prema užurbanom filmskom setu, zastala je na trenutak i pogledala prema Glosi. Sunce je svetlucalo, šaljući maglovit snop svetlosti preko mora. Beli zidovi i crveni krovovi seoskih kuća izgledali su tajanstveno u svetlosti rane večeri. Čak i kao asistentkinja, volela je ovaj deo posla menadžerke lokacije. Imala je priliku da bude na mestu kao što je ovo. Uživala je u pomisli kako traži lokacije i pronalazi savršeno mesto na kojem će neka scena oživeti, ali danas nije bilo tako.

Naterala je sebe da se vrati na set. Mama je ceo dan bila prisutna, najveći deo vremena iza monitora, dogovarajući se s režiserom. Praktična i sposobna kao i uvek – vodila je glavnu reč. Nije progovorila s Harlou, čak nije ni pogledala u njenom pravcu. Sve je bilo vrlo profesionalno, ali Harlou se osećala jadno. Na ovom snimanju su razlike u njihovim karijerama bile uočljivije nego ikad ranije.

Stavila je novu crnu kesu u kantu koju je ispraznila.

Nečija ruka joj se spustila na rame, topla na njenoj koži.

– Završila si? – upitao ju je Tajler. Zadržao joj je ruku na ramenu dok je drugom otkopčavao voki-toki. Pritisnuo je dugme i govorio u njega. – Isključujem se.

Njegov letimičan dodir učinio ju je napetom. Bio je to opušten i poznat pokret, nešto što je učinio mnogo puta ranije, ali ga je osetila.

– Da, sve je završeno. – Odvojila se od njega i vratila rolnu crnih kesa u orman. – Vraćamo se u hotel?

– Aha, ali usput moram da proverim jednu lokaciju.

Harlou je stavila baterije voki-tokija da se pune i uverila se kako je sve spremno za sutra. Odštampaće radna uputstva za sledeći dan kad se vrate u bazu.

– Dakle, kuda idemo? – upitala je Harlou sedajući na suvozačko sedište.

– Mejv se premišlja oko Perivolioua – lokacije na plaži koju sam pronašao za ljubavnu scenu. Želi da je ponovo procenim, uz mogućnost da je premestimo na plažu Kastani.

– Zar to neće poremetiti mnogo ljudi?

– Moguće da hoće, ali ne bi trebalo da bude problema ako je dodamo na kraj već zakazanog snimanja tamo. Brine je da bi snimanje na Perivoliou moglo biti preteško.

Skliznuli su sa zemljane površine parkirališta na uzan, neravan put. Krenuli su prema izlazu iz Glose, u pravcu suprotnom od hotela. Prepoznavali su krivudave drumove oivičene drvećem, oštre krivine kao i povremene, zadivljujuće poglede na beskrajno plavo more.

Tajler je skrenuo na uski put koji prolazi ispod tunela senovitih borova. Lagani povetarac i sladak miris smole navirali su kroz otvorene prozore. Neravan put se pretvorio u stazu kad su napokon stigli do parkirališta pored taverne. Bilo je parkirano još samo nekoliko automobila, i kad je Tajler ugasio motor zavladala je blažena tišina.

Taverna se ugnezdila na padini brda, s čarobnim pogledom na more koje je svetlucalo na mekom večernjem svetlu. Strma staza, sa stepenicama uklesanim u kamenitu padinu, vodila je do uskog pojasa plaže. Bila je skoro prazna, osim nekoliko suncobrana i dve porodice koje su upijale poslednje zrake sunca. Kamenito tlo bilo je rastresito i klizavo, pa je Harlou pažljivo silazila niza stepenice, prateći Tajlera. Nežnozeleno lišće prianjalo je uz rubove stenovite padine koja je okruživala plažu. Dok su se probijali kroz grmlje nalik na vres, primetila je da mu je vrat crven. Stigli su do peska, mešavine kamenčića i sitnijih zrna.

– Izgoreo si po vratu – rekla je Harlou, osećajući kako sunce postaje jače sad kada su se spustili i bili izloženi laganom povetarcu.

– Jesam. Imaš li nešto za zaštitu od sunca?

– Malčice je kasno za to, zar ne? – Harlou je pretražila torbu i izvadila kremu.

– Bolje ikad nego nikad. Namaži me, hoćeš li?

Stajali su u hladu gde se stenovita litica spuštala prema zalivu. Harlou je iscedila malo hladne kreme za sunčanje na prste i utrljala mu je u kožu, vrelu pod njenim dodirom.

Slika joj je proletela kroz glavu: gleda u Tajlera, ruke su joj na njegovom vratu, povlači ga ka sebi... Njih dvoje nemaju normalan poslovni odnos. Nije joj smetalo da mu namaže kremu za sunčanje, ali znala je kako od Džoa ne bi tražio da uradi nešto tako prisno.

Završila je s mazanjem kreme i prisilila se da izbriše takve misli o Tajleru.

– Ovo mesto oduzima dah – rekla je, vraćajući kremu u torbu.

– Znam, zato sam ga i izabrao. – Pošao je preko plaže prema rubu obale.

Harlou je krenula za njim. Sunce je ugrejalo kredastobeli pesak. More boje svetloplavog safira bilo je plitko, i treperilo je od ljuljuškanja talasa.

Tajler se okrenuo prema njoj. – Šta misliš o snimanju ovde?

– Mislim da je predivno, izgledalo bi neverovatno.

– Ali?

– Dalje je od baze nego lokacije u Glosi. Biće teže dopremiti sve ovde, a da ne pominjem kako ćemo da spustimo glumce, ekipu i opremu na samu plažu.

– Ali to ne bi trebalo da nas obeshrabri, zar ne?

– Ne, ali...

– Da, znam, bio sam sumnjičav kad sam je prvi put ugledao, ali pomislio sam kako će se isplatiti. Kapiram zašto je tvoja mama zabrinuta.

Sledećih sat vremena šetali su plažom i istraživali skrivene uvale ušuškane među stenama.

Skinuli su čarape i patike, i šljapkali po šljunkovitom plićaku, topla voda im je milovala bose noge. Tajler je ponovio plan snimanja i napravio još fotografija.

– Zamisao je da tamo bude brod koji se ljuljuška. – Tajler je pokazao prema mirnoj uvali u obliku potkovice.

– Scena snimljena iz mora, to bi takođe bio dobar kadar.

Pogledao ju je. – Vidi ti nju, razmišlja kao prava kreativna direktorka.

Harlou ga je prostrelila pogledom. – Teško je ovo mesto ne zamišljati kadar po kadar.

– Sad ozbiljno, Harlou. Zašto si ovde, i to kao asistentkinja?

Preplavila ju je mešavina zbunjenosti i besa. – Ovde sam jer me je mama naterala. Znaš koliko je vična ubeđivanju. Tačno zna kako da mi nabaci osećaj krivice, kao da sam kriva što ću izneveriti nju i ovo snimanje, iako nisam ja slomila nogu. – Pogledala je Tajlera iskosa. – Ni Džo nije kriv zbog toga.

Tajler se vratio na plažu, a Harlou ga je sledila. Vrućina je malo popustila, uz nežan povetarac koji je pirkao s mora. Sunce je počelo da nestaje iza stenovite litice.

– Kapiram to što si rekla za mamu. Ali kako si uopšte bila dostupna?

– Odlučila sam da odvojim vreme za sebe i sve ponovo preispitam.

– Šta na primer?

– Čime želim da se bavim u životu. – Harlou je prekrstila ruke, iznervirana njegovim pitanjima. – Kasno je, ako si završio, trebalo bi da krenemo.

– Hajde da nešto gricnemo pre povratka.

Harlou je uzdahnula i krenula za njim uzbrdo strmom stazom.

Taverna je bila gotovo jednako tiha kao i plaža. Muškarac iza šanka ih je dočekao sa osmehom, ali je i odsečno rekao: – Uskoro zatvaramo.

– Ima li vremena da nam spremite bilo šta što je ostalo? – pitao je Tajler.

Muškarac je obrisao ruke o peškir na ramenu i klimnuo glavom. Pokazao im je sto na samom rubu terase.

Jedna od porodica s plaže završavala je obrok. Deca su se raspravljala oko telefona, a roditelji su se trudili da ne obraćaju pažnju na njih i da uživaju u vinu. Izgledali su kao da potiču sa Sredozemlja: zdravi i preplanuli od života na otvorenom. Harlou je prošlo kroz glavu kako bi bilo divno živeti na ovakvom mestu, na ostrvu prekrivenom šumom, sa skrivenim uvalama i prostranim plažama okruženim liticama i bujnim zelenilom.

Tajler je pregledao fotografije koje je snimio telefonom. Harlou se zavalila i uživala u pogledu, srećna što ćute. Uvala je bila savršena, ali razumela je razloge mamine zabrinutosti. Konobar je stavio stolnjak od belog papira i pričvrstio ga štipaljkama. Postavio je vinske čaše i buteljku vina između njih.

Harlou je živciralo što je zahvalna Tajleru jer ju uključio u procenjivanje lokacije, čak i ako je to značilo da su više vremena proveli zajedno. Upravo zbog tog dela posla je karijeru preusmerila u drugom pravcu i povukla se s poslova asistentkinje režisera na kojima je radila poslednje tri godine. Nadala se kako će joj rad u timu za upravljanje lokacijama pružiti više slobode da istražuje, putuje i bude napolju. Čak je i u Engleskoj volela da traga za savršenom seoskom kućicom ili plemićkim imanjima iz šesnaestog veka.

Konobar se vratio s poslužavnikom i poslužio jelo. Grčka salata bila je ogromna, s kriškama paradajza, crvenog luka i krastavca, začinjena kalamata maslinama i komadom fete prelivenim maslinovim uljem. Leto u činiji. Konobar je dodao korpicu s parčićima belog hleba, činiju s dagnjama u umaku od paradajza i tanjir pohovanih lignji.

– Ako su ovo ostaci, mogu samo da zamislim koliko je ovde dobra klopa. – Harlou je probola viljuškom komad fete, odvojila deo, i umočila ga u maslinovo ulje i sok. Strpala ga je u usta s kriškom paradajza i crvenog luka.

Tajler je iscedio limun preko lignji i pogledao preko stola ka njoj. – Sećaš li se one večere u Slounsu na kraju naše prve godine, kada nas je tvoja mama častila?

Harlou je na trenutak prestala da žvaće i klimnula glavom.

– Ovo mi liči na jedno od tih nezaboravnih mesta. – Pokazao je oko sebe. – Pogled, okruženje, hrana. Bila je to noć ispunjena uzbuđenjem i mogućnostima. Ovo snimanje me podseća na to.

Brzo se spustio sumrak, a sunce je zašlo na drugoj strani ostrva. Vedro, tamno nebo bilo je posuto zvezdama. Svetlost sveća plesala je po Tajlerovom licu dok ju je posmatrao. Harlou je stavila u usta komad pohovane lignje, mekan i ukusan, i zamišljeno ga žvakala.

Naravno da se sećala te noći. Osim što je mama platila večeru za njih osmoro, nakon završene prve godine škole *Met Film*, u otmenom i skupom restoranu u Londonu, kasnije te noći je Tajlerov i njen odnos prešao iz prijateljstva u prijateljstvo s povlasticama, ili kako god da ga nazove. Ali zašto je sada to spomenuo? Je li pokušavao da je podseti na zajedničku prošlost, na neobavezan seks i na to kako je njena majka više od deset godina upletena u njihove živote?

Oboje su bili ćutljivi tokom vožnje do hotela. Napetost od prethodne večeri zamenila je bliskost koja joj se činila ugodnom i ispravnom. Harlou se živcirala što je opet toliko uživala u Tajlerovom društvu, posebno nakon svega što je rekao u baru na plaži. Činilo joj se kako se poigrava s njom, da se koleba između prezira i žudnje.

Duboko u sebi znala je da nisu dobar spoj, ali i dalje ju je privlačio. Možda bi ga, da im je ovo prvi susret, sagledala u drugačijem svetlu i ostala ravnodušna, ali s njihovom zajedničkom prošlošću ispunjenom srećnim trenucima između onih manje dobrih, bilo je teško ne osećati ništa prema njemu. Njihov odnos se temeljio na prijateljstvu i teško je bilo odustati od toga.

Stigli su do hotela i ona ga je pogledala, baš kad i on nju. Okrenula je glavu i odvezala sigurnosni pojas. Zašto je porumenela?

Izašli su iz kola i krenuli prema vilama. Svetiljke su obasjavale grmlje koje je oivičavalo stazu, a mesto je bilo tiho i mirno, jedino je iz restorana i bara dopirao udaljeni žamor glasova. Bio je to neverovatno dug dan. Tek je prošlo nekoliko dana prve nedelje snimanja, a Harlou je već bila spremna da se strovali u krevet, ali znala je da će, ako papirologiju ne završi večeras, morati ujutru još ranije da ustane.

Stigli su do *Vile Egej*, ali ona je nastavila da hoda.

– Hej, nećeš da se popneš? – upitao ju je Tajler.

Harlou je oklevala. Poznavala je taj ton i prikriveni predlog. Koliko god da je uživala u večeri, morala je to odmah da prekine pre nego što uradi nešto zbog čega će zažaliti.

– Ne, još ne. – Okrenula se prema njemu i pogledala ga. – Idem do baze da odštampam radna uputstva za sutra.

Okrenula se na potpetici i otišla, ali Tajler ju je uhvatio za ruku. Povukao ju je ka sebi i nežno poljubio u obraz. Njegova čekinjasta brada ju je golicala, a bio joj je poznat i miris kolonjske vode, topla drvenasto-citrusna aroma. Pustio ju je brzo kao što ju je i privukao, i krenuo prema vili.

– Nemoj da radiš dokasno – rekao je mahnuvši joj.

Harlou je proklinjala samu sebe zbog onoga što je osetila nakon njegovog poljupca. Telo joj je izdalo um, koji je vikao: *Idi, nemoj da se petljaš, ne upadaj u staru zamku, završićeš u krevetu s njim.* Međutim, njegovo prisustvo je uvek budilo nešto u njoj. Da li je u pitanju nešto više od dodira požude, to će tek saznati.

6.

– Harlou Sends – kakvo iznenađenje! Pomislila sam da si ti. – Žena talasaste, izblajhane kose približavala joj se sa osmehom na licu. – Priča se da si tu.

– Oh, bože. Manda! Nisam imala pojma da si ovde. – Harlou ju je zagrlila.

– Tu sam od vikenda i bukvalno sve vreme zarobljena u šminkernici.

– Tako mi je drago što te vidim. Izvini što se sto godina nisam javljala.

Manda odmahnu rukom. – Ne izvinjavaj se, i ja sam ista. Život je ludnica, a čitavu večnost nismo radile zajedno. Nameravala sam da ti pošaljem poruku...

– E pa, ovde ćemo imati vremena da to nadoknadimo. Moram sad na lokaciju, ali hoćeš li da večeramo zajedno?

– Za večeras sam se već dogovorila s devojkama iz šminkernice, ali možemo sutra?

– Dogovoreno. – Harlou je poljubila Mandu u obraz i, mahnuvši joj, pošla prema parkiralištu. Tek tad je postala svesna potrebe da vidi prijateljsko lice. Provodila je toliko vremena s Tajlerom i majkom – za nešto više od nedelju dana bili su zajedno tokom radnog vremena i plus na dve večere, a inače bi prošli meseci da ih ne vidi – očajnički je bila željna druženja s jednostavnim ljudima.

Bio je poslednji dan snimanja te prve nedelje, i Harlou ga je provela na setu plaže u Glosi, vodeći računa da sve protekne glatko. Još jednom su ona i Tajler uspeli da ne razgovaraju o prethodnoj večeri. Tako je bilo lakše, ali znala je da će u nekom trenutku morati da se suoče sa svojim osećanjima. Čas ju je zavodio, a čas odgurivao od sebe, baš kao što je uvek činio. Verovatno ni ona nije bila ništa bolja, poslednje dve godine se iz petnih žila trudila da ga izbegava. Prijatelji s povlasticama bio je savršen opis njihovog odnosa, ali bila je svesna kako se prijatelji ne ponašaju jedno prema drugom, niti razgovaraju onako kao što je Tajler s njom pričao pre neko veče.

Sunce je već bilo na zalasku kad su završili. Dominika i Kristal su odvezli u bazu, dok je ekipa raspremala, spremna da nakon vikenda ponovo krene s poslom. Tajler se ranije odvezao kolima kako bi sve pripremio za sledeću nedelju, pa je Harlou morala da se snađe za prevoz do hotela. Osmotrila je oko sebe. Još je bilo mnogo ljudi koji su namotavali kablove i pakovali opremu.

Olivija, jedna od pomoćnica produkcije, išla joj je u susret.

– Mejv želi da porazgovara s tobom – rekla je, klimnuvši glavom prema njoj kao da Harlou ne zna ko je u pitanju.

Harlou je uzdahnula i otkačila voki-toki s pojasa. – Dolazim odmah.

Dovršila je raščišćavanje, a zatim otišla do majke, koja je stajala iza monitora.

– Šta radiš u nedelju? – upitala ju je Mejv čim je Harlou prišla.

– Ništa posebno.

– Sjajno, idemo u Skopelos da istražimo grad.

Harlou je prekasno shvatila kako je majci pružila priliku da priredi još jedan „dan za majku i ćerku“. Povremeno je to radila u nameri da se povežu, ali Harlou je bila ubeđena kako je više u pitanju majčina potreba za društvom kada je njoj to bilo potrebno.

– Ako si završila – nastavila je Mejv – ja se sad vraćam, pa mogu da te odbacim.

– Ja, pa... ne moraš. Dovešće me neko iz ekipe.

Mejv je prekrstila ruke i pogledala Harlou s crvenim napućenim usnama. – Mislim, shvatam da ne želiš da budeš u mom društvu tokom snimanja, ali nećeš crći ako te odvezem kući?

Harlou to nije mogla da ospori. Naposletku, moraće da provede nedelju s njom. Dvadesetominutna vožnja do hotela sitnica je u poređenju s tim.

* * *

Subota je počela savršeno, dugim izležavanjem u postelji. Ima nečeg posebnog u buđenju uz šum mora. Bilo je tu i drugih zvukova: smeh, glasovi i praćakanje u bazenu ispred vile, ali Harlou nije marila za to pošto se sunce probijalo kroz vrata balkona i čitav dan je mogla da lenčari bez obaveza.

Pre tuširanja, shvatila je kako je krajnje vreme da ode na trčanje. Obično bi vežbala kasnije ujutru, ali imala je potrebu da se protegne i razbistri misli.

Harlou je izašla iz *Vile Egej* a da nije naletela na Tajlera. Neko je bio u bazenu, ali nije uspela da vidi ko. Pomislila je kako se veći deo ekipe još razvlači po krevetu, doručkuje ili je na plaži spreman da uživa u slobodnom vremenu. Bio je to jedan od onih divnih dana tako retkih u Engleskoj, ali toliko uobičajenih na Skopelosu, sa savršenom temperaturom, blagim povetarcem i beskrajnim plavim nebom bez oblačka. Hotelski kompleks blistao je na suncu. Vile su se belasale, ružičasto, crveno i narandžasto cveće šarenilo se među zelenim listovima paprati, a vazduh je bio ispunjen opojnim mirisom ruža.

Dospela je do ivice poseda i uhvatila ujednačen ritam. Već se preznojila kada je stigla do senovitog puta pod drvećem. Trčanje joj je uvek pružalo vreme za razmišljanje. Dok je trupkala po tvrdom tlu, misli su joj lutale ka sutrašnjem danu i činjenici da će ga provesti s majkom. Takođe se prisetila kako odavno nije razgovarala sa ocem. Mora to što pre da uradi.

Nakon što se istuširala i doručkovala, osećala se opušteno i osveženo. Harlou je želela da sedne na terasu i pozove oca, ali Tajler se već odmarao na susednoj terasi, a ona nije htela da joj prisluškuje razgovor. Stavila je mobilni u džep, uzela ključ-karticu i zakloparala niza stepenice. Pošla je putem kojim je trčala, prema zavodljivoj zelenoj šumi koja je ograničavala imanje i grlila morsku obalu.

Čim se našla u senci, a drveće pokrilo zvuke razgovora iz hotelskog bara, Harlou je pozvala oca. Trupkala je mekom stazom posutom borovim iglicama dok je čekala da se otac javi. Pitala se gde li bi mogao biti subotom ujutru – verovatno je neku od mlađih ćerki vozio na plivanje ili fudbal, ili su možda na porodičnom izletu. Bilo joj je teško što nije bliska sa ocem i njegovom porodicom. Njenom porodicom, ispravila se.

– Harlou, šta ima novo? – Očev glas je bio radostan, poznat i utešan kao zagrljaj.

Gazila je po osušenim borovim iglicama. – Ma znaš već, ništa posebno.

– Toliko je loše?

– Izvini, ne želim da zvučim negativno. Sve je u redu, stvarno.

Zaklon od drveća prigušivao je čak i šum mora, pa se očev glas čuo tako jasno kao da šetaju zajedno.

– Imaš li vremena za razgovor? – upitala ga je dok je krivudala stazom pored vitkog drveća i gledala belasanje morske pene po stenama uz obalu šume.

– Naravno. Čekam da Eli završi s plivanjem, ali izašao sam napolje. Unutra je vruće i bučno. – Bila je u pravu u vezi sa očevim obavezama razvoženja njenih mlađih polusestara.

Imale su razumna, tradicionalna imena: Abigejl, Elenor i Florens – ili skraćeno Abi, Eli i Flo. Ime Harlou je odabrala njena majka, jer je zvučalo poput imena filmske zvezde. Džina, majka polusestara, bila je jednostavna kao i njihov otac. Sada je bio svoj na svome budući da mu Mejv više nije zagorčavala život. S majkom, koja je gotovo uvek bila odsutna dok je Harlou bila dete, i razvodom roditelja kad je imala samo deset godina, njeno odrastanje je bilo potpuno drugačije od seoskog života njenog oca i njegove nove porodice. Zavidela im je. Zajedničko im je jedino prezime Sends.

– Da li uopšte slušaš šta ti pričam, Harlou?

– Da, izvini – rekla je, provlačeći se ispod grane i izlazeći na suncem obasjanu plažu Panormos. – Samo sam bila usredsređena na put ispred sebe. – Potpuno se izgubila u sanjarenju, pa je to delimično i bilo istina.

– Već je krenulo snimanje?

– Da, početkom nedelje.

– I nisi s mamom u sobi?

– Ne, hvala bogu.

Otac se nasmejao. – Poznaješ li još nekoga osim nje?

– Tajler je ovde. On je menadžer lokacije, tako da mi je šef.

– Kako to ide?

– Ma, znaš, Tajler je Tajler.

– I dalje ste... znaš? – zvižduknuo je šaljivo.

– *Tata*, nismo. – Harlou je kratko prošetala plažom i sela na šljunak. – Nismo se videli nekoliko godina. – Posmatrala je more, a neprestano mreškanje površine ju je opčinilo. – Mislim, čudno je što opet provodim toliko vremena s njim. Vraća me u prošlost. Nisam pametna, želim da se usredsredim na budućnost i na to u kom pravcu da krenem posle ovoga. Ovaj posao nije moj izbor i želim sama da prokljuvim kakav život hoću, ali znaš kakva je mama.

– Ne smeš joj dozvoliti da te primorava na takve stvari.

Harlou je rukama obujmila kolena. – Stvarno? Ti ćeš da mi pričaš o tome?

– Da, da. Svestan sam kako to zvuči. Ali imam pravo da se brinem za tebe, iako si dovoljno odrasla da se staraš sama o sebi. I svestan sam da me je tvoja majka godinama kinjila... možda je „kinjila“ prejaka reč.

– Uopšte nije. Ona to zaista radi.

– Godinama je pregovarala i probijala se do uticajnog položaja u muškom svetu.

– I dalje je braniš i posle toliko vremena.

– Ona je tvoja mama, Harlou. Granica između posla i porodice joj je nejasna.

– Tata, ne postoji granica.

– Da, pa, hajde da više ne trošimo reči raspravljajući se o tvojoj mami. – Nasmejao se. – Ali sad stvarno, dušo, da li je sve u redu?

Sviđalo joj se to što joj je i dalje toplo oko srca svaki put kada je tako nazove. – Osim što sam ovde s mamom i Tajlerom, sve je u redu. Majke mi. Ostrvo je predivno. Preporučujem vam ga za porodični odmor.

– I naravno, da nam se ti pridružiš.

S druge strane veze, deca su se smejala. A onda se u pozadini začuo poznat glas.

– S kim pričaš, tata?

– S Harlou. Neću dugo. Daj mi opremu za plivanje i idi do drugarica dok ne završim razgovor.

– Zdravo, Harlou – viknula je njena polusestra u telefon.

– Zdravo, Eli – uzvratila je, uverena kako je ova već otperjala da bude s prijateljicama. Nakon plivanja, biće gladna kao vuk i jedva će čekati da se vrati kući, sedne za veliki trpezarijski sto s roditeljima i sestrama i uživa u spremljenom obroku. Radostan porodični prizor. Harlou je uzdahnula. – Izvini, tata, nisam te čula šta si rekao.

– Trebalo bi da pođeš s nama na odmor. – Očev glas je nadglasao pozadinsku buku. – Znam da ne možeš ovog leta, ali šta kažeš na odmor tokom jesenjeg raspusta, ili dođi za Božić kod nas u Jorkšir. Devojčice bi volele da te vide, kao i baka i deka, a da ne spominjem mene i Džinu.

– Znam kako je već odavno trebalo to da uradim, i volela bih da provedem vreme s vama. Veruj mi, zaista bih volela, samo me grize savest zbog mame, znaš, što je sama, posebno za Božić.

– Ne bi trebalo da te grize savest, Harlou, pogotovo ne na sopstvenu štetu. Znam da si nesrećna u Londonu. I ne bi trebalo da radiš nešto iz straha da ne povrediš mamu. To je njen izbor. Shvataš i ti da se sama odlučila za usamljenički život, daleko od svih. I nije baš potpuno bez igde ikog, zar ne, uvek ima nekog novog tipa. Dobrodošla je kod nas ako želiš da je pozoveš. Ali nekad moraš da misliš na sebe.

Harlou je promrmljala odgovor i brzo prešla na drugu temu. Razgovarali su još malo o njenim polusestrama i oprostili se. Otac će ostatak dana provesti s porodicom u velikom srećnom i bučnom domu kakav je želeo za Harlou dok je odrastala, ali naravno da se to nikada nije ostvarilo.

Harlou je ostala da sedi još neko vreme, zureći niz plažu, s telefonom u ruci. Otac i njegov život na selu u severnom Norfoku činili su joj se tako dalekim, ne samo po udaljenosti nego i po stvarnosti. Plima nostalgije ju je preplavila kao talasi koji se obrušavaju na obalu. Razlog tome nije što je udaljena hiljadama kilometara na grčkom ostrvu tokom leta. Tako se često osećala čak i u Engleskoj

– usamljena i naročito odvojena od porodice. Imala je prijatelje u Londonu, dosta je izlazila i družila se, ali nedavno je pustila da joj neka prijateljstva izmaknu. Nije bila u kontaktu s Mandom, s kojom se povezala na poslu, ali se inače ne bi svakodnevno viđala s njom. Dom joj se nije činio trajnim ili kao da neko stvarno živi u njemu, poput onoga kako je zamišljala da bi porodični dom trebalo da izgleda, nalik kući u kojoj je odrastala sa ocem. Živela je u prelepom stanu u Bejsvoteru, koji je bio u majčinom vlasništvu. Zbog toga se Harlou osećala kao da joj je večiti dužnik. Majka je bila više nego srećna da novčano zbrine ćerku, ali osećanja su izostala. Odbacila je tu misao.

Nežna toplota joj je milovala kožu i Harlou je prijalo da samo sedi i upija sunce i pogled. Pred njom se protezao dan bez obaveza, a nije znala šta da radi s njim. Ako Tajler nije uzeo auto, mogla bi da se provoza i istraži ostrvo izvan lokacija za snimanje. Zagrabila je šljunak. Na dlanu je osetila kako je topao i gladak. U hotelu je bilo mnogo članova ekipe, ljudi s kojima bi mogla da razgovara. Rado bi otišla i upoznala se s njima, ali to bi dovelo do neizbežnih pitanja, i naposletku otkrivanja s kim je u srodstvu, što onda sve menja. Ljudi bi je posmatrali drugačijim očima i pokušali da zloupotrebe njene veze...

Harlou je iznenada skočila na noge. Ramena su joj bridela i peckala je. Trebalo je ponovo da namaže kremu za zaštitu od sunca i da uzme šešir iz sobe. Ne može se skrivati od svih dok se ne završi snimanje. Dosad je sve teklo glatko, trebalo bi da iskoristi priliku i upozna se sa ekipom. Život će joj biti mnogo bolji ako ima više ljudi s kojima može da se druži. Danas je barem mogla da se raduje večeri s Mandom.

7.

U sumrak se Harlou našla s Mandom ispred *Vile Sporades*, u kojoj je Manda odsela, a nalazila se u redu iza vilâ uz obalu. Uputile su se do obližnjeg bara na plaži. Harlou je bilo drago što je rezervisala sto jer su gotovo svi bili popunjeni. Omamljujući miris pečene ribe mešao se sa svežim morskim vazduhom.

– Drago mi je da si ovde – rekla je Harlou, kucnuvši se s Mandom. Pile su vino.

– I meni, jer sam se iznenadila. Nisam ukapirala da ćeš biti ovde. Naravno, poznajem devojke iz šminkernice i većinu frizerki i pomoćnica kostimografa, ali lepo je videti još jedno poznato lice. Neobično mi je što sam napokon prihvatila ovakvu priliku.

– Zbog toga što je Ema otišla od kuće?

Manda stavi ruku na grudi. – Slama mi srce. Moja beba. Nemoj tako da me gledaš, znam da ima devetnaest godina i da je odavno otišla na fakultet, ali čudno mi je što sam u inostranstvu, a ne samo nekoliko sati udaljena od nje.

– Ali to je dobro, zar ne?

– Ah, svakako – reče Manda sa osmehom. – Samo je trebalo da se malo naviknem i shvatim kako sad mogu da biram i da prihvatam poslove koje sam oduvek želela da radim. Mislim, ko bi odbio da provede nekoliko nedelja na grčkom ostrvu?

Harlou se igrala narukvicom. Nijedna osoba zdrave pameti ne bi se žalila što provodi vreme na ovakvom mestu, ali deo nje je baš to radio. Manda je bila samo dvanaest godina starija od Harlou, ali životi su im bili sušta suprotnost. Manda je udata i ima odraslu ćerku. Naporno je radila kako bi napredovala u karijeri i uz to se starala o porodici. Harlou je još pokušavala da shvati šta želi.

– U svakom slučaju – nastavi Manda – vratila se s fakulteta za letnji raspust i sposobna je da se brine o sebi. Više se brinem za muža. Nisam sigurna da će bilo šta kuvati. Verovatno će jesti tost sa sirom i naručivati hranu. – Odmahnula je glavom.

– Dakle, ovo je tvoje vreme.

– Da znaš da jeste.

Naručile su nekoliko jela koja su savršeno išla uz blago veče na grčkom ostrvu. Podelile su bocu poluslatkog crnog vina na koje se Harlou sada već navukla, a kada su im doneli ribu na žaru, svež hrskav hleb i male porcije s predjelom, i to su podelile.

– Kako se tvoj muž oseća zbog toga što nedeljama radiš daleko od kuće? – upita Harlou. Umočila je viljušku u namaz od dimljenog patlidžana i pogledala Mandu.

– Nema ništa protiv, sad je na mene red. Navikla sam se na to da on povremeno putuje zbog posla, doduše samo pokoju noć tu i tamo, ali iskupio se time što smo se dogovorili da prihvatim ovaj posao.

– Imaš sreće što si pronašla muškarca koji te podržava.

Manda klimnu glavom, pažljivo žvaćući hranu. – Zašto si ti krenula drugim putem?

Harlou je podigla pogled s tanjira punog sočne i ukusne ribe koja izaziva zazubice. – Odmah se zaustavi.

Manda je podigla ruke. – Ah, Harlou, nemam nameru da ti pridikujem. Ako želiš time da se baviš, mislim da je to sjajno. Bila si jako nesrećna kad smo prošle godine radile zajedno. Ako ti nije prijalo da radiš u tako napetom okruženju, onda je dobro što si otišla. I da znaš, teško i depresivno je bilo to snimanje usred zime u blatnjavom polju. Ego pršti na sve strane, podjednako ispred i iza kamere. – Podigla je obrvu. – Vreme je da budeš svoja. Samo sam zbunjena, to je sve, zašto sad, zašto počinješ od nule?

Harlou je odmahnula glavom i pogledala prema modroplavom Egejskom moru. U daljini su bleskala svetla selâ načičkanih duž obale Skijatosa.

Okrenula se prema Mandi. – Uprkos tome što svi misle – a pod svima uglavnom mislim na mamu i Tajlera – zapravo ne počinjem od nule. Mislim, ovde sam, radim na visokobudžetnom filmu koji se snima na grčkom ostrvu. Koji bi drugi asistent menadžera za lokaciju u poslednjem trenutku dobio ovaj posao bez znatnog iskustva i veza koje imam?

– Pre svega, imaš dovoljno iskustva i sigurna sam da taj posao već možeš da radiš vezanih očiju. – Manda je ispijala ostatak vina. – I znam koliko mrziš kad svi pretpostavljaju da ti mama olakša...

– Ipak nije pretpostavka kad stvarno to uradi. Šta misliš zašto sam ovde? Počinjem kao pomoćnica jer želim da naučim osnove posla, želim da zaslužim posao menadžera za lokaciju, i ne želim da mi ga daju zbog toga ko sam – ili bolje rečeno, zbog toga čija sam ćerka.

– Razumem to, zaista. Samo što si bila prva pomoćnica režisera. Toliko si maštovita i kreativna da sam mislila kako ćeš dosad već režirati sopstvene projekte.

Harlou je uzdahnula. – Ono što si malopre rekla, da budem verna sebi, upravo to pokušavam da uradim. Još imam mnogo toga da dokučim.

Manda je klimnula glavom, ali borice na čelu su odavale kako nije u potpunosti razumela razloge zbog kojih je Harlou okrenula karijeru naglavce, a Harlou nije želela ništa da kaže, pogotovo zato što još ni sebi to nije mogla do kraja da razjasni. Kako se proteklih nekoliko godina postepeno uspinjala na karijernoj lestvici od treće, pa druge, do prve pomoćnice režije, naglo joj je opalo samopouzdanje, a sreća i uzbuđenje zbog karijere na filmu su se smanjili. To ju je nateralo da se zapita zašto radi u oblasti koju više ne voli – oblasti za koju nije bila sigurna da li bi je odabrala da nije bilo mame. Iako joj se činilo kako svi oko nje misle da uništava život i karijeru – čak je i otac, koji ju je beskrajno podržavao, bio sumnjičav u pogledu njenih nedavnih odluka – čvrsto je verovala kako se bori da ostane normalna.

Konobar je sklonio prazne tanjire i primio još jednu narudžbinu pića. Ovo skretanje pažnje im je pružilo priliku da promene temu. Nijedna od njih nije htela da produbljuje raspravu i da se naposletku posvađaju. Umesto toga, razgovarale su o Skopelosu i želji da što više obiđu ostrvo. Harlou je, kreveljeći se, priznala kako će sutra baš to da radi s mamom.

Manda je uzdahnula i naslonila se na stolicu držeći ruke na stomaku. – Bilo je baš ukusno, ali uvek se prejedem kad radim.

– Znam, jutros sam otišla na preko potrebno trčanje.

– Nemaš zbog čega da se brineš.

– Nemaš ni ti.

– Osim što mi se prikradaju zastrašujuće srednje godine.

Harlou je odmahnula glavom. – I dalje izgledaš zanosno.

– Osećala bih se još bolje sa džin-tonikom. Gde su nam pića? – upita Manda, gledajući unaokolo.

Harlou pogleda iza nje. Svi stolovi su bili zauzeti, a nekoliko ljudi je sedelo i za šankom. Videla je dvojicu konobara koji su bili zauzeti primanjem narudžbina za hranu.

Okrenula se prema Mandi. – Idem da pitam. Ionako moram do toaleta.

Otišla je od stola i uputila se prema ženskom toaletu. Oprala je ruke i u ogledalu videla svoj odraz na mekom svetlu. Već je malo pocrnela. Bez obzira na to šta je mama mislila o njenoj svetloj puti, više je volela prirodno potamnelu kožu od majčine lažne preplanulosti. Obrazi su joj se zarumeneli od toplote, a oči blago zamutile od previše vina. Prošla je rukom kroz kratku kosu kako bi dobila na punoći i stavila sjaj na usne. Moraće opet da počne s redovnim trčanjem. Tu naviku je stekla kod kuće, jutarnje trčanje da osveži misli. Gurnula je sjaj za usne nazad u torbicu, izašla iz ženskog toaleta i ugurala se na prazno mesto za šankom pored para udubljenog u razgovor.

Šankerica je izgledala uznemireno, a preplanuli obrazi su joj se presijavali od znoja. Dva ventilatora na oba kraja šanka rashlađivala su vazduh, ali Harlou je saosećala s njom što mora da radi u tako vlažnoj noći. Nakon savršene temperature tokom dana, veče se umirilo i postalo sparno. Osećala je kako joj se haljina lepi za donji deo leđa.

Šankerica je pogledala Harlou. – Konobar će doći do vašeg stola da primi narudžbinu.

– Već smo naručile, pre dvadesetak minuta...

– Stvarno se izvinjavam. Šta ste naručile?

– Dva džin-tonika.

– Samo trenutak, odmah ću ih napraviti. Neko će vam ih doneti.

– Hvala, nema problema, sačekaću; da poštedimo konobara šetkanja.

Žena joj zahvalno klimnu glavom uz osmeh.

Nije želela da je gleda i dodatno je zbuni, pa se okrenula, naslonila laktove na ivicu šanka i zurila u mrak. More je bilo mirno, a nije bilo ni naznake povetarca da ublaži vlažnost. Par pored nje bili su britanski turisti, ali osim pokoje reči, od grčke muzike i pozadinskog čavrljanja, nije razabirala šta su ćućorili.

U restoranu je bilo još nekoliko članova ekipa i sporedne glumačke postave. Turisti i meštani su se lepo izmešali, a Harlou bi tu i tamo čula pomalo grčkog. Sviđalo joj se što je to popularno i dosta živahno mesto. Takođe joj se dopadalo jer ga mama nikad ne bi posetila. Bilo je suviše opušteno za njen ukus.

Sirotoj šankerici je trebalo sto godina da napravi pića. Harlou se nije žurila, bilo joj je prilično zanimljivo da posmatra ljude. Manda joj se osmehnula. Činilo se da je sasvim zadovoljna, sedela je opušteno na stolici na rubu plaže.

Harlou skrenu pogled prema šanku. Mladi par se zaljubljeno gledao, ruku isprepletanih na stolu. Pored njih je prošao visok i mršav muškarac. Mahnuo je grupi momaka za stolom nedaleko od Harlou, a oni su mu radosno otpozdravili. Pričali su na grčkom, ali Harlou je primetila kako su prešli na engleski kad je novi momak seo. Harlou je privukao pažnju Grk koji joj je bio okrenut leđima. Tamne kovrdžave kose i širokih ramena koje je isticala bela majica. Ruke su mu bile preplanule i lepo oblikovane. Govorio je sa stranim naglaskom, ali Harlou je čula ponešto od onoga što je pričao, o isplovljavanju broda i istraživanju. Pokazao je prema zalivu i okrenuo se tako da mu je Harlou videla profil. Srela ga je samo jednom, ali ostavio je snažan utisak na nju. Stvarno je bio privlačan kad se smeška.

Ne razmišljajući previše, Harlou mu je prišla. – Dakle, ipak govoriš engleski.

Razgovor za stolom se prekinuo, i svi su zurili u nju.

Harlou je spustila pogled ka Adonisu.

Pogledao ju je, i u trenutku se videlo da ju je prepoznao. – Ja, ovaj...

– Dakle, samo si se pravio blesav kad smo se prvi put videli.

Adonis se namrštio.

– Ako ne znaš šta znači *praviti se blesav*, potraži u rečniku. – Prekasno je shvatila koliko je šašavo to što je otišla do njega i posramila ga pred prijateljima. Pogledala je ostale. Dvojica tamnokosih Grka i Englez bili su u čudu. – Stvarno se izvinjavam zbog smetnje.

Okrenula se i pošla prema baru. Ovoga puta se na šank naslonila s glavom u rukama, s potajnom željom da šankerica što pre završi s pripremom pića.

– Ti si zaključila da ne znam engleski – reče Adonis, pojavivši se niotkuda pored nje.

Naglo se zajapurila dok ga je gledala. – Samo zato što si ćutao. A pričao si jedino na grčkom. Delovao si zbunjeno i uznemireno.

– Ti si pretpostavila, a ja nisam imao volje da te ispravljam.

Bila je svesna kako ih njegovi prijatelji posmatraju. – Pa, žao mi je zbog nesporazuma i zbog toga što sam onako odjurila.

– Bio sam ljut.

Harlou ga je posmatrala. Imao je onaj seksi, a mrzovoljan pogled, isti kao prvi put, samo što je sada bio obučen. Mišići na kojima je parila oči u maslinjaku skrivali su se ispod uske majice.

– Šta te je naljutilo?

– Ne bi razumela.

– Pokušaj da mi objasniš.

Odmahnuo je glavom. – Ti si samo neka velika filmska zverka.

Harlou se osmehnula. – Stvarno nisam.

– Svi koliko vas ima, zauzeli ste nam ostrvo.

– Možda sam se tog dana neočekivano pojavila – reče smireno – ali bila sam savršeno ljubazna.

Stegao je vilicu i duboko udahnuo. Izgledao je kao da se bori sa suzama. Osećala se loše što je preterala i onako razgovarala s njim pred njegovim prijateljima.

– Slušaj, nisam imala nameru da nam od početka krene loše. Nema potrebe da se baviš time ako ti smeta prisustvo filmske ekipe. Ionako sarađujem s tvojim ocem.

Šankerica je napokon pred Harlou stavila čaše sa džin-tonikom. Pogledala je u nju, pa u Adonisa. Harlou joj je rekla broj sobe i uzela koktele. Okrenula se prema njemu.

– Stvarno mi je žao što sam ti pokvarila veče – rekla je i udaljila se pre nego što je imao priliku da bilo šta kaže.

Manda ju je posmatrala, sa upitnim izrazom lica.

– Ko je to?

Harlou je sela. – Neki serator.

– Serator koji jako dobro izgleda, ako mene pitaš.

Harlou joj se blago osmehnu. – Priča mog života.

– Pričaj, ko je on?

– Sin seljaka na čijoj zemlji je lokacija za snimanje u brdima iznad Glose. Kako stoje stvari, izgleda da nije oduševljen filmskom ekipom koja je zaposela ostrvo.

– Čovek bi pomislio kako je meštanima drago što ima posla.

– Nisam sigurna šta mu zapravo smeta.

Manda uze čašu. – Zašto si uopšte razgovarala s njim?

– Nekako nam je od početka krenulo loše, kad sam ga prvi put srela na lokaciji *Maslinjak*. A sad sam mu održala bukvicu što je lagao kako ne razume engleski i već sam zažalila. – Spustila je čašu na sto uz tresak. – Sranje. Ne znam šta mi bi. To vino mi je stvarno udarilo u glavu. Šta ću da radim ako nam ne dozvole da snimamo na njihovom imanju? – Od same pomisli da će razočarati mamu i Tajlera oblio ju je hladan znoj.

– Sigurna sam da se to neće desiti.

Harlou je odmahnula glavom. – Napravila sam glupost. – Pijuckala je džin-tonik. Šankerica nije bila štedljiva sa džinom, kako bi se iskupila za čekanje. – Nadam se da je vlasnik *Maslinjaka* razumniji od sina.

– Sin mu je pravi lepotan, moram da priznam.

– Nemoguća si. I veoma udata.

– Od gledanja glava ne boli. – Podigla je obrvu i zurila pored Harlou, u Adonisovom pravcu. – Nadam se da ću ići do tog maslinjaka kad počne snimanje. Kakve sam sreće, biću ceo dan zaglavljena u bazi.

– Onda maksimalno iskoristi ovu priliku – reče Harlou i namignu joj.

8.

Harlou se sledećeg jutra u devet sati sastala s mamom na hotelskom parkiralištu. Ne samo što je to bilo prerano za nedeljno jutro, nego se i pitala da li je mama izabrala ovo vreme pošto je bilo manje verovatno da će ih neko videti zajedno. Možda je bila paranoična i nepravedna. Mama nije bila samo radoholičarka nego je i noću retko spavala više od pet sati i nije bila neka spavalica čak ni kada je mogla duže da odspava.

Sem toga, isplatilo se ranije ustati – nije bilo toliko vruće, a put je bio pust dok su prolazile pored bujne borove šume. Kada su stigle u grad Skopelos, lako su pronašle mesto za parkiranje.

Bilo je i mirno, dovoljno rano da se činilo kao da su ljudi tek izmileli na ulice. Lenjo nedeljno jutro na Mediteranu. Zvonila su crkvena zvona i vazduh je ispunjavao miris jake grčke kafe. Prolazili su pored crkava okrečenih u belo, stešnjenih između zamandaljenih kuća. Mačka sa šarom nalik kornjačinom oklopu sklupčala se na zidu i uživala u suncu dok su pčele brujale oko cvetova koji su se prelivali iz saksija na prozorima.

– Bacili smo oko na grad Skopelos kao glavnu lokaciju za snimanje. Jedan od grčkih timova pronašao je vilu na brežuljku, ali se ispostavilo da vila u Glosi najviše odgovara. Međutim, ovo mesto... – Mejv je pokazala napred prema uskoj stazi na čijim su se obema stranama nizale jednoobrazne bele vile. Drvena vrata i žaluzine bile su obojene u nanazelenu ili uobičajenu i odmah prepoznatljivu plavu boju grčkih ostrva.

Hodale su uskim i zbunjujuće isprepletanim uličicama, dok je Mejv pokušavala da prati navođenje na telefonu.

– Kuda idemo? – upitala je Harlou dok su skretale na još jedan puteljak.

Mejv se zaustavila ispred skučenog kafića s nekoliko sjajnih plavih stolova i stolica napolju. Za većinom od njih ljudi su već navaljivali na hranu.

– Ovo je, navodno, najbolja prodavnica pita u gradu Skopelosu. Zauzmi taj sto, ja ću da naručim.

Mejv je zakoračila unutra, a Harlou je sela za stočić. Mesto nije bilo u maminom stilu, ali Harlou je cenila to što je prihvatila mesne đakonije, iako nije bila sigurna da li je pita baš za doručak.

Kafić je bio ušuškan pored puta koji je vodio do glavnog turističkog dela na obali. Mladi grčki par sedeo je za susednim stolom, razgovarajući glasno i brzo. Kafa im je božanstveno mirisala i Harlou pomisli kako joj je jedna takva neophodna da bi se razbudila. Nekoliko ljudi se šetalo i razgledalo izloge.

Mejv se vratila u naletu boja, letnja haljina joj je bila ružičasta i upadljiva. Sela je i uglavila naočare za sunce u kosu.

– Mislila sam da odemo na tradicionalni grčki doručak, a zatim uživamo u kasnom ručku nakon što završimo sa istraživanjem grada.

Trenutak kasnije, iz prodavnice je izašao muškarac s poslužavnikom i stavio na sto dve grčke kafe i dve velike pite za doručak.

– Bugaca s kremom. – Pokazao je na pitu obilato posutu šećerom u prahu. – I sa sirom. Uživajte.

– Zaboga, mama. Nije ni čudo što si predložila da kasnije ručamo.

– Pa, kad si već u Grčkoj... – zacerekala se grleno, što je Harlou nasmejalo. – Uzela sam jednu slanu i jednu slatku. Navali.

Harlou je presekla onu sa sirom. Kora je zahrskala i pretvorila se u ljuspice kako bi otkrila nadev od belog sira. Uzela je zalogaj i podigla obrve.

– Dobra je, zar ne? – reče Mejv, uzimajući parče za sebe.

Harlou je žvakala i klimala glavom. S nadevom od tople fete, pita je bila izuzetno ukusna. Sedele su u tišini i jele. Uz gutljaje jake crne kafe između, prelazile su s pite sa slanim sirom na pitu s kremom od vanile i obrnuto.

– Doručak mi je omiljeno doba dana. – Mejv je tapkala salvetom usne nakarminisane u crveno. – Pogotovo ako ne moram rano da ustanem zbog posla. Volim da provodim vreme u razmišljanju dok pijem kafu. To me lepo pripremi za predstojeće obaveze. Mada ne bih ovo mogla da jedem svaki dan, trener bi me ubio, ali je lepo počastiti se.

Harlou je primila k znanju postojanje ličnog trenera. Na jedvite jade je jednom mesečno odlazila u teretanu. Više je volela trčanje, na svežem vazduhu – ili ne tako svežem u Londonu. Ali razumela je maminu želju da odvoji vreme za sebe. Tako se osećala kada trči, noge su joj udarale po tlu dok je glava bila slobodna da razmišlja. Tako se osećala kada je napolju i okružena spokojem prirode, kao juče, u šetnji šumskom stazom do Panormosa.

– Prvi zajednički odmor tvoj otac i ja smo proveli na grčkom ostrvu.

– Oh? Na kojem?

– Na Krfu. Nekoliko godina pre nego što si se rodila.

– Hoćeš da kažeš da si zaista iskoristila godišnji odmor kako bi otišla na letovanje?

Mejv je raširila nozdrve i zurila u Harlou usredsređenim i prodornim pogledom plavih očiju koje su se probijale ispod dugih crnih trepavica, a ćerka ga je videla mnogo puta ranije. – Znam da su porodični odmori kad si bila mala često bili prekidani...

Harlou je podigla obrvu i uzela poslednji zalogaj bugace s kremom. Prekid je bio slab izraz. Harlou se ne seća odmora s roditeljima koji nije bio upropašćen majčinim telefoniranjem ili ostajanjem u vikendici kako bi radila, dok je Harlou sa ocem išla na izlete, u šetnju ili na plažu. Bilo je slučajeva kada je mama bila toliko zauzeta da čak nije ni išla s njima na odmor, tako da je odlazila samo sa ocem, često na bakinu i dekinu farmu u Jorkširu.

Mejv je nastavila da priča o odmoru na Krfu, a Harlou je sa zanimanjem slušala o vremenu kada su njeni roditelji bili zajedno i srećni. Ostavile su za sobom mrvice od kore i velikodušnu napojnicu i krenule prema luci. Harlou je pratila majčin korak. Kada bi joj neka zamisao pala na pamet, Mejv bi krenula punom parom napred. Dan istraživanja grada Skopelosa bio je upravo to, lutanje uličicama, divljenje skrivenim crkvama, ispijanje frapea pored mora i, naravno, mnogo kupovine. To su radile narednih nekoliko sati, kružile su duž luke, a zatim se vratile uzbrdo idući cikcak, ulazeći u prodavnice kako bi razgledale mesnu grnčariju i ručno izrađen nakit. Otkrile su skrivene uličice s veličanstvenim pogledom i pobegle od vreline ranog popodneva na senovitu terasu kafića gde su sele. Ono malo vremena koje je Harlou provela s mamom takođe je bilo takvo – silovito, kao da je pokušavala da upije svaku sekundu provedenu sa ćerkom tako što sve spakuje u nekoliko kratkih sati. Harlou se navikla na to, na vreme je prihvatila kako će druženje s mamom biti kratko i silovito. To je bio jedan od brojnih razloga zbog kojih nije mogla da se suoči s njihovim zajedničkim životom tokom snimanja. Ali o čemu god da se radilo danas, Harlou je priznala kako je i to bolje nego ništa.

U prvom trenutku nije htela da provede dan s njom, ali sad kada je već tu želela je da uživa. Takođe, deo nje je ovo smatrao savršenom prilikom da se mama i ona udube u razgovor o važnim temama, a ne da po običaju vode površne razgovore.

– Da li ti je žao što nisi provodila više vremena sa mnom i tatom kad sam bila mala? – pitala je Harlou dok su iz kafeterije izlazile na sunce.

– Kakvo je to pitanje?

– Savršeno razumno.

– Ne žalim ni za čim. Odlučila sam da se posvetim karijeri i uskladim je s porodičnim životom. Možda ćeš i ti jednog dana shvatiti koliko je to teško.

Hodale su u tišini. Harlou nije htela da se raspravlja s njom. Zastale su na vrhu vijugavog stepeništa. Pogled je bio kao s razglednice grčkog ostrva. Kamene stepenice oivičene belom bojom koje vode do još jedne od uskih uličica grada Skopelosa, s turistima, cvećem i žaluzinama koji se stapaju u vatrometu boja.

Do sredine popodneva čak se i Mejv zasitila istraživanja grada. Dobro je to naslutila i rezervisala restoran, a Harlou je laknulo kada je ugledala mirno dvorište s drvetom nara koje pruža preko potrebnu hladovinu.

– Ovo je jako lepo mesto. – Harlou je prešla rukama po snežnobelom stolnjaku i pustila da joj se bolna stopala opuste. Uzela je jelovnik. – Hoćeš li mi dozvoliti da ovoga puta sama naručim?

– Naravno da hoću. – Mejv je otvorila drugi jelovnik i preletela ga pogledom. – Rekli su mi da je svinjetina u umaku od limuna zaista sjajna.

– Mislim da ću uzeti nešto tradicionalno. Umirem od gladi posle sveg tog hodanja.

Naručile su hranu i konobar je doneo čašu crnog vina za Harlou i domaću limunadu za Mejv. Vratio se malo kasnije sa svinjetinom u umaku od limuna, musakom za Harlou i grčkom salatom koju će podeliti.

Mejv se nagnula napred i prekrstila ruke na stolu. – Zar ti nije drago što sam ti našla ovaj posao?

Harlou je uzdahnula u sebi, naslućujući u kom pravcu će ići razgovor. – Da, sad kad sam došla ovamo i smestila se, uživam u njemu.

Mejv je uzela nož i viljušku i isekla parče svinjetine. – Izgleda da Tajler i ti lepo sarađujete.

– Dobro nam ide.

– Sigurno pomaže to što se poznajete.

– Aha. – Harlou je punih usta žvakala musaku i bogat ukus mesa zalivala gutljajem vina. Sada više nije bila sigurna u kom pravcu mama pokušava da usmeri razgovor.

– Sećam se kako si jedno vreme stalno pričala o Tajleru, delovalo je kao da ste jako bliski, a onda si prestala. U poslednje vreme ga uopšte ne pominješ.

– Iznenađena sam da si primetila.

– Zanima me tvoj život, Harlou. – Nabola je viljuškom maslinu. – Elem, da li ste se posvađali zbog nečega?

Harlou se zapitala da li je Tajler nešto rekao. – Prosto smo se udaljili. Znaš kako to ide, kako smo godinama radili različite poslove sve manje smo se viđali, što je normalno.

– Onda je dobro što ponovo imaš priliku da provedeš s njim dosta vremena.

Mama zaista nije imala pojma o njenom životu. Postavila je uvijena pitanja i videla ono što je želela da vidi. Na isti način na koji se usredsređivala na ćerkine nedostatke i kao da se nikada nije ponosila njom. Kada razgovaraju, držale su se površnih tema, nikada nisu pričale o osećanjima ili tome šta se zaista dešava u njihovim životima. I to je bilo obostrano, baš kao što mama nije znala za njenu dugu i zamršenu prošlost s Tajlerom, tako ni ona nije imala pojma o maminim vezama. Deliće maminog ličnog života mahom je skupljala iz tračeva. Harlou je bila nebitna za medije koliko je njena majka bila glavna vest.

Musaka je bila ukusna i zasitna, pa se Harlou obradovala salati i vinu koji su malo ublažili tu punoću. Nakon što su najveći deo dana šetale po suncu, bilo je olakšanje sedeti u hladu. Iako je dvorište bilo puno ljudi, okruživao ih je mir. Daleko od užurbane luke bilo je opuštenije i vladala je tipična grčka atmosfera. Zidovi oko dvorišta bili su ispunjeni saksijama geranijuma čiji su crveni, ružičasti i ljubičasti prelivi razbijali jednoličnu peščanu boju kamena.

Završile su obrok i naručile kafu. Konobar im je doneo kofijeru, a Mejv je sipala kafu u šolje.

– Šta misliš o snimanju filma na plaži Perivoliou, onoj tihoj plaži pored Glose, umesto da se premeštamo na Kastani?

– Ja, ovaj... Stvarno te zanima moje mišljenje?

– Naravno da me zanima.

Nije bila sigurna da li će se Tajleru dopasti ako mama posluša njen savet, a ne njegov, ali postavila joj je pitanje i sad čeka odgovor.

– Logistički posmatrano, lokacija je teža, ali mesto je prelepo.

– Kao i Kastani, a tamo već i snimamo. Neće biti problem da ostanemo još dva dana.

– To je tačno, ali podseća na film *Mamma Mia!* – poznata je lokacija i koristi se i u drugim scenama. Pretpostavljam da zavisi od toga da li želiš da se scena snimi na prelepoj i pustoj plaži, iako je teže doći do nje.

– Misliš li da će snimanje tamo biti vredno tog dodatnog napora?

– Pa... – Nije bila sigurna kako da odgovori. Najmanje od svega je želela da nekome stane na žulj, posebno ne Tajleru. – To zaista nije na meni da kažem. Šta je Tajler rekao?

– Nije važno šta je on rekao, pitam tebe.

– Kažem ti, to bi trebalo da bude njegova odluka ako se sve svodi na pitanje logistike u odnosu na umetničko gledište.

Mejv je promešala mleko u kafi i prodornim očima odvažno pogledala Harlou. – To je tvoj problem, nisi sposobna da donosiš odluke i slediš unutrašnji osećaj. Duboko u sebi znam da imaš odgovor, ali nemam pojma zašto ne možeš da budeš samouverena. Da li si zbog toga izbegavala da režiraš? Ne želiš da preuzmeš odgovornost? Ne možeš ceo život da se potucaš kao pomoćnica. Pokaži malo proklete hrabrosti i odlučnosti.

– Opa. – Harlou se zavalila i uhvatila za ivice stolice. – Prava si mustra.

Mejv napući usne. – Šta to treba da znači?

– Znači da pošto nisam bezobzirno ambiciozna kao ti, moraš da me omalovažiš.

– Ne moraš da budeš nemilosrdna, dovoljna je i trunčica ambicioznosti.

Harlou steže vilice. Jako je želela da vikne na mamu, ali nije mogla, ne dok su okružene stolovima s ljudima koji uživaju u jelu. Manje se usredsređivala na bes koji je strujao kroz nju, a više na pomisao kako mama pokušava da je izazove. Nije htela da joj pruži to zadovoljstvo.

Spustila je ruku i uzela torbu. Izvadila je dvadeset evra i ostavila ih ispod nekorišćene pepeljare.

– Kuda si pošla?

– U šetnju. Sama ću se vratiti u hotel. Kao i uvek, bilo mi je zadovoljstvo da provedem vreme s tobom.

Otišla je, probijajući se kroz dvorište između stolova srećnih turista, niza stepenice i nazad u usku ulicu.

Išla je u pravcu gde je bilo manje ljudi. Trudila se da ne zaplače dok je hodala popločanom uličicom. Jedino što je ikada želela bio je pristojan odnos s mamom, pun ljubavi i razumevanja u kojem bi razgovarale i delile uspone i padove života. Odnos kakav su s majkama imale mnoge njene prijateljice, baš kao Manda i njena ćerka. Želela je da s mamom ima ono što je imala s tatom. S njim je mogla da razgovara o bilo čemu, a on bi je slušao, pažljivo slušao i razumeo. Možda je trebalo da prihvati činjenicu kako se mama neće promeniti i da umesto toga bude zahvalna što ima uobičajenu porodicu s tatom i Džinom. Bilo je besmisleno želeti da ti žena bez majčinskog osećaja pruži negujući odnos pun ljubavi.

9.

TREĆA NEDELJA - DRUGA NEDELJA SNIMANJA

– Harlou, potrebno mi je da danas pripremiš lokaciju *Maslinjak*. – Tajler ju je sustigao na putu između hotelskih vila i baze. – Tvoja mama je odlučila da se drži plaže Perivoliou umesto Kastani, tako da moram da se pripremim za to. Potrebna si mi i na jutarnjem snimanju, a onda tek kasnije da dovršiš posao, tako da ćeš u *Maslinjak* morati da odeš za vreme ručka.

Tajler je bio uznemiren, i upravo je to bio razlog zašto Harlou nije želela da snosi odgovornost zbog pristanka da se snima na nepristupačnoj, zabačenoj plaži, a ne onoj lako dostupnoj. Bez obzira na to što se Mejv prvobitno kolebala oko toga koja je plaža pogodnija. Tajler je bio plaćen da donosi takve odluke. Naposletku, Mejv i izvršni producenti su odgovorni za poštovanje rokova snimanja i okvira budžeta.

Nakon burnog vikenda, Harlou je osetila olakšanje kada je u ponedeljak mogla da se usredsredi na posao. Nije se ni videla ni čula s mamom otkad ju je ostavila u restoranu. Izduvala se šetajući gradom i smirenija stigla do luke. Barovi i kafići bili su prepuni turista koji su uranjali u tanjire pune morskih plodova ili pijuckali koktele uživajući u kasnom popodnevnom suncu. Taksijem se odvezla do hotela i otišla pravo u sobu. Pošto je rano legla, nije videla nikoga sve do jutros, kada ju je sustigao usplahireni Tajler.

Kao što su od nje i tražili, provela je jutro na setu Glosa i dogovorila se s jednim od grčkih pomoćnika za lokaciju da je zameni dok ode u *Maslinjak*. Bila je to kratka vožnja, ali imala je dovoljno vremena da opet proživi zlosrećni razgovor sa Adonisom i zabrine se zbog mogućih poteškoća.

Parkirala je automobil i rekla sebi da prestane da se brine oko nečega što možda neće ni biti problem. Vreme ručka se bližilo kraju i još je bilo nekoliko automobila na parkiralištu. Hodala je ka restoranu senovitim prilaznim putem natkriljenim vinovom lozom. Mesto je bilo čarobno, kakvim ga se i sećala.

S velikim olakšanjem ugledala je Stefanosa u dvorištu restorana, od Adonisa nije bilo ni traga ni glasa. Krenula je ka njemu, prolazeći pored šačice gostiju koji su završavali obed. Duboke bore nabirale su Stefanosovo preplanulo čelo. Prepoznao ju je i klimnuo glavom.

– *Yasas* – rekla je, ne očekujući da će nevešti pozdrav na grčkom ostaviti ikakav utisak na njega.

I nije. Progunđao je.

– Dimitri je trebalo da vas obavesti kako ću svratiti da bih sve pripremila za snimanje, ako je to u redu?

– Radite šta morate. Nije problem. – Mahnuo je rukom u pravcu maslinjaka.

Čvor napetosti koji joj se smestio u grudima popustio je dok se spuštala stepenicama terase. Izgleda da Stefanos nije znao za neprijatan susret, a čak i da jeste, to nije izazvalo poteškoće, zbog čega joj je neizmerno laknulo. Moraće da nauči kada da se ugrize za jezik.

Dok je hodala kroz dugu bockavu travu, Harlou je provrtela u glavi sutrašnji radni dan. Stići će prva s Tajlerom, a onda će ograditi pola parkirališta za filmsku ekipu. Da bi stigli do maslinjaka, moraće da zaobiđu restoran travnatom stazom koja vodi ispod njega, i sve će biti spremno za snimanje mnogo pre nego što stignu prvi gosti u vreme ručka.

Harlou je izabrala savršeno mesto, a režiser, direktor fotografije i Mejv su ga već proverili. Sada se uputila tamo i bila je na pola puta kroz šumarak koji vodi do oblasti gde je drveće bilo razmaknutije. Stablo masline se podelilo na tri dela, uvijajući se naviše do lisnate krošnje, čija se duboka, tamnozelena boja presijavala na letnjem suncu. Pozadinu su činila brojna stabla maslina. Iza njih je bio voćnjak sa šljivama i smokvama, a još dalje tamnozelena borova šuma. Harlou je bila ubeđena kako će lokacija izgledati neverovatno na filmu.

Sela je leđima okrenuta deblu. To je bilo najromantičnije mesto, i ispunjavalo je sve uslove iz uputstva za snimanje scene. Scenosled je prikazivao upravo ovakvu lokaciju. Dok je udisala topao vazduh ispunjen mirisom začinskog bilja sušenog na suncu, osetila je svežinu origana. Zurila je u grane iznad sebe, u obrise tankih šiljastih listova spram vedrog plavog neba. Rado bi zauvek ostala ovde upijajući mir i lepotu okolne prirode. Međutim, morala je da radi.

Harlou je ustala i obrisala trunčice suve trave sa lanenih pantalona. Uzela je iz torbe beležnicu i olovku i presekla između drveća do niskog kamenog zida između maslinjaka i voćnjaka. Sela je na njega sa otvorenom beležnicom. Videla je kako se iza maslina nebo spaja s tamnoplavim Egejskim morem. Deo nje nije želeo da sutra podeli ovo mesto sa ekipom. Razumela je Adonisovo opiranje da se na njegovom mirnom parčetu Skopelosa snima film. Da živi na ovako lepom mestu, nije bila sigurna da bi i sama bila voljna da ga prepusti. Bila je pod pritiskom dok je sve pripremala za sutrašnje snimanje. Proveravala je pojedinosti mnogo više puta nego što je bilo potrebno, ali su joj u glavi kao pokvarena ploča iznova odzvanjale mamine reči da je ne izneveri.

Prijalo joj je da sedi u tišini i razmišlja. U Londonu, činilo se kao da nikada nema ovakvog tihovanja, iako ovde zapravo nije bilo tiho, čuli su se cvrkut, blejanje koza i zveckanje zvončića. Bila je sama, ali okružena životom, od cvrčaka u rastinju i bubamara koje su puzale po kamenom zidu, do leptira koje je nosio blag povetarac. Kod kuće je često sedela u parku, željna lisnatog okruženja kojeg nije bilo u stanu sa skučenim balkonom, ali nije mogla da izbegne buku: neutešni plač beba, pseći lavež, dečju ciku, melodiju malih kombija sa sladoledom, sirene i stalni bruj saobraćaja.

Harlou je skrenula pogled sa okruženja i pokušala da se usredsredi na otvorenu stranicu sveske i beleške koje je počela da pravi tokom priprema za snimanje. U šest sati se u bazi pripremaju glumci, kostimi, šminka, frizura, kako bi bili spremni za početak snimanja u sedam i trideset u *Maslinjaku*. Harlou je planirala da s Tajlerom bude na lokaciji najmanje sat vremena pre ostalih. Morala je da završi radna uputstva i obeležavanja kako bi bila sigurna da svi znaju šta rade i kuda idu. Radni dan će početi rano i trajaće dugo, što je i navikla, ali pritisak ju je podsetio na nekadašnji posao pomoćnice režisera, kada je bila znatno manje plaćena i cenjena.

Senka je pala preko sjajnobele stranice.

Iznenađena, Harlou podiže pogled.

Adonis se nadvijao nad njom. Nije mu jasno videla lik zbog odsjaja sunca iza njega.

– Tata je rekao da si ovde dole. – Glas mu je bio dubok, ali delovao je mekše nego kad su poslednji put razgovarali. Manje ljut. – Izvini za pre neko veče u baru. Imao sam loš dan. Zapravo, izvini zbog oba puta. Za tad i kad smo se prvi put sreli.

Harlou sleže ramenima. – Oboje smo ga imali.

Pored njega je prošao pas, dalmatinac kojeg je Harlou prvi put videla u restoranu.

– Ovo je Sem – rekao je Adonis kada je pas ugurao vlažnu njušku Harlou u krilo. – Nisam nameravao da se iskaljujem na tebi u baru. Iznenadila si me.

– Da, žao mi je zbog toga – rekla je, milujući Semovo meko krzno. – Ne znam šta mi bi. Čula sam te kako savršeno govoriš engleski – naglasila je – i glupo odlučila da kažem nešto povodom toga. Mislim da su mi vino i sunce previše udarili u glavu.

Pokazao je ka mestu na zidiću pored nje. – Mogu li?

– Samo izvoli.

Adonis se na trenutak namršti, ali ipak sede. Harlou je čekala da on kaže još nešto. Kako je tišina među njima rasla, bilo joj je sve teže da pronađe prave reči.

– Tata je rekao kako ćete sledeća dva dana snimati u maslinjaku?

– Da. – odgovori Harlou, sa olakšanjem što je tišina prekinuta. – Savršeno mesto za scenu koju snimamo.

– Film je ljubavni?

– Jeste.

Sem se smesti u hladovinu kraj njihovih nogu. Velike senice su se obrušavale na grane drveća, a njihova prepoznatljiva pesma nadmetala se sa stalnim cvrčanjem cvrčaka.

– To je Eleonorin soko. – Adonis je pokazao na veliku pticu koja je skladno klizila kroz vazduh, a čiji su se obrisi dugog repa i krila ocrtavali na vedrom nebu. – Što duže ostaneš ovde, češće ćeš je viđati.

To je samo potvrdilo njen raniji osećaj koliko je ovo mesto bilo neverovatno. Stvarno bi mogla ovde da sedi po ceo dan i upija prizore, zvukove i ugodne prirodne mirise bilja, drveća i zemlje.

– Otkud ti u baru pre neko veče? – upitala je Harlou, narušavajući mir. – Nije baš blizu Glose.

– To je naše uobičajeno mesto kad nije preplavljeno filmadžijama. – Podigao je obrvu i lukavo joj se nasmešio. – Moja tetka je vlasnica hotela. A u brdima baš i nema neke zabave.

– Stvarno se nadam da nisam uvredila tvoje prijatelje.

– Bilo im je smešno. Posebno Džeku. On je Britanac i leti radi na brodu, ali je stacioniran na Skijatosu, tako da ga ne viđam često.

Harlou je shvatila da je u pitanju visoki mršavko koji se pridružio Adonisu i njegovim prijateljima.

– Kad sam rekao tati šta se dogodilo, zabrinuo se da te nisam uvredio i da ćete odustati od snimanja na našoj zemlji.

– Onda nas je dvoje. I ja sam se brinula da sam zabrljala i kako nećemo moći ovde da snimamo. Dakle, sve je u redu, zar ne?

– Savršeno je u redu. Tata se pravi kako ga nije briga da li je filmska ekipa ovde, ali zapravo je ponosan na ovo mesto.

– I treba da bude, predivno je.

– Sem toga, nikad ne bi odbio novac.

– To je lep iznos.

Adonis je ustao i zabio ruke u džepove šortsa. Nije bilo one ćudljivosti kao prilikom prva dva susreta, ali bio je prećutno uzdržan i delovao je ozbiljno.

– Pustiću te da nastaviš s poslom – rekao je.

Harlou je klimnula glavom. – Hvala, i možda se sutra opet vidimo.

Gledala ga je kako odmiče između drveća, dok je Sem kaskao za njim. Pitala se da li ga je otac zamolio da razgovara s njom, zabrinut zbog moguće gubitka unosnog posla, ali joj je laknulo što su sve raščistili pre dolaska filmske ekipe.

Harlou je završila s pisanjem i zatvorila beležnicu. Adonis je u njoj pobudio zanimanje.

10.

Harlou je nemirno spavala, briga zbog sutrašnjeg dana sprečavala ju je da se odmori. Mama ju je pre neki dan podsetila na odgovornost koju je svesno izbegavala, i to ju je sad baš opterećivalo. Mamine grube reči su se izvrtale i zabijale joj se u utrobu sve dok nije osetila fizičku napetost.

Probudila se mnogo pre alarma. Zbacila je čaršave sa sebe i zaključala se u kupatilo. Mlaz tople vode dobovao joj je po ramenima opuštajući napetost.

Spakovala je torbu i napustila vilu. Toliko je poranila da čak nisu ni počeli da služe doručak, pa je u bazi napravila instant kafu i otišla u kancelariju produkcije da odštampa papirologiju za taj dan.

Do šest sati, sve je vrvelo od glasova i ljudi iz sektora za kostim, frizuru i šminku koji su radili punom parom. Harlou je videla kako mama užurbano uleće iz prostora za odmor u šatoru u kancelariju produkcije, sa šoljom kafe u ruci i naočarama za sunce umesto rajfa na plavoj kosi.

Harlou je podelila radna uputstva i planove preseljenja ekipe i zatekla Mandu u delu šatora za šminkere kako briska svoje radno mesto.

– Dobro jutro – reče Harlou, tapnuvši prijateljicu po ramenu. – Spremam se da krenem na lokaciju, samo me zanima šta imaš u planu?

Manda je napravila grimasu. – Izvukla sam najkraću slamku, biću ovde ceo dan. Samo se ti zabavi. Možda ćeš ponovo videti onog zgodnog, zamišljenog Grka.

– Pronašao me je juče u maslinjaku i izvinio se što je pre neko veče bio neprijatan.

– Stvarno mi ne bi smetalo da sa mnom bude tako neprijatan... – nasmejala se Manda.

– Šta je s tobom? – Harlou je odmahnula glavom. – I ja sam morala da se izvinim.

– Pomirili ste se i izljubili, a? – namignu Manda.

– Bilo je dosta kruto.

– Samo ti sanjaj, eh!

– I zaslužuješ da budeš zaglavljena ovde ceo dan.

Čule su glasove i okrenule se. Kristal je ušla u šminkernicu, dok joj je pomoćnica bila za petama.

– Dobro jutro – rekla je vedro. Spustila se u Mandinu stolicu za šminkanje, a pomoćnica joj je pružila šolju s kafom.

– Dobro jutro, Kristal – rekla je Manda, smeškajući se. – Izgledaš vedro i sveže kao i obično. – Okrenula se ka Harlou i promrmljala sebi u bradu: – Idi i lepo provedi dan – bez mene.

Tajler je već čekao pored kola kada je Harlou skrenula za ugao hotela.

– Nisi bila na doručku, pa sam ti doneo sendvič sa slaninom, hrskavo ispečenom na roštilju do savršenstva, baš kao što voliš – rekao je i pružio joj umotani sendvič.

– Hvala ti.

– Ja ću da vozim – dodao je, spustio naočare za sunce na oči i ušao u auto.

Bilo je trenutaka kada je izgledalo kako je Tajler poznaje bolje nego što je poznavala samu sebe. Sendvič sa slaninom bio je savršen obrok, koji će je napuniti energijom za dug dan koji joj predstoji. Uživala je u mesnim đakonijama za doručak, ručak i večeru, ali ovo je bila prava poslastica i podsećanje na dom. Bilo je i nečeg dobrog u saradnji s njim.

Harlou i Tajler su stigli u *Maslinjak* u pola sedam. Harlou je imala utisak kao da je već satima budna. Svi lokacijski znakovi bili su postavljeni na mesta, a područje parkirališta koje je filmska ekipa koristila ograđeno. Harlou će usmeravati glumce i ekipu ka mestu snimanja, ali je za svaki slučaj stavila natpise koji su označavali put ka restoranu i stazu koja vodi do šumarka. Poslednje što želi je da ekipa tumara po terasi restorana.

Mejv je stigla prva i u sandalama s potpeticom polako prešla preko šljunkovitog parkirališta. Velika torba joj je visila preko ramena dok je u ruci držala telefon, a pomoćnica ju je pratila s beležnicom i tabletom.

– Dobro jutro, Harlou – rekla je Mejv dok je pristizala. – Da li je sve spremno? Ekipa uskoro stiže. Tajler je dole na lokaciji?

– Da, samo prati ovu zaobilaznu stazu, i to je na pola puta niz brdo.

Mejv je krenula s ličnom pomoćnicom. Harlou nije ukazala na činjenicu da sandale s potpeticom, otvorenim prstima i gole noge u haljini srednje dužine verovatno nisu baš najbolji izbor, ali inače je vrlo jasno opisala lokaciju: tvrdo, neravno tlo i duga, štrkljasta trava. Mama je obaveštena kao i svi ostali. Harlou je bilo u udobnim patikama, tri-četvrt pantalonama i bluzi bez rukava. Namazala se od glave do pete kremom za sunčanje, a za svaki slučaj je imala šešir koji joj je štitio lice i naočare za sunce. Bila je spremna za radni dan na grčkoj vrućini.

Harlou nije videla ni Adonisa ni Stefanosa. Pretpostavila je kako se verovatno drže podalje. Harlou je usmeravala vozila, a kad su svi stigli, sišla je dole i postavila sto sa osveženjem, a zatim još tri puta prešla isti put noseći piće i grickalice za glumce i ekipu.

Dok je sunce pržilo, Kristal i Dominik su se izležavali na kariranom izletničkom ćebetu u senci masline. Sunčevi zraci su šarali okolnu travu, a leptiri lepršali na svetlu. Bilo je baš onako kako je Harlou zamišljala na osnovu scenosleda. Maslinjak je utihnuo zbog snimanja prve scene, jedino su se čuli glasovi glumaca, sveprisutno zujanje insekata i povremeni huk vetra kroz lišće.

Jutro je projurilo – jednoličan ciklus snimanja, ponovnog postavljanja i sledećeg pokušaja. Do poznog jutra scena je trebalo da bude snimljena iz drugog ugla. Dok su se Kristal i Dominik odmarali, reditelj i direktor fotografije su razgovarali o sledećem delu snimanja.

Harlou je stajala u hladu pored stola sa osveženjem, ramena su je bolela, a čitavo jutro se oslanjala na drvo.

Tajler je prišao i zgrabio bocu vode. – Moraš da razgovaraš s vlasnikom o uklanjanju grane s masline.

– Zašto je to neophodno?

– Lepše će izgledati – rekao je Tajler. – Nema rasprave. Džim je to malopre zatražio i moramo što pre da rešimo taj problem.

Harlou se pela uz maslinjak, skrećući sa travnate staze na vrhu do prazne terase. Uskoro će pristići gosti za ručak. Iza restorana, pored voćnjaka vodila je staza do bele vile i pomoćnih zgrada.

Adonisov dalmatinac Sem ležao je na suncu. Podigao je glavu dok je prolazila i ponovo je spustio.

Plava ulazna vrata vile bila su odškrinuta.

Harlou je pokucala. – Dobar dan.

Čuli su se spori koraci u hodniku i naposletku se pojavila sedokosa baka, u crnoj haljini, oslanjajući se na štap za hodanje.

– *Naí*? – rekla je žustro.

– Ovaj... da li su tu Stefanos ili Adonis?

Bore na licu iznurenom vremenskim prilikama postajale su sve oštrije kako se mrštila.

– *O Stéphanos échei páei stin póli. O Adonis einai sto ergastírio. Ekeí káto. Ekei, ekei* – rekla je, mašući rukom i pokazujući prema pomoćnim zgradama.

– U redu – rekla je Harlou polako, pokušavajući da shvati šta žena govori. – Hvala vam. *Efharistó.*

Uzmaknula je, okrenula se i prošetala gornjim delom voćnjaka u pravcu u kojem je starica srčano upirala prstom.

Vidik je sa ove visine bio još neverovatniji. Pucao je pogled iza stabala voća i maslina do mora. Do nje je dopro žagor filmske ekipe, podsećajući je kako što pre treba da dobije odobrenje za uklanjanje grane, inače će se snimanje odužiti.

Prošla je pored niza pomoćnih zgrada, od kojih su neke bile u boljem stanju od drugih. Zvuk struganja dopirao je iz poslednje, gde se šuma graničila s maslinjakom.

Velika vrata ambara otvorila su se ka površini od betonskih ploča između kojih se probijao korov. Harlou je stajala na vratima, čekajući da joj se oči priviknu na tamu u ambaru.

Adonis je stajao za radnim stolom, obrađujući komad drveta ručnom hoblericom. Vijugavi opiljci bledog drveta padali su na pod prekriven piljevinom. Ugledao ju je i prestao da radi.

– Izvini što te uznemiravam, ali gospođa u kući me je uputila ovamo. Ona ti je baka?

– Jeste, moja *yiayia*.

– Baviš se drvenarijom? – Harlou se divila rezbarenim komadima drveta naslaganim uza zid.

– Kad god ugrabim priliku. Kao danas, jer zbog snimanja nisam u polju.

Ambar je mirisao na svežu piljevinu, a svetlost sunčevih zraka koji su sijali kroz velika otvorena vrata hvatala je ples prašine.

– Prelepi komadi.

Adonis klimnu glavom. – Da li ti treba nešto?

Harlou je prestala da se osvrće i usredsredila se na njega. – Sve ide po planu, ali postoji grana koja ometa snimanje sledeće scene koju želimo da uradimo, i nadali smo se kako vam neće smetati da je uklonite, molim te.

– Hoćeš da posečeš drvo?

– Ne celo drvo, ne. Samo granu.

Adonis uzdahnu, lice mu se namrgodilo. Uzeo je testeru sa držača za alat koji je visio na zadnjem zidu.

– Pokaži mi.

Mrmljao je nešto na grčkom dok su napuštali ambar i požurio je napred pravo kroz voćnjak prema maslinjaku. Vratila se ćudljiva verzija Adonisa. Delimično je razumela kako ga je možda naljutila, to što oni hoće da iseku granu samo zbog lepšeg snimka sigurno mu se činilo beznačajnim, jer se njegov posao svodio na negovanje. Zrele šljive visile su na bremenitim granama, primamljivo blistave dok su se saginjali ispod njih. Harlou se trudila da drži korak s njim.

Ekipa se i dalje pripremala da ponovo snimi scenu iz suprotnog ugla. Mama je bila iza monitora, duboko zadubljena u razgovor sa Džimom i režiserom. Dominik je glasno pričao telefonom, a Kristal sedela u hladu druge masline dok su je ponovo šminkali. Tajler ih je ugledao i prišao im.

– Hej, ti si Adonis, zar ne? – rekao je Tajler kada je stigao do njega.

Adonis je kratko klimnuo glavom. Harlou je videla koliko je besan jer su mu ramena bila napeta. Da je čvršće stegao testeru, izgledalo bi kao da se sprema da napadne nekoga...

– Šta treba da se iseče? – upita Adonis Tajlera.

Adonisove reči od pre neko veče odzvanjale su joj u ušima, filmskoj ekipi koja je „preuzela ostrvo" neće ići u korist to što zahtevaju uklanjanje grane.

Harlou je dopustila Tajleru da objasni šta želi da se uradi, i Adonis je bez reči presekao granu. Otpala je, velika i prepuna zelenkasto-sivog lišća.

Adonis se okrenuo Tajleru. – Da li je to sve?

– Jeste, hvala vam.

Adonis je krenuo uzbrdo nazad, držeći granu i testeru u ruci.

Tajler je odmahnuo glavom i pogledao Harlou. – Koji je njegov problem?

– Verujem da nije posebno oduševljen našom najezdom.

– Nisu morali da pristanu. Rezanje te grane nije neki poseban zahtev. A i kakvo je to blesavo ime Adonis? – rekao je podsmešljivo.

– To je uobičajeno grčko ime.

Harlou je posmatrala Adonisa dok nije nestao ispod drveća u voćnjaku. Nije joj bilo prijatno zbog osećanja odgovornosti što ga je uznemirila, ne posle njegovog izvinjenja i ćaskanja kojim su izgladili nesuglasice. Harlou uzdahnu. Za razliku od mame, koja je izgleda uživala u sukobu i donošenju teških odluka, ne mareći da li je naljutila nekoga, Harlou se to nije sviđalo. Nikada to nije volela, otkad je kao dete slušala stalne roditeljske svađe. Mama ili nije marila da li će nekoga uznemiriti, ili je tokom godina toliko oguglala da joj to više ne smeta. Harlou je zbog toga bilo krajnje nelagodno.

– Svi na mesta! – viknuo je Džim, i snimanje se nastavilo, dok su Dominik i Kristal nastavili da se izležavaju na izletničkom ćebetu, ostali članovi ekipe poput Harlou i Tajlera udaljili su se iz kadra.

* * *

U vreme ručka, Stefanos se spustio do seta da vidi šta se dešava. Kratko je pozdravio Harlou, promrmljao kako je sve u redu i vratio se u restoran. Harlou se smestila pored terase restorana da bi odgovarala na pitanja o tome šta se dešava i bila sigurna kako radoznali gosti neće svojevoljno odlutati u maslinjak i u pozadinu kadra.

Od mirisa svinjetine s roštilja, zajedno s prizorom sira prženog u medu i posutog susamom i ogromnim činijama grčke salate, Harlou su zakrčala creva. Glumci i mali deo ekipe vratili su se u bazu na ručak, dok je pomoćnica produkcije ostalima podelila papirne kese sa izletničkim ručkom.

Harlou je sela ispod drveta da pojede svoj, leđima okrenuta restoranskoj terasi. Izvadila je jabuku, kesu čipsa sa ukusom origana i dva povelika parčeta spanakopite. Kora se mrvila kad bi je zagrizla. Sklonila je mrvice sa tri-četvrt pantalona. Pita je bila vlažna i kiselkasta s fetom i spanaćem, podsećala ju je na doručak u Skopelosu s mamom pre nego što su dešavanja neminovno krenula nizbrdo. Mama je još bila tu, sedela je iza monitora i posmatrala jutarnju užurbanost. Harlou nije videla da je ona nešto pojela; imala je običaj da se, kada je u elementu, usredsredi na posao i prenebregne sve ostalo.

– Radiš na filmu? – prenuo ju je dubok glas sa američkim naglaskom.

Pogledala je iza sebe.

– Izvini što sam se ovako prikrao – rekao je nizak i zdepast muškarac, zajapurenog lica i urednih brkova. Pridružila mu se žena i uhvatila ga za ruku.

– Ti si s filmskom ekipom? – pitala je.

– Jesam – rekla je Harlou, progutavši veliki zalogaj spanakopite.

– O, bože, baš si srećnica – uskliknula je žena, skinula naočare za sunce i rukom zaklonila oči od sunca dok je gledala niz maslinjak.

– Ja sam samo pomoćnica.

– Oh, nemoj ti meni *samo pomoćnica* – rekla je, smejući se. – Radiš na filmu! To je nešto zbog čega možeš da se praviš važna. Ja bih.

– Veruj mi da bi – podigao je obrvu muškarac i nasmešio se.

– Gledali smo šta se dešava dok smo ručali, zar ne, Dag? Dobili smo više nego što smo očekivali – neverovatan obrok i mogućnost da gledamo snimanje filma.

– Nadam se da vam nismo smetali? – reče Harlou.

– Oh ne, ulepšali ste nam dan.

– Amerikanci na odmoru?

– Rođeni i odrasli u Teksasu, ali sad živimo u Kaliforniji – odgovorila je žena, a muškarac je klimnuo glavom.

– Onda bi trebalo da ste već navikli na sve ovo.

– Oh, mi smo iz malog grada – reče Dag. – Iako bi se Silvi očas posla preselila u Los Anđeles, zar ne?

– Sve bih dala da živim u takvom gradu – rekla je i pokazala glavom prema setu u maslinjaku. – Zar nije to Mejv Fenimor Bel?

Harlou je pogledala mamu, koja je stajala i razgovarala sa Džimom. Od glave do pete je izgledala kao glamurozna producentkinja holivudskog filma, plave kose, crvenih usana, preplanule kože u svetloj, potpuno neprikladnoj haljini koja privlači pažnju.

Harlou se okrenu ka paru. – Da, to je ona.

– Oh, ovo je izuzetno uzbudljivo. Jedva čekam da se vratimo i da ispričam Džejn kako sam videla Mejv Fenimor Bel glavom i bradom. Tako sam ljubomorna što imaš priliku da radiš s njom.

– Pa, ne radim neposredno s njom, ona je čak ovde – pokazala je Harlou iznad glave – a ja sam skroz dole – pokazala je na stopala.

– Izgleda još glamuroznije u stvarnom životu. Kad bih mogla da izgledam barem upola dobro kao ona... – uzdahnu Silvi.

– Da imaš novca koliko i ona, verovatno bi – osmehnuo se Dag supruzi.

– Mada, verovatno pomaže i kad za ljubavnika imaš prelepog i nekoliko godina mlađeg glumca – rekla je i podigla obrvu. – To svakoga podmladi.

Harlou je pogledom presekla ženu. – Ljubavnika?

Dag je odmahnuo glavom. – Silvi živi za tračeve.

– Uuu, bio je to pravi skandal. Čudi me da nisi čula za to.

– Nemam običaj da pratim takve stvari – reče Harlou gledajući nizbrdo. *Naročito kad je u pitanju trač o mojoj mami*, pomislila je.

Okrenula se ka paru i nasmešila. – Trebalo bi da odete tamo i zatražite joj autogram.

– Oh, pa ne možemo – reče Silvi širom otvorenih očiju. – Zar ne...?

– Trenutno je predah između snimanja. Neće biti poteškoća. Sigurna sam da će Mejv biti oduševljena da proćaska s vama. Recite joj kako vas je Harlou poslala.

Harlou je posmatrala Daga i Silvi kako idu kroz maslinjak. Stigli su do njene mame. Silvi je pričala, uzbuđeno mahala rukama i pokazivala uzbrdo prema Harlou. Mama je pogledala u njenom pravcu i pogledi su im se susreli. Harlou se nasmešila i mahnula. Mama se okrenula ka Silvi i osmehnula joj se najširim holivudskim osmehom.

Ako je istina ono što je Silvi rekla, Mejv se ponovo vratila uobičajenom ponašanju. Možda je bilo krajnje vreme da Harlou postavi neka važna pitanja. Naravno da neće iščitavati tračerske blogove kako bi iskopala neku prljavštinu o majci, ali nije volela ni da takve vesti saznaje slučajno od ljudi kao što su Dag i Silvi.

11.

Prvi dan snimanja u *Maslinjaku* završen je na vreme i pre nego što je svetlost počela da bledi. U restoranu je za vreme ručka bila gužva, a onda je utihnuo kada se nastavilo snimanje scene izleta. Harlou je bila zauzeta ostatak popodneva, pogotovo kada su gosti počeli da pristižu u restoran na ranu večeru. Činilo joj se kao da je ručala pre sto godina, a stomak joj je tulio od ukusnih mirisa koji su je zapahnjivali iz restorana. Do kraja dana nije videla Adonisa, ali se Stefanos s vremena na vreme pojavljivao na ivici terase da proveri šta se dešava.

Proletelo je dvanaest sati otkad je Harlou došla na set. Dominik i Kristal su se odvezli nazad u bazu, a pomoćnici frizera i šminkera pridružili su im se nešto kasnije. Ekipa je počela da se pakuje, vratili su kablove i opremu za vuču u vozila na parkiralištu. Harlou je savila ćebe za piknik i pretražila područje ispod drveća kako bi se uverila da ništa nije ostalo. Pokupila je bačeni odgrizak jabuke i papirnu kesu sa ostacima nečijeg ručka. Osim odsečene grane masline i ugažene trave na mestima gde je njom prošlo desetine stopala, sve je izgledalo kao i kada su stigli.

Svetla još ne obasjavaju Glosu, ali sunce je već putovalo ka obzorju. Bele vile načičkane na brežuljku su blistale i život je brujao oko nje. Leptirice su izletale iz žbunja sada kada se ekipa razišla. Okruživao ju je prijatan i svež miris, čarobni spoj trave i zemlje. Harlou je na trenutak zastala upijajući mir nakon dana ispunjenog neprestanim brbljanjem. Poslednji put se osvrnula oko sebe i, zadovoljna što je završila, nevoljno krenula ka automobilu. Ujutru će ponovo biti prva na lokaciji. Tajler je ranije uhvatio prevoz i ostali su samo njena mama i Džim, koji su ćaskali nedaleko odatle.

Mejv je spustila ruku na Džimovu mišicu. – Vidimo se kasnije. Harlou, možemo li da popričamo? – Prekrstila je ruke i čekala da Džim ode. – Šta je bilo ono malopre, zašto si mi poslala onaj par?

– Stekla sam utisak kako je ta žena tvoja najveća obožavateljka i želi da te upozna. Da li je to bio problem?

– Ne, naravno da nije – rekla je s takvom oštrinom u glasu da je Harlou bila uverena kako ništa nije u redu. – Postavljala mi je lična pitanja, to je sve.

– Šta očekuješ, mama, kad je tvoj život očigledno svima na izvol'te?

– Htela si da me izblamiraš, o tome se radilo?

– Ne, ja...

Mejv je koračala napred, ne čekajući da Harlou odgovori. Hodala je prilično brzo s obzirom na to da je nosila krajnje neprikladnu obuću.

Harlou je oklevala pre nego što je pošla za njom. Da li ih je zato poslala kod nje, znajući da će to mamu iživcirati? Verovatno. Možda je Harlou volela da izvede mamu iz takta isto koliko i ona nju.

– Kako si provela dan? – Manda joj se pridružila za stolom na terasi hotelskog restorana.

– Odužio se.

Sunce je zašlo, svetla su bleskala u daljini, a oko njih se čuo žamor. Harlou je umirala od gladi nakon što je provela dan okružena ukusnim mirisima koji su dopirali s terase restorana *Maslinjaka*.

– Jesi li videla grčkog boga?

Harlou se nasmeja. – Jel' ga odsad tako zoveš?

– Njegovo ime znači *izuzetno zgodan*, proverila sam. Pa, jel' bio tamo?

– Da, ali mislim da sam ga ponovo uzrujala.

– O, Harlou, šta si sad uradila?

– Zamolila sam ga, učtivo, da poseče granu masline. Iskreno, njegova reakcija je bila kao da sam mu tražila da poseče sve drveće u maslinjaku – uzdahnu Harlou. – Mada, mislim da imam sklonost da živciram ljude.

– Mene ne živciraš.

– A znaš zašto? Zato što si druželjubiva, srećna i jednostavna osoba. Razumem te. Adonis je... Ne znam, ćudljiv, zagonetan i zanimljiv...

– Seksi...

Harlou sleže ramenima. – Ima i toga. Možda je zato tako tajnovit. Kad sam otišla tamo da pripremim sve za snimanje, bio je divan. Pričao je o pticama u maslinjaku. Ima tu tihu, osetljivu stranu... Ne znam. Danas se vratio ćudljivosti i mrzovolji.

– Meni to zvuči veoma zanosno. Čak je i ćudljivost privlačna.

Konobar je došao do njihovog stola i spustio tanjire s pilećim suvlakijem i pomfritom, zajedno sa činijom salate s paradajzom sušenim na suncu, zelenišem i krupno narendanim sirom.

– Oh, ovo je nešto najbolje što sam videla celog dana – rekla je Harlou, svlačeći parče piletine s ražnjića.

Manda je frknula. – Ako tako kažeš!

Harlou je odolela da ne prevrne očima.

Manda je svukla mekanu grilovanu piletinu sa ražnjića na tanjir. – Da li znaš o čemu moj muž i ja razgovaramo kada sam kod kuće: ko je na redu da izvede psa u šetnju, šta ćemo za večeru i da li će padati kiša. Previše pojednostavljujem, ali znaš, momak koji ima o čemu da priča, osim o fudbalu, i to na zanimljive teme, zvuči kao san snova.

– Verovatno si u pravu.

– Zato je dobro što ću neko vreme biti odsutna, tako da ćemo imati o čemu da razgovaramo kad se vratim kući. I potpuno je blesavo pošto više pričamo telefonom ili preko *Zuma* nego kada smo zajedno.

– Očigledno ti je ovo vreme bilo potrebno kako bi učinila nešto za sebe.

– O bože, jeste. Potpuno sam potcenila kako je to što se toliko dugo nisam posvetila sebi napravilo od mene senku one žene koja sam nekad bila. Znam da to zvuči dramatično, ali dok Ema nije napunila osamnaest godina i otišla na fakultet, znali su me kao Eminu mamu. Slično je i s Robom, on ima uobičajen posao od devet do pet, i uvek sam morala to nekako da zaobiđem i smislim ko će da mi čuva dete kad imam posao koji je sve samo ne od devet do pet. Znaš i sama kako je.

– Znam... Mislim, znam kakav je posao, ali ne kako da ga žongliram s porodičnim obavezama.

– Da li je to nešto što bi volela za sebe jednog dana?

– Porodica? – Harlou je nabola krompirić ražnjićem. – To je toliko daleko od svega o čemu trenutno razmišljam. Ali rad u ovoj branši ima ograničenja. Dobro, daje ti i slobodu, pretpostavljam, da budeš u stanju i u poslednjem trenutku iskoristiš priliku i radiš u inostranstvu, ali naslućujem da bi dugo radno vreme i nepredvidivost posla bili ubistveni za vezu.

– Zato sam napravila nagodbu. Nisam želela da to utiče na moju porodicu.

– A to je zato što si dobra, pažljiva i prijatna osoba. Tvoja ćerka je srećna što si joj majka.

– Tvoj odnos s mamom je tokom odrastanja bio drugačiji?

– Potpuno. Retko sam je viđala. Nije imala nikakvu grižu savesti da ode i radi na projektu – dugi radni dani, noćenja. Ponekad je nedeljama bila odsutna, a kada bi se vratila, život joj se vrteo oko posla i izlazaka s društvom. Povremeno bi se pojavila na školskoj predstavi, i onda, naravno, sve poremetila jer je filmska producentkinja Mejv Fenimor Bel bila u publici, i svi bi se trudili da je oduševe, jer nikad se ne zna, možda je primetila buduću zvezdu u mojoj srednjoškolskoj predstavi komada *Naš grad*.

– Zvučiš ogorčeno.

Harlou uzdahnu. – Da, stvarno je tako, zar ne? Zato verovatno imam naviku da je živciram. Nikad joj nisam oprostila.

– O, bože dragi, loš ti je bio dan, zar ne? – nasmeši joj se Manda toplo. – Mislim da nam je posle jela neophodan džin-tonik na plaži.

– To zvuči sjajno. – Harlou je uzela skoro praznu čašu vina, naslonila se na stolicu i pogledala Mandu preko stola. – Koliko toga znaš o mojoj mami?

– Kako to misliš... – Manda je usredsređeno sekla parče piletine na tanjiru.

– Da li čitaš ono što pišu o njoj, znaš, na internetu, u tračerskim časopisima?

– Ne namerno.

– Ali ipak pročitaš?

– Teško je odoleti.

– Uh.

Manda je podigla pogled s tanjira. – A ti ne čitaš?

Harlou je odmahnula glavom i srknula vino. – Ne. Izbegavam da gledam sajtove ili časopise u kojima je ona. Mislim da je to zato što sam kao tinejdžerka o mami saznavala *mnogo* više no što sam želela od svojih prijatelja koji su takve stvari čitali. Danas sam upoznala Amerikanku koja mi je rekla kako mama ima tajnu ljubavnu vezu...

Manda je polako klimnula glavom. – Pretpostavljala sam da znaš.

– Izgleda da znam vrlo malo. Mislim, zapravo mi je drago što je našla vreme i da se zabavlja, a ne da stalno samo radi. Nije me briga da li su mlađi od nje, ali oženjeni... – Harlou je odmahnula glavom. – To priziva nevolju.

– Zašto ne razgovaraš s njom? Mislim na pravi razgovor. Shvatam zašto izbegavaš da čitaš takvu vrstu novinarskog đubreta jer, hej, svi znamo da mnogo toga nije istina. Tvoja mama je meta ogovaranja – ona je moćna i slobodna žena. Može da stvori ili uništi glumačku karijeru – dođavola, bilo čiju karijeru da budem iskrena. Zar ne misliš kako je napokon vreme da razgovaraš s njom o tome kako se osećaš?

Harlou su se nozdrve raširile. Mama nikada nije razgovarala o osećanjima, a njoj se nije svidela zamisao da pokreće tu temu. Mada, kad malo bolje razmisli, mama je vrlo rado gurala nos u njen život, barem kada je u pitanju bila karijera. U lične odnose ne toliko.

Manda je ubacila poslednje parče piletine u usta i spustila nož i viljušku na tanjir. – Pretpostavljam da ni ona ne zna mnogo o tebi.

– To je tačno, ali moj život nije raspršen po internetu, tako da ako hoće nešto da sazna mora da pita i bude radoznala, što nikad nije bila.

– Možda je vreme da se to promeni.

– Možda. – Harlou je čvršće uhvatila dršku vinske čaše i zurila u mirnu površinu mora obasjanog mesečinom. Okrenula se ka Mandi. – Hoćemo li sad taj džin-tonik?

Drugi dan snimanja filma u *Maslinjaku* bio je *potpuno isti* za Harlou, ali bez susreta sa Adonisom. Kao da je u zemlju propao. Dominik i Kristal su odlično odglumili scenu i završili su s poslom ranije nego juče. Posmatrajući sa strane, Harlou je bila uverena kako će prizor izgledati neverovatno na platnu, s mladim, fotogeničnim glumcima koji se savršeno uklapaju u sveže zelenilo maslinjaka i pozadinu od nebeskog plavetnila.

Nakon što je obavila poslednje provere za taj dan i uverila se kako su natpisi i ograde na parkiralištu uklonjeni nakon odlaska poslednjeg člana ekipe, Harlou je krenula ka restoranu. Gosti samo što nisu počeli da pristižu na večeru i bilo je tiho osim što su konobari postavljali stolove. Stakleni svećnjaci bili su poređani na zidu, a Harlou je zamišljala kako će kasnije treperiti sveće i kakav će biti pogled do osvetljene Glose preko maslinjaka u sumrak.

Stefanos je sedeo za stolom u unutrašnjem dvorištu. Bilo je toplo i ušuškano, a miris ruža sveprožimajući. Podigao je pogled sa novina.

– Gotovo? – upitao je grubo.

– Jeste, hvala vam za ovih poslednjih nekoliko dana.

– Nema na čemu – rekao je, presavio novine i pokazao na polupopijeni frape. – Hoćeš ti?

– Oh, ne hvala, vrlo ste ljubazni, ali moram da se vratim. Sve je raščišćeno. Vratićemo se devetnaestog da snimimo scenu u restoranu, ali javiću vam se pre toga da utanačimo kad mogu da vas posete šefovi sektora.

– Dogovoreno.

Harlou se spremala da pođe, ali osećala se loše zbog toga kako se okončao njen susret sa Adonisom. Možda je bila preosetljiva, ali ipak... Okrenula se i vratila nazad... – Ovaj, da li je Adonis tu negde?

Stefanos ju je pažljivo pogledao, a bore mrštilice su mu se još malo skupile. – Ne, otišao je da se nađe s kupcem za naše maslinovo ulje – dodao je kao da je potrebno objasniti razlog njegovog odsustva.

– Onda ništa – reče Harlou snuždeno. – Zahvalite mu se i recite da sam ga pozdravila.

Stefanos je odsečno klimnuo glavom. – Moj sin, njemu je... *dýskolo*... ovaj, teško. Teško mu je. – Odmahnuo je glavom i mahnuo rukom. – Uh, previše pričam. Vidimo se u julu.

Harlou je otišla, zbunjena ne samo onim što je Stefanos rekao već i zašto je to rekao. Šta Adonisu pada teško – to što oni snimaju ovde? U očevom glasu nije bilo besa, samo brige i utiska kako je previše toga rekao. Juče je samo radila svoj posao, i ako je to iživciralo Adonisa, malo toga je sada mogla da učini s tim. Međutim, uznemirilo ju je to što ga je uznemirila. Mama je bila u pravu, nije stvorena za mesto na kojem je trebalo donositi teške odluke, ne ako ju je tako nevažna situacija toliko pogodila. Bilo joj je drago što se nekoliko nedelja neće vraćati u *Maslinjak*. Sutra ujutru će biti na setu u Glosi, a popodne na Panormosu, tako da barem neće imati osećaj kako bilo koga napadaju na tim lokacijama.

12.

Jutro u Glosi je proletelo. Pritisak je popustio pošto je Harlou bila na lokaciji za koju nije odgovorna. Posle ručka, snimanje je popodne trebalo da se premesti u Panormos, ali je Tajler hteo usput da pripremi još jednu lokaciju u brdima, pa su krenuli dužom putanjom jednim od vijugavih puteva u unutrašnjosti ostrva.

Tajler je vozio, a Harlou je kroz otvoren prozor uživala u naletu vazduha dok su jurili tihim putem. Prošli su oštru krivinu i izbili na još jedan ravan deo puta oivičen drvećem. Ugledala je rupu, ali je prekasno shvatila da Tajler ide pravo ka njoj kako bi izbegao kombi koji im je sredinom puta dolazio u susret. Prednja guma je upala u rupu i prasnula poput eksplozije, nakon čega je usledilo trump-trump, tad-tad, trump-trump dok je probušena guma tandrkala po asfaltu.

Tajler je opsovao, nalegao na kočnicu i usmerio auto ka travnatom rubu puta. Kloparali su dok se nisu zaustavili i on je isključio motor.

Harlou je izašla, prišla s vozačke strane i užasnuto posmatrala isečenu gumu, a Tajler je otvorio prtljažnik.

– Jel' mene to neko zeza? Rezervna guma je bušna. – Zalupio je prtljažnik i izvadio telefon iz džepa.

Harlou uzdahnu. Neće se skoro pomaći odavde. – Koga zoveš?

– Jednu od asistentkinja. – Prislonio je telefon na uvo i čekao.

U tišini puta oivičenog šumom čula je zvonjavu telefona. Neko se javio.

– Hej, Olivija. Probušila nam se guma. Poslaću ti lokaciju, ali negde smo između Glose i hotela. Možeš li da pozoveš majstore iz radionice da dođu i promene gumu?

Olivija je na drugom kraju veze rekla nešto što Harlou nije čula.

– Naravno da sam se setio, ali rezervna je bušna. – Tajler je slušao i trljao naborano čelo. – Ne znam, Olivija. Moraju imati rezervnu gumu za pežo. Udaljeni smo od hotela nešto više od deset minuta vožnje. Ne mogu da nas promaše, pokvarila su nam se kola i stojimo pored puta na vrućinštini. – Prekinuo je poziv i stavio telefon u zadnji džep. – Baš da vidimo kad će da stignu.

– Nisi morao tako da se brecaš na nju.

– Mora da shvati kako treba da mrdne prstom i reši problem. Mejv će pobesneti ako na snimanju u Panormosu ne bude menadžera lokacije – rekao je, gledajući u nju. – Ili barem njegove pomoćnice.

– Hajde onda da nađemo nekoga ko će nas pokupiti. Auto ćemo ostaviti ovde i kasnije zameniti gumu. Ili ti idi, a ja ću pričekati kod kola.

Primetila je kako se uzrujao zato što se nije prvi toga setio. – Sačekaćemo deset minuta, i ako se dotad ništa ne desi, zvaću Oliviju da dođe po mene.

Harlou nije bila oduševljena da bude ko zna koliko dugo zaglavljena u brdima na vrućini, ali verovatno je bilo bolje da bude sama nego sa uznemirenim Tajlerom.

– I dok čekamo, šta bismo mogli da radimo kako bi nam brže prošlo vreme... – Namignuo joj je. Stvarno joj je namignuo.

– Ti to ozbiljno?

– Prilično je skrovito ispod drveća. – Klimnuo je glavom prema šumi.

Harlou je odmahnula glavom. – Ti si mentalno poremećen, shvataš to, zar ne?

– Zezam se. Vidiš, bio sam u pravu kad sam rekao da se lako primaš.

– Nisam baš sigurna da se šališ. Mislim da Grejs iz sektora za kostime ne bi bila presrećna, ili Olivija ili neka druga lična asistentkinja na koju si bacio oko?

Tajler je zavukao ruke u džepove šortsa i pogledao je s lukavim osmehom. – Uvek smo ovo radili, Harlou. Ti si slobodna, ja sam slobodan, ne vidim u čemu je poteškoća. Bez obaveza.

– Ne uz drvo usred bela dana. Tu postoji veliki problem.

– Aha, znači ne odbijaš, samo ne želiš na javnom mestu.

Nije mogla da sakrije uznemirenost. – Nisam ništa rekla. To je neprikladno, Tajlere.

– Zbog čega, zato što sam ti šef?

– Ima i toga, ali i zbog načina na koji si mi se obratio prve večeri.

– Samo sam malo popio, to je sve.

– Bio si nasrtljiv, a ne pijan.

– Hajde, znaš da nisam mislio ništa loše. – Prišao joj je, uhvatio oko struka i drugarski je lupnuo ramenom o rame. – Mi smo prijatelji. Mi smo više od prijatelja.

Harlou mu se izmigoljila iz zagrljaja. – Očigledno se ne sećaš šta si mi pre dve godine rekao, kad smo poslednji put bili zajedno i „bacili se na posao".

Tajler je slegnuo ramenima. – A to je...

Nije razumeo koliko su njegove reči uticale na nju, i sada je imala težak zadatak da to pokuša da iskaže rečima. Nije želela da budu zajedno – nešto više od toga da se jedno drugom povremeno uvuku u postelju – duboko u sebi je znala kako to više neće. Bolno je što su oboje osećali da je to neobavezan odnos, ali je on imao potrebu da odredi šta su oni i podigne zidove, čineći da izgleda kako je on njoj potreban i da ona očajnički traži više, dok je on srećan što ima povlastice bez uplitanja osećanja.

Harlou je stisnula zube. – Rekao si: „Mogu da zamislim kako povremeno spavamo zajedno dok ne omatorimo, ali nikad nećemo biti zajedno, ne kao ozbiljan par." Ili nešto slično tome.

– A to ti smeta jer...

– Nema potrebe za predočavanjem. Oboje znamo šta je ovo i šta je bilo. Dešava se otkad smo napunili devetnaest godina. Nismo morali da ga objašnjavamo i sigurno nisi morao pokušavati da upravljaš time tako što si se pravio kao da držiš uzde, a da je jedino meni stalo. Takav odnos nam je oboma odgovarao.

Harlou je stegla šake u pesnice i otišla. Naslonila se na deblo, uživajući u hladu. Drveće je bilo gusto, a vazduh miran. Tajler je stajao tamo gde ga je ostavila, zasukanih rukava, otkrivajući tetovaže koje su se na suncu presijavale crno. Došetao je do nje.

– Šta hoćeš da kažeš? Ne želiš više nikad da spavaš sa mnom? – Stao je tačno ispred nje, netremice je gledajući plavim očima. – Da li me zato izbegavaš?

– Samo ti govorim šta se desilo pre dve godine. Šta misliš kako sam se osećala zbog toga?

Slegnuo je ramenima.

– Baš tako. Nemaš pojma. Treba da radimo na tome kako da se ponovo ponašamo kao prijatelji, a to svakako ne podrazumeva poziv na seks usred nedođije. Moraš da naučiš kako da me poštuješ. Nikad mi se nisi obratio onako kako si to uradio ovde.

– Pa, sve se menja, zar ne?

– Šta sad to treba da znači?

Tajleru je zazvonio telefon. Odmah ga je izvadio iz džepa, očigledno želeći da izbegne odgovor na pitanje. – Olivija, molim te reci mi da si uspela nešto da središ. – Vratio se do kola. – Koliko dugo će da traje? – Protrljao je čelo. – Stvarno, toliko dugo? Onda dođi da me pokupiš i odvezeš u Panormos. Da, odmah. Harlou će ostati i sačekati mehaničara.

Tajler je prekinuo poziv, otvorio vrata automobila i zgrabio njihove torbe. Prišao je i pružio joj bocu vode, njenu torbu i ključeve od kola.

– Jel' sigurno u redu da ostaneš? Možda bi trebalo ja da ostanem, umesto da ti ovde čekaš sama.

– Oh, a sad si brižan. Ne brini za mene. Znaš gde sam. Dan je. Pozvao si majstora. Imam domet na mobilnom, baterija mi je skoro puna, a tu mi je voda. Ništa neće da mi fali.

Čekali su u tišini, usredsređeni na telefone, dajući sve od sebe da se klone jedno drugog. Olivija je stigla za manje od dvadeset minuta. Harlou je pretpostavila kako je nagazila gas iz Glose zbog načina na koji je Tajler razgovarao s njom. Nije joj se dopadalo kako su se često ophodili prema pomoćnicima produkcije, kao da su najgori šljam, a bili su sastavni deo mašinerije zahvaljujući kojoj se snimanje nesmetano odvijalo. Bilo joj je drago da vidi leđa Tajleru, njegova briga što je ostavlja samu išla joj je na živce. Mahnula im je, opirući se porivu da zadnjem delu automobila pokaže srednji prst pre nego što nestane iza ugla.

Oboreno deblo je ležalo na zemlji posutoj borovim iglicama, kora mu je bila suva i ljuspala se. Nalazilo se ispod drveća i u hladu. Harlou je sela i stavila ranac pokraj nogu. Otvorila je bocu mlake vode. Uprkos tome što je bila sama, osetila se opuštenije čim je Tajler otišao. Ni ovde gore nije bilo pusto. Ostrvo je bilo srazmerno malo i prepuno turista. Nekoliko automobila je već bilo prošlo. Ispružila je noge, naslonila ruku na grubu koru i udisala miris borove šume. To ju je vratilo u detinjstvo i skrovište koje je napravila ispod velike i veličanstvene jele u dnu bakine i dekine bašte. Grane su se spuštale toliko nisko da su unutra obrazovale kružno ležište prekriveno osušenim iglicama jele. Provodila je sate praveći oruđe od granja i nameštaj od cepanica. Drvo je u toj meri bilo bremenito iglicama da bi čak i kada je padala kiša tlo ispod njega ostajalo suvo. Kada se spusti mrak, moraće da je odvuku do kuće i nateraju da pre večere spere blato s ruku. Pitala se da li su Abi, Eli i Flo to mesto ikada pretvorile u skrovište. Nije mogla da se seti da li im je uopšte pričala o njemu. Činilo joj se kao da je to bilo u prošlom životu, ali to što je sad sedela ispod drveća odmah ju je vratilo u jednostavnija vremena.

Automobil je zašao za krivinu i usporio. Harlou je gledala iza naočara za sunce i čvršće stezala telefon. To zasigurno nije bio mehaničar. Vozač se zaustavio i spustio prozor. Srednjih godina, preplanuo, s tamnom bradom prošaranom sedim vlasima. Na trenutak je zadržala dah.

– *Éste kalá?*

– Žao mi je, ja, ovaj, ne govorim grčki.

– Jeste li dobro? – rekao je s tvrdim naglaskom.

Harlou je klimnula glavom. – Jesam, hvala na pitanju. Čekam mehaničara – poslali su nekog iz radionice da pogleda auto.

Klimnuo je glavom, zatvorio prozor i odvezao se.

Harlou se ponovo opustila i pogledala na sat. Ovde je već skoro sat vremena. Tajler bi dosad trebalo da je na plaži Panormos, što je prilično dobra lokacija za upravljanje i veoma prijatno mesto za provođenje vremena čak i kad je neko tu poslovno. Na ostrvu je svuda bilo idilično i Harlou se dopadalo zelenilo, toliko različito od njene predstave grčkog ostrva. Imalo je prizore uobičajene za grčko ostrvo, ali je uz to bilo istinski lepo mesto, i to joj se dopadalo. Bilo je to sve za čim je toliko dugo žudela – ako izuzme mamu, Tajlera, i to što je bila primorana da prihvati posao kada je odlučila da se neko vreme posveti sebi, ali sâmo mesto...

Drugo vozilo se približavalo i usporavalo. Kamionet, možda je to bio mehaničar... Sa suncem visoko iznad glave, vozač je bio u senci. Kamionet se zaustavio iza iznajmljenog automobila, i tek kada je vozač izašao na sunce, Harlou ga je prepoznala.

– Jesi li dobro? – upitao je Adonis, zalupio vrata kamioneta i prišao joj.

– Jesam, hvala ti. Pa, osim toga što sam zaglavljena pored puta i čekam da mi poprave auto.

Adonis se namršti. – Sama si?

– Sad jesam. Tajlera su pokupili jer je bio potreban na snimanju.

– Ostavio te je?

– To je moja zamisao, bila sam uporna. Čekam mehaničara.

– Načekaćeš se. Nemaš rezervnu gumu?

– Bušna je.

– Imam jednu u kamionu, videću da li odgovara.

Harlou je pošla za njim u paklenu vrelinu ranog popodneva.

– Jesi li siguran da imaš vremena za ovo? – Brinula se da se još više ne naljuti na nju nego kad ga je zamolila da ukloni granu masline.

Gledao ju je kao da je poblesavila. – Naravno. Neću te ovde ostaviti samu.

– Hvala ti.

Slegnuo je ramenima. – Nema na čemu.

Ubacio je ključ za točkove u džep farmerki, izvadio rezervnu gumu iz prtljažnika kamioneta, otkotrljao je do iznajmljenog automobila i uporedio je s veličinom točka čiji je broj bio urezan na probušenoj gumi. Zavrnuo je rukave majice sve do ramena.

– Imaš li ključ za točkove?

Harlou je otišla na drugu stranu automobila i potražila ih u pretincu za rukavice. Pružila mu ih je. – Mogu li nekako da ti pomognem?

– Takođe mi treba... Ne znam kako se to kaže na engleskom. Za podizanje automobila.

– Dizalica. – Otvorila je prtljažnik i dodala mu dizalicu i sve što je mislila da će mu biti potrebno. – Engleski je zahtevan jezik. Mislim da ga izvrsno govoriš.

– Mama mi je bila polu-Grkinja, četvrt-Italijanka i četvrt-Engleskinja – rekao je, dok je ključem za točkove olabavljivao navrtke. – Tečno je govorila sva tri jezika, a mene je učila italijanski i engleski. Engleski učimo u školi još od malih nogu, a na ostrvo dolazi i mnogo britanskih turista.

– Sad me je sramota. U školi sam učila samo francuski, i bila očajna.

– Svi smo različiti. Učenje jezika mi je išlo lako, ali nisam bio dobar đak. Mnogo bolje su mi išli praktični predmeti i nisam voleo dugo da sedim mirno.

Harlou je čučnula pored njega i posmatrala ga kako radi. Bicepsi su mu se napinjali dok se ključem za točkove borio da olabavi poslednju maticu. Po njegovoj građi je bilo očigledno da voli praktične poslove i pretpostavljala je kako veći deo vremena provodi napolju. Očigledno je imao majku koja je provodila vreme s njim i želela da mu prenese svoje znanje, i to joj se dopalo. Takođe je primetila kako je s nežnošću pričao o njoj i način na koji je koristio prošlo vreme. Nije ga dalje ispitivala, nije bilo ni vreme ni mesto.

Auto je bio parkiran izvan hlada i osećala je kako joj sunčevi zraci prže kožu dok je Adonis dizalicom podizao auto sve dok se točak nije odvojio od tvrde, sasušene zemlje. On se nije ni oznojio. Da je rezervna guma iznajmljenog automobila bila upotrebljiva, mogla je samo da zamisli kakvu bi zbrku Tajler i ona napravili na toj vrućinčini pokušavajući da je zamene.

Kada je dovoljno podigao probušenu gumu, Adonis je uklonio prvu maticu.

– Radio si ovo i ranije? – upitala je Harlou, dok joj je pružao maticu, a ona ju je pažljivo spustila na zemlju.

– Mnogo puta. Tata je majstor za sve. Ne voli da mu neko pomaže, osim ako je nešto hitno. Većinu poslova radimo sami:

popravljamo kola, vodoinstalacije, struju, građevinske radove. Zna svašta da uradi i mnogo toga me je naučio.

Kada je skinuo matice, Adonis je uhvatio točak sa obe strane i podigao ga dalje od osovine. Harlou ga je otkotrljala da ne smeta, dok je Adonis uzeo pomoćni točak i stavio ga na osovinu. Harlou mu je pružila matice, a on ih je jednu po jednu zavrtao. Seo je, oslonivši se na pete, i divio se svojoj majstoriji.

– Izgleda dobro – reče Harlou. – Bog sveti zna koliko bih dugo čekala da se nisi pojavio.

Adonis je počeo da spušta automobil dok nije dodirnuo tlo. Uklonio je dizalicu i pružio je Harlou. – Da li je to bila radionica u gradu Skopelosu?

– Mislim da jeste. – Sklonila je alat u prtljažnik automobila.

– Pozvaću ih da im kažem kako ne moraju da dolaze. – Ustao je i otresao prljavštinu sa zadnjeg dela farmerki. Majica krem boje bila mu je umazana uljem sa gume. Obrisao je ruke krpom.

– Hvala ti mnogo. Vratiću ti gumu kad mi je zamene.

Odmahnuo je rukom na njeno zahvaljivanje. – Drago mi je da sam bio od pomoći. Moraš da se vratiš na posao, zar ne?

– Moram. Ali u znak zahvalnosti dugujem ti barem piće.

Adonis je stavio probušenu gumu u prtljažnik iznajmljenog automobila i okrenuo se ka njoj. – Može li večeras? Ionako sam nameravao da dođem u hotel...

– Izlazak dogovoren. Dobro, nije baš izlazak... – Osetila je kako joj obrazi rumene.

Adonis se nasmejao, a osmeh mu je obasjao lepo lice. – Razumem šta si htela da kažeš. Vidimo se kasnije u baru na plaži. U devet, važi?

– Savršeno. Vidimo se kasnije. – Ušla je u auto i uključila motor. Izašla je na put, provezla se pored Adonisa i mahnula mu. Uhvatila ju je vrtoglavica od koje joj je srce zatreperilo.

13.

Nakon što je dva sata stajala na vrućini pored planinskog puta, posle čega je ostatak popodneva radila na plaži, do povratka u sobu Harlou je već očajnički žudela za hladnim tušem.

Samo što je završila tuširanje kad se začulo glasno kucanje. Obmotala je peškir oko sebe i otabanala do vrata. Otvorila ih je, znajući da je to Tajler. Čak ju je i njegovo kucanje živciralo.

– Hej, nas nekoliko će se prošetati do Panormosa na piće. Hoćeš li da nam se pridružiš?

– Hm, ne hvala. Ostaću ovde.

Tajlerov pogled se spustio naniže i ostao tu. – Možeš da pozoveš i Mandu ako želiš.

– U redu je, hvala. – Bila je spremna da mu zalupi vrata u lice. Naizgled je zaboravio razgovor na planinskom putu. Prvo joj je predlagao seks, a kada je konačno stigla na plažu, jedina briga mu je bila da li će uspeti da izdejstvuje rezervnu gumu od agencije za iznajmljivanje automobila.

– Kako hoćeš.

Odšetao je. Nosio je uske farmerke i kariranu košulju kratkih rukava, kako se oblačio poslednjih deset godina.

Harlou je odlučno zatvorila vrata. Bilo joj je drago što večeras neće biti tu. Popiće piće sa Adonisom da bi mu se zahvalila što joj je pomogao, ali je znala kako će to izgledati Tajleru. I što je više razmišljala o tome, sve više je uviđala kako odlazak na piće sa Adonisom, dok je okružena kolegama, verovatno nije tako dobra zamisao, ali sada je bilo prekasno. Morala je da prestane da brine o drugim ljudima i o tome šta misle. Bila je samostalna ličnost koja može da donosi odluke, i da se viđa s kim hoće. Mada, nije baš da se „viđala“ sa Adonisom.

Duboko je udahnula, obukla donji veš i okačila peškir u kupatilu. Preturala je po garderobi, premišljajući se šta da obuče. Naposletku se odlučila za plavo-sivi kombinezon s leopard šarom, koji joj je sezao do polovine butina, imao dubok V izrez i kapa rukave. Osećala se kao da se doterala. Da li je pokušavala da ostavi utisak na njega? Manda bi to pomislila. Ispravka, Manda bi je ohrabrila da to učini.

Harlou je stavila ruž boje kože i zurila u sebe u ogledalu. Pošto je odrastala kao muškarača, sviđao joj se prirodan izgled, iako je s godinama prigrlila i svoju ženstveniju stranu. I dalje je volela vikendom da se izležava u pantalonama na tregere ili da obuje gojzerice i pobegne iz Londona u šetnju posle koje bi proključala od vrućine znojava i iscrpljena. Nosila je kratku kosu još od ranih tinejdžerskih dana, ali sada je bila sređena, njen oblik i čokoladni prelivi uokvirivali su joj visoke jagodične kosti i isticali duge crne trepavice. Nije bilo sumnje da je od majke nasledila dobre gene, iako po njihovim različitim stilovima oblačenja niko ne bi pomislio da su u srodstvu.

Telefon joj je zabrujao. Manda.

Jesi li za piće u restoranu? Idem s devojkama. M x

Harlou je otkucala odgovor. Manda će uživati u ovome.

Ne mogu večeras, izvini. Idem na piće sa Adonisom da mu se zahvalim što me je spasao kad nam se pokvario auto.

Manda je odgovorila za nekoliko sekundi.

Pobogu, zašto ja ne znam ništa o tome?! Ideš na sastanak s grčkim bogom!!!

Takva reakcija je upravo razlog zašto ne znaš ništa!

Crći ću od radoznalosti!

Sve ću ti ispričati sutra.

Nego šta ćeš! Ujutru ćeš mi SVE ispričati za vreme doručka. Xx

Harlou se još jednom pogledala u ogledalu i isključila svetlo. Telefon joj je ponovo zazujao.

Sjajno se provedi i ne ponašaj se pristojno ; -) xx

Harlou se nasmešila i odmahnula glavom, ali bila je svesna čudnog osećaja u dubini stomaka. Da li je to bilo zbog uznemirenosti jer ide na piće s nekim s kim je imala više nesuglasica nego pristojnog razgovora, ili je u pitanju bilo nešto drugo?

Adonis je već bio u baru i ćaskao s konobarom. Bio je zgodan i samo u uskim farmerkama i majici, ali sada je nosio košulju kratkih rukava krem boje s nekoliko raskopčanih gornjih dugmića. Harlou je primetila zadivljene poglede koje je privlačio. Spazio ju je i nešto rekao konobaru, koji mu je namignuo i potapšao ga po ramenu.

Adonis joj se toplo osmehnuo. Tu njegovu stranu videla je samo nekoliko puta, i dopadala joj se. Odlučila je da večeras neće učiniti niti reći ništa što bi ga uznemirilo.

Ruke su mu bile tople na njenim golim mišicama dok ju je po jednom poljubio u svaki obraz.

– Dobro veče – rekla je, smeškajući se.

– Imamo sto.

Pratila ga je, pozdravljajući se usput s nekoliko članova filmske ekipe. Seli su za sto u sredini bara. Svetlost sveća treperila je između njih. Živ razgovor je brujao na terasi, mešajući se sa smehom. Harlou se odomaćila u baru na plaži, ali bilo joj je čudno da je tu s nekim drugim osim Mande ili Tajlera, iako je svakako bilo osvežavajuće biti u Adonisovom društvu.

– *Yasas.* – Srdačna konobarica došla je do njihovog stola i pogledala između njih. Harlou je prepoznala ženu s recepcije kod koje se prijavila u hotelu. – *Ti kánis,* Adoni?

Harlou je slušala dok je Adonis ćavrljao s konobaricom, razmenjivali su grčke reči koje nije razumela.

Završili su razgovor i Adonis se okrenuo ka njoj.

– Harlou, ovo je moja rođaka Talija.

Harlou joj se nasmešila. – Zdravo, zar ne radiš obično na recepciji?

– Da, ali imamo mnogo gostiju i manjak zaposlenih. Pomažem gde mogu. Da li snimanje ide dobro?

– Ide, hvala na pitanju.

– Adonis kaže da snimate kod njega – nasmešila se Talija. – Veoma je uzbudljivo što se ovde snima još jedan film. Mogla bih celu noć da pričam s tobom o tome, ali... – Rukom je pokazala ka prepunim stolovima. – Šta ćete da popijete?

Naručili su i Talija je stisnula Adonisovo rame i ostavila ih, smeškajući se.

– To je pravi porodični posao – rekla je Harlou. – I po svemu sudeći, veoma uspešan.

Adonis klimnu glavom. – Ereni, moja tetka, oduvek je bila usmerena na posao. Zemljište već dugo pripada našoj porodici. Ereni ima ovo, a moj otac *Maslinjak*. Oboje veoma naporno rade. Ereni ume s ljudima, a tata baš i ne.

– Pa, oba mesta deluju veoma uspešno. Tvoja porodica treba da bude ponosna. Uzgred, večeras ja častim da ti se zahvalim za ono ranije. Iskreno, uštedeo si mi mnogo vremena.

– Nije to ništa.

– Nisi morao da staneš i pomogneš, tako da jeste bilo nešto. – Harlou se igrala rubom stolnjaka. – Naročito pošto sam te iživcirala dok smo snimali film. – Pogledi su im se sreli i nastavila je da ga gleda. – Bilo je baš kretenski od nas što smo tražili da isečeš granu, i stvarno mi je žao što sam to uradila. To mesto ti mnogo znači, zar ne?

– Znači. – Zvučalo je kao da potiskuje reči.

Talija se vratila s poslužavnikom i spustila na sto dve boce piva, činiju čipsa i račun uguran u čašu. Nasmešila se i bila spremna da preuzme još jednu narudžbinu.

Nezavisno od toga što ih je Talija prekinula u pravom trenutku, Adonis očigledno nije želeo da govori o svojoj reakciji u *Maslinjaku* i ona nije htela da ga pritiska. Harlou je razumela ton njegovog glasa i prebacila razgovor na hotel i kako su ga kupili Adonisovi tetka i teča.

Kada je Harlou popila poslednji gutljaj hladnog, osvežavajućeg piva, mesto je još uvek bilo krcato, a Talija i ostali konobari su padali s nogu.

Adonis je iskapio ostatak boce. – Da li si ranije radila na ovako velikom filmu?

– Nekoliko puta, ali na drugačijem radnom mestu.

Adonisove oči su se suzile. – Kako to misliš...

– Ovo je tek drugi film na kojem radim kao član tima za lokacije.

– Šta si bila pre toga?

– Prva pomoćnica režisera.

– To zvuči kao mnogo važniji posao od ovog sad? – Govorio je polako i smireno kao da nije previše siguran treba li to da pita.

– I jeste.

– Izvini, nisam nameravao da to zvuči loše.

– U redu je, to je istina. – Odjednom su je preplavile vrućina i osećaj skučenosti dok je sedela nasred terase bara okružena ljudima. – Da li si za šetnju po plaži?

– Naravno. – Adonis je ustao i posegnuo za novčanikom.

Harlou je pored računa u čaši ugurala deset evra. – Ja častim, sećaš se?

14.

Harlou se uzlupalo srce. Bila je spremna da je o razlozima promene pravca u karijeri ispituju mama ili Tajler, ali ne i drugi ljudi. Mrzela je to što joj se činilo kako mora da brani svoju odluku. Adonis je malo znao o filmskoj industriji, ali čak je i on razumeo da joj je karijera nazadovala. Zašto bi neko odustao od mogućnosti da režira film kako bi ponovo krenuo iz početka? Manja plata, manje poštovanja, manje svega, to je bila njena stvarnost.

Gurnula je ruke u džepove kombinezona dok su šetali šljunkovitom plažom. Bio je to mali zaliv i brzo su stigli do kraja, gde se rt, načičkan drvećem, spajao sa Egejskim morem.

– Nisam hteo da zvučim kao da sam, kako se kaže... doveo u pitanje tvoj izbor da budeš pomoćnica menadžera lokacije. Ako je to tvoj san, onda sam srećan zbog tebe.

Harlou je zurila u talase koji su zapljuskivali šljunak i slali bele penaste mehuriće skoro do njihovih stopala.

– Da li je to što sad radiš tvoj san? – upitao je Adonis.

Harlou je kratko nastavila dalje plažom i sela na ivicu ležaljke za sunčanje. Adonis joj se pridružio na susednoj. Muzika i žamor prelivali su se iz bara na plažu. Vazduh je bio miran i topao, a zvezdano nebo bez oblačka. Harlou je uživala što ne mora slojevito da se oblači, niti da razmišlja kako uveče mora da ponese kaput, džemper na kopčanje ili kišobran.

Izula je patike na navlačenje i bosa stopala naslonila na hladno kamenje. Okrenula se ka Adonisu. Mesečina mu je osvetljavala profil.

– Mislila sam da će biti.

– Ali nije.

– Još uvek ne znam. Nisam imala dovoljno vremena da odlučim. Ovo je prvi veliki projekat na kojem radim u novoj ulozi, i zamršena je priča zašto sam prihvatila posao i s kim sam ovde.

Adonis ju je pažljivo posmatrao.

– I moja mama je ovde. Ona je producentkinja i obezbedila mi je ovaj posao. Odnos nam je komplikovan – to je najjednostavniji način da ga opišem.

– Znači, tvoja mama je kao glavna šefica? I ne slažete se?

– Tačno tako.

– Žao mi je.

– Ne treba da ti bude, oduvek je bilo tako.

Između ležaljki za sunčanje postojao je razmak, dovoljno širok da ne može baš nehajno posegnuti i uhvatiti ga za ruku, a baš je to želela da uradi. Razgovor sa Adonisom je lepo tekao i pitala se kako bi bilo da mu se približi i nasloni mu se na rame. Umesto toga, posmatrala je kako se talasi rasprskavaju po šljunku i izbacila je takve misli iz glave. Manda je kriva što joj je utuvila zamisao kako piće sa Adonisom može da se razvije u nešto više.

Dopustila je sebi da baci pogled na Adonisa. Delovao je zamišljeno, zagledan u more. Da li je mislio isto što i ona?

Naterala je sebe da se usredsredi na trenutak, a ne na to šta bi bilo kad bi bilo. – Otac me je odgajio. Na neki način mi je bio i otac i majka. Vozio bi me u školu na zajednički doručak u trpezariji i pokupio bi me iz produženog boravka posle škole, vodio na plivanje i u izviđačice. Sve moje srećne uspomene iz detinjstva vezane su za njega. Nisam sigurna ni da imam neka lepa sećanja samo s mamom, a ona koja imam je kako se vraćala s poklonima koje je u poslednjem trenutku kupovala na aerodromima gde god da je radila. Moje uspomene su ispunjene drugim ljudima – *njenim* prijateljima, *njenim* saradnicima – sjajem i glamurom koji muškaraču poput mene nisu zanimali.

– Muškarača?

– Zanimalo me je sve ono što se obično dopadalo dečacima – a uglavnom sam se i oblačila kao dečak. Volela sam da igram fudbal i kopam po bašti, da se uprljam, zbog čega je mama očajavala. Kao mlađoj, omiljene su mi bile duge šetnje s tatom. Pravo pešačenje po svim vremenskim uslovima.

– Voliš da šetaš?

– Obožavam. Šetnja mi je i dalje jedna od omiljenih radosti u životu.

– I moja.

– Stvarno?

– Ta sloboda... Barem se osećam kao da sam slobodan... Nisam pretpostavljao da će ti se to dopadati.

– Zašto ne bi?

Slegnuo je ramenima. – Ne izgledaš kao neko ko ide u šetnje.

Harlou se nasmeja. – A kako izgleda neko ko ide u šetnju?

– Ne tako lepo.

Harlou se glasno nasmeja. – Oh, Adonise! Znači, lepi ljudi ne pešače?

Osmehnuo joj se smeteno. – Imao sam određeni utisak o tebi, to je sve. A ti si prelepa, ne samo lepa.

Harlou se ponovo usredsredila na talase koji su zapljuskivali šljunak. Srce joj se uzlupalo, a ruke su joj se znojile. Nije se usudila da ga pogleda. Na to je Manda mislila kada joj je rekla da se večeras *ne* ponaša kao obično. Kako bi bilo lako da se nagne i poljubi ga...

– Zaista volim pešačenje – rekla je umesto toga, zaključivši kako želja da uradi nešto što je prilično izgledalo kao navaljivanje nije bio dovoljno dobar razlog, ne kad su tek počeli da se upoznaju. – Nekad sam to mnogo češće radila. Tata i ja bismo išli na kampovanje u Škotsku ili Vels, na mnoštvo prelepih mesta. Otišli bismo na izlet i ceo dan šetali, a onda bismo se vratili u šator i na plinskoj boci kuvali pasulj i kobasice. To su bila sjajna vremena. A baba i deda mi žive na imanju, tako da su u seoskom okruženju.

– Ali ti živiš u gradu?

– Da, u Londonu, prvenstveno zbog posla, a ne zbog izbora. Često tamo idem u šetnju – doduše, drugačije je šetati Ričmond parkom nego uspinjati se na Snoudon, ali je barem nešto. Da li ti šetaš ovde?

– Ima mnogo pešačkih staza po ostrvu, idu i preko brda. Tamo idem kad želim mir ili da budem sâm.

Melanholija se ponovo vratila, bojeći njegove reči tihom suzdržanošću, zbog čega je Harlou poželela da pruži ruku i zagrli ga.

– Odvešću te sledećeg vikenda. Ako si slobodna? – Naglo je ustao. – Da li si jela lukumadese?

Činilo se kao da je to pitanje iskrslo niotkuda.

– Ne. Šta je to?

– Poslastica, eto šta je. Talija je rekla kako će tetka večeras da ih pravi. Dođi. – Ispružio je ruku i podigao Harlou na noge.

Ponovo je obula patike i pratila Adonisa po plaži, dalje od smeha i svetlosti koji su dopirali iz bara. Izgledao je toplo i gostoprimljivo, sa svećama koje su treperile na svakom stolu. Glavni restoran je i dalje bio prepun ljudi, smešten malo dalje, s pogledom na najveći bazen u hotelskom kompleksu. Na mesečini, senke palmi su se nadvijale nad njima, dok su prolazili. Harlou je videla neke od devojaka iz šminkernice i sektora za kostime kako uživaju u kasnom noćnom piću. Manda je sedela leđima okrenuta Harlou, pa je ova mogla neopaženo da se provuče.

Zajedno su šetali po imanju, pored vila i bazena koji su u mraku svetlucali modrozeleno. Prošli su stazu koja je vodila do *Vile Egej* i nastavili do recepcije hotela.

– Tetka i teča žive iznad. – Adonis je gurnuo i otvorio vrata pored recepcije. Popločanim stepenicama su ustrčali do vrha i ušli u stan. – Ereni?

– *Eímai stin kouzína!* – Glas je uzvratio pozdrav.

Harlou je sledila Adonisa u veliki otvoren dnevni boravak s kuhinjom na suprotnoj strani. Dočekao ih je ukusno slatkast miris meda i nečeg prženog.

Žena je stajala nagnuta iznad friteze. Pored nje je bio tanjir s gomilom nečeg nalik okruglim krofnicama.

Žena se osvrnula i ozarila. – Adoni! *Írthes gia tous gnostoús mou loukoumádes!*

– One su stvarno poznate, Ereni. Najbolje koje sam ikad probao. Talija je rekla da ćeš ih praviti.

Ereni je klimnula glavom i osmehnula se Harlou. – Bolje bi joj bilo da završi posao na vreme ako želi da ih proba.

Ereni je bila srećnija, mlađa, ženska verzija Stefanosa. Bila je zdravo preplanula i s borama smejalicama, umesto namrštenih brazdi njenog brata.

– Koga si nam to doveo, Adonise?

– Ovo je Harlou. Harlou, ovo je moja tetka, Ereni. Teča spava na kauču.

Harlou pogleda iza sebe.

Ereni je frknula. – Čak ga ni miris lukumadesa ne budi.

Muškarac okruglog, preplanulog lica ležao je na kauču, s rukama na stomaku, otvorenih usta. Harlou se nasmešila, nije ga primetila kada su ušli. Veliki kauč u obliku slova L gospodario je prostorom između dnevnog boravka i kuhinje s trpezarijom. Stan je bio rashlađen, udoban i ušuškan s kaminom u daljem uglu.

– Harlou radi na filmu... – Adonis je i dalje razgovarao s tetkom.

Harlou se okrenu.

– Obezbedili ste nam dobar posao ove godine. Velika je stvar da organizacija filma bude smeštena u našem hotelu. – Ereni je isključila fritezu i posula cimet preko brdašca lepljivih lukumadesa.

– Ovo je neverovatno mesto – vaš hotel, okruženje...

– Imali smo mnogo sreće. – Podigla je tanjir. – Hajde da jedemo.

– Da ga probudim? – Adonis pogleda teču.

Ereni odmahnu glavom. – Neka spava. Sad mi vas dvoje pravite društvo. – Držeći tanjir s lukumadesima, pošla je prema balkonu i viknula preko ramena: – *Ta piáta, ta piroúnia kai to pagotó.*

Adonis je iz zamrzivača uzeo kutiju sladoleda i dodao tanjire i viljuške Harlou. Prošli su kroz široka vrata i pridružili se Ereni na balkonu koji se protezao celom dužinom vile. Čak i u mraku, Harlou je videla kako se pogled pruža iznad drugih vila sve do mora. Svetla su treperila u tami, a ćaskanje i smeh su se mešali sa zvukom talasa koji su zapljuskivali obalu.

Ereni je na svaki tanjir stavila po pet-šest grčkih krofnica i dodala izdašnu kuglu sladoleda od vanile.

– Kako si se upoznala sa Adonisom? – upitala je, dodavši im po tanjir.

– Dogovarali smo se oko snimanja u *Maslinjaku.*

– Ti si glumica?

– Bože dragi, taman posla.

– Kako izgledaš, trebalo bi da budeš. – Ereni je mahnula viljuškom u pravcu Harlou. – To je kompliment.

– Pa, hvala vam – rekla je Harlou, odlučivši da bude ljubazna i prihvati opasku. – Radim u timu za lokacije. Oduvek sam bila osoba iza kulisa. To mi je draže.

– Znam još nekog takvog. – Podigla je obrvu i upadljivo klimnula u Adonisovom pravcu. – Zazire od slave.

– Stvarno?

Adonis odmahnu glavom. – Ereni, *óhi tóra*.

– Adoni, previše si osetljiv. Kako se to kaže na engleskom... kad ne voliš da se hvališeš.

– Skroman – reče Harlou.

– Adoni je previše skroman. – Zabila je viljušku u lukumades i rukom pokazala Harlou da uradi isto. – Molim te, jedi.

Harlou je viljuškom probola grčku krofnicu i iz nje je iscurio medeni sirup.

– Adonisa je uočila producentkinja koja je bila ovde na odmoru – nastavila je Ereni.

Adonis, ukočenog izraza lica, podiže posudu sa sladoledom. – Vratiću ovo u frižider.

Ereni je sačekala da on uđe. – Ne voli da priča o tome. Ne znam da li zato što je želeo to da uradi, ali nije mogao, ili mu je neprijatno što su ga pitali.

Harlou se namršti. – Šta su tražili da uradi?

– Bila je to producentkinja grčke verzije *Neženje*. Znaš, onaj televizijski rijaliti program. Bila je ovde na odmoru i videla ga na pešačkoj stazi do jedne od plaža. Želela ga je u emisiji. Slala mu je imejlove. Bila je ozbiljna u vezi s tim, ali on je odbio. Eh, to je sad prošlost. – Ereni pokaza na gošćin tanjir. – Sviđaju ti se?

Harlou je do kraja sažvakala slasne lukumadese koji su joj bili u ustima. – Izvrsni su. – Otpila je gutljaj vode i salvetom obrisala lepljiva usta.

– Jeste li završile razgovor o meni? – Adonis se ponovo pojavio na vratima.

– Pst, Adoni. – Ereni je odmahnula rukom ka njemu. – To je dobra priča, volim da je pričam. Neženja iz naše porodice, glavom i bradom. – Namignula je Harlou. – Vidiš, previše je skroman.

Harlou se prisetila kako je prvi put ugledala Adonisa, nagog do pojasa u maslinjaku. Pitala se koji je bio pravi razlog za odbijanje ponude. Na osnovu skromnih saznanja o njemu, biti bačen u centar pažnje zbog sopstvenog izgleda nije bilo nešto što bi mu prijalo. Svidelo joj se to kod njega, čak iako je bilo samo pretpostavka.

– Ali sad se snima još jedan film na ostrvu, i ovog puta naše porodično imanje je deo toga – rekla je Ereni dok je Adonis ponovo seo.

– To je savršeno mesto za scene koje snimamo. Veoma ste srećni što imate tako lep porodični posed i hotel, naravno.

– Moj brat je oduvek nameravao da se posveti *Maslinjaku* i ostane tamo. Moj san je oduvek bio da vodim hotel na ostrvu. Muž i ja smo zajedno ostvarili naš san, koji je s godinama rastao. Ali imam muža, tri ćerke i sina, koji pomažu u porodičnom poslu, tako da se dobro snalazim. To je moj život.

– Porodični posao je ono čime se bavimo. – U Adonisovom glasu je bilo oštrine.

– Ćut – ljutnula se Ereni, odmahnuvši glavom ka bratancu.

– Ti si jedinac? – Harlou upita Adonisa. – Nemaš braće ili sestara?

– Ne.

Uhvatila je pogled između Ereni i Adonisa, i nije se dalje raspitivala. Mnogo toga nije znala o Adonisu. Kako je mogao da bude sladak i dopadljiv u jednom trenutku, a već u sledećem ćudljiv i ljut. Ipak, nije imala osećaj kako je njegov bes usmeren ka njoj. Naslutila je kako je više u pitanju unutrašnja borba. Da je hteo da podeli nešto više o tome, to bi i uradio.

Adonisova tetka je bila srdačna i pričljiva koliko je njen brat bio mračan i sažet. Adonis se činio opuštenim u njenom prisustvu, a Harlou se rastužila kako se veče približilo kraju i kada su uneli prazne tanjire unutra.

– Moraš malo da odneseš Stefanosu. – Ereni je napunila kutijicu slatkim i lepljivim lukumadesima i pružila je Adonisu. – Ali reci mu da ih ne pojede sve odjednom.

– Pokušaću.

Ereni se okrenula ka Harlou. – Drago mi je da smo se upoznale. Nadam se da ćemo se ponovo videti. Možda će moj muž biti budan sledeći put. – Prevrnula je očima ka kauču na kojem je on i dalje ispružen ležao i hrkao.

Harlou i Adonis siđoše niza stepenice i vratiše se u noć. Prošla je ponoć, a iz bara na plaži i restorana još su dopirali glasovi. Vazduh je ispunjavao miris ruža upletenih oko drvene rešetke pored vrata, ali je Harlou zapahnula i začinjenija mirisna nota Adonisove kolonjske vode.

– Ja sam tu dole – reče Harlou pokazujući stazu prema *Vili Egej*. – Nije daleko. – Pokazala je prema parkiralištu. – Možeš da se odvezeš nazad?

– Naravno, navikao sam.

Primetila je da je popio samo jednu bocu piva, a onda je kod tetke pio vodu. Mora da se tako živi u brdima kad hoćeš negde da se odvezeš u noćni izlazak.

– Pa, hvala ti na divno provedenoj večeri. Bilo je zaista posebna čast upoznati tvoju tetku, a tek lukumadesi...

Adonis se nasmešio.

– Jesam li dobro izgovorila?

– Savršeno. I ozbiljno sam mislio kad sam predložio da te za vikend vodim na jednu od pešačkih staza.

– Volela bih to.

Razmenili su brojeve. Adonis se nagnuo bliže i držao je za ruke. Nežno ju je poljubio u oba obraza. Njegova brada joj je golicala kožu i u telu joj izazivala talase uzbuđenja. – *Kalinychta.*

– Laku noć – reče Harlou tiho. Gledala ga je kako odlazi do kamioneta, s kutijom lukumadesa za tatu ispod miške. Mahnuo joj je i odvezao se.

Harlou je uzdahnula i pošla prema *Vili Egej*, s poljupcima još utisnutim u kožu.

15.

Tajler se teturao stazom pred sobom. Harlou se ponadala da može da ga izbegne, ali bio je tačno na ivici puteljka koji je vodio do njihove vile.

Srce joj se steglo dok se približavala.

– Za ime božje, Tajlere, koliko si popio?

Njihao se pred njom, a oči su mu se pretvorile u male proreza dok je pokušavao da se usredsredi na nju.

– Harlou. – Slabašno se osmehnuo, nagnuo i ispovraćao u grm ruža.

– Gospode bože. – Harlou mu spusti ruku na leđa. – Hajde da te odvedem do sobe.

Uspeo je da se uspravi i čvrsto je obgrli. Odvela ga je stazom prema ulazu u vilu. Sigurnosno svetlo iznad vrata se uključilo i Tajler je zastenjao.

Stepenice su mogle da budu i planina, ne bi bilo razlike u težini penjanja. Polako, korak po korak, uz spoticanje, Harlou je nekako uspela da ga popne uz prvo stepenište.

– S kim si, zaboga, izašao? – upitala je dok su se penjali poslednjim stepeništem ka svojim sobama.

– Sa Džimom... I ostalim pomoćnicima reditelja...

Stigli su do vrha i on se srušio. Harlou ga je čvršće stegla i napravila grimasu kada je prikleštila ruku između njegovog ramena i zida. Pogurala ga je preko odmorišta i oslobodila ruku.

– I Olivija je bila tamo. Zgodna je... Malo mlađa doduše, ali zgodna...

– Molim te, prestani da pričaš. – Stigli su do vrata njegove sobe. – Gde ti je ključ-kartica?

Slegnuo je ramenima.

Harlou uzdahnu. Sve više se kajala što je zastala da mu pomogne. Tajler se naslonio na zid i izgledao kao da je potpuno van sebe. Neće moći da ga dozove. Opipala mu je pantalone i izvukla novčanik iz zadnjeg džepa. Bankovne kartice i novac su i dalje bili tu, ali ne i ključ-kartica. Vratila mu je novčanik na isto mesto i prenebregnula njegov lukavi osmeh. Sada je stvarno žalila što mu je pomogla. Bilo je kasno i teško da je mogla da dangubi tražeći novu ključ-karticu za njegovu sobu kada je izgledalo kao da će se on svakog trenutka srušiti.

– Muka mi je.

Harlou je opsovala sebi u bradu i otvorila vrata sobe. Odvela je Tajlera pravo u kupatilo.

– Džim kreše tvoju mamu – rekao je, smeškajući se i podrigujući u isto vreme. – Jesi li znala za to? – Oči je jedva držao otvorene.

Harlou je naborala nos. – Lupetaš, Tajlere.

Tajler je povraćao naprazno i naterala ga je da se nagne nad klozetskom šoljom. Ostavila ga je samog. Odeća joj je još odranije bila razbacana po krevetu. Pokupila ju je i povukla nazad prekrivač. Ovo nije bio prvi put da se starala o obeznanjenom Tajleru, ali nije joj bilo ni na kraj pameti da će se večeras time baktati.

U kupatilu se sve utišalo. Sa strepnjom je ušla unutra. Tajler se naslonio na lavabo, a voda je tekla iz slavine. Harlou je pustila vodu u klozetskoj šolji i uzela peškir s police.

– Najbolja si. – Reči su mu bile nerazgovetne, a glas hrapav kao da je celo veče vikao uz glasnu muziku.

Harlou je sipala vodu u čašu. – Popij ovo. – Strpljivo je čekala da je iskapi, a onda mu je obrisala lice vlažnim peškirom. – Više ti nije muka?

Polako je klimnuo glavom.

– Hajde onda da te smestimo u krevet.

Prebacila mu je ruku preko svog ramena i on se naslonio na nju. Dah mu je bazdio, a od smrada alkohola i još koječega goreg u malom kupatilu čeznula je za slatkim mirisom lukumadesa u kojem je do maločas uživala.

Uspela je da ga odvuče do kreveta i postavi ga da sedne.

Pogledao ju je. – Volim te, Harlou.

Odmahnula je glavom, ne obraćajući pažnju na njega. Košulja mu je bila isprskana bogzna čime.

– Ujutro ćeš veoma zažaliti zbog ovoga. – Otkopčavala mu je dugmad na košulji. Bilo joj je drago što je bio previše obeznanjen da bi komentarisao kako ga svlači. Prstima je očešala crne plemenske tetovaže na njegovim grudima dok je izvlačila košulju oko njega i bacila je na pod. Nežno ga je pritisnula na krevet dok nije legao. Skinula mu je patike i vukla ga sve dok se nije okrenuo na bok.

– Stvarno te volim, Harlou Sends... – Grleno je zahrkao.

Harlou je ispraznila kantu za đubre i stavila je pored kreveta, za svaki slučaj.

Sedela je na kauču i gledala polunagog Tajlera kako hrče.

Ovo je bilo jako lepo veče. Uprkos sumnjičavosti u vezi sa Adonisom, bilo joj je ugodno u njegovom društvu i uživala je da provodi vreme s njim. Osetila je kako se skriva iza brojnih velova koje će morati da razotkrije, ali verovatno se i on osećao isto u vezi s njom. Bila je svesna da i kod nje postoji zadrška dok ga bolje ne upozna. Međutim, noć završava sa obeznanjenim Tajlerom u njenoj postelji i razmišljanjima koja su joj se vrzmala po glavi o onome što je rekao o Džimu i njenoj mami. Da li je to istina?

Ponovo je hrabro kročila u kupatilo da opere lice i zube. Pošto se Tajler odjavio iz stvarnosti, svukla je kombinezon i obukla donji deo pidžame s kratkim nogavicama i gornji deo bez rukava. Nije uključila klima-uređaj, zgrabila je jastuk sa kreveta i sklupčala se na kauču. Tonula je u san dok joj je Tajlerovo gromoglasno hrkanje tutnjalo u ušima, a prisećanje kako joj Adonis ljubi obraze igralo pred sklopljenim očima.

– Šta se dođavola desilo?

Harlou se naglo probudila. Alarm na telefonu je pištao, a zraci sunca su se probijali kroz balkonska vrata preko popločanog poda do kreveta. Tajler je sedeo naslonjen na jastuke, izgledao je ispijeno, namrštenih obrva i žmirkao je na jarkom svetlu.

Harlou je pritisnula dugme za odlaganje buđenja i pomerila se tako da se oslonila na lakat okrenuta ka krevetu. – Ne sećaš se ničega?

– Zašto spavaš na trosedu?

– Zato što si ispovraćao dušu i nisam bila u fazonu da reskiram i spavam pored tebe.

– Nismo, znaš ono...?

– Ne, nismo. – Opirala se da prevrne očima u očajanju. – Tajlere, bio si van sebe. Da nisam naletela na tebe, verovatno bi se onesvestio u žbunju.

Pogledao je unaokolo. – U tvojoj smo sobi?

– Gospode bože, Tajlere. Mislim da treba da se vratiš na spavanje.

– Treba mi kafa.

Harlou se iščupala s troseda i uključila kuvalo.

– Sinoć nam se, znači, nisi pridružila? – upitao je Tajler, i dalje zbunjen. – Bilo je to lepo veče, barem oni delovi kojih se sećam. – Propeo se još više na jastuke i prekrstio ruke preko nagih grudi. – Ovde je vruće. Sranje, baš me rastura glava.

Harlou je uključila klima-uređaj.

– Zašto nisam u svojoj sobi?

– Zato što si izgleda izgubio ključ-karticu. – Harlou je sedela na ivici kreveta i posmatrala ga. – Tajlere, stvarno je jednostavno. Bio si pijan i teturao se napolju. Pomogla sam ti da se popneš, nisam mogla da nađem tvoj ključ, nisam mogla da te ostavim samog da se onesvestiš na odmorištu, pa sam odlučila kako bi ti bilo bolje da prespavaš ovde.

– Izvini što sam ti uništio veče.

– Nisi ga upropastio, moj noćni provod se već bio završio i vraćala sam se u hotel na spavanje. – Napravila je kafu i pružila mu šolju. – Stvarno se ničega ne sećaš?

– Ne nakon što sam otišao iz bara u Panormosu. Sećam se kao kroz maglu da sam hodao kroz neko drveće. – Obuhvatio je šolju obema rukama i pogledao ju je, sve više se mršteći. – Zašto, šta sam rekao?

– Ne mnogo, uglavnom pijano trabunjanje. – Više nije bila besna na njega kao sinoć. Bio je mamuran i samosažaljevao se. – Trebalo bi za pola sata da doručkujem s Mandom. Slobodno koristi moju sobu dok ne nabaviš novu ključ-karticu. – Nabrala je nos. – Moraš da se istuširaš. Možeš posle mene.

Uzela je čist donji veš, suknju i bluzu iz ormana i ostavila Tajlera da pije kafu u njenom krevetu. Zaključala se u kupatilo i uživala u osvežavajućem tuširanju, iako je sve vreme mislila kako je od Tajlera deli samo tanak zid. To što je brinula o njemu kada je bio pijan i ranjiv nekako joj je delovalo neverovatno prisno, a ono što je rekao zvučalo je iskreno. Alkohol mu je sinoć izbrisao zadrške, kao da je popio pilulu istine. A ono o Džimu i njenoj mami...

Harlou je namazala kremu za sunčanje, obukla se i spremanje završila nenametljivim nanošenjem maskare i bronzera. Tajler nije bio u krevetu kada je izašla iz kupatila. Srce joj se uzlupalo kad ga je videla kako stoji i pije kafu na njenom balkonu obučen samo u farmerke gde bi svako ko se šeta ispred hotela mogao da ga vidi. Zastala je kod otvorenih vrata.

– Videću mogu li da ti nabavim novu karticu pre nego što odem na doručak. I moraš da potopiš košulju – nije lep prizor.

Tajler je nabrao nos i uputio joj izvinjavajući pogled. – Izvini što sam bio pijana noćna mora. – Ispružio je ruku i dodirnuo je. – I hvala ti. Dužnik sam ti.

Harlou je laknulo kada je izašla iz sobe u sveže, sunčano subotnje jutro. Bila je prilično sigurna kako Adonis nije morao da izlazi na kraj sa ovakvim sranjima kada se vratio kući.

Hotelska recepcija je bila tiha. Harlou je objasnila situaciju recepcionerki i sačekala da joj izda zamensku ključ-karticu.

– *Kaliméra*, Harlou. – Ereni je iznenadila Harlou kada je prišla recepciji.

– Jutro.

– Rano si ustala.

– Nalazim se s prijateljicom na doručku, ali sam prvo morala nešto da sredim.

– Izgubila si ključ-karticu? – upitala je Ereni dok je recepcionerka davala Harlou novu.

– Ne ja, kolega – uspeo je da izgubi svoju i da ostane napolju.

Zašto se, zaboga, osećala krivom? Sinoć se ništa nije desilo s Tajlerom, a ipak je imala utisak kao da jeste, samo zato što je prespavao u njenoj sobi i bio tu sutradan ujutru. Nije želela da bilo ko stekne pogrešnu sliku, ponajmanje Adonisova tetka. A ništa se nije desilo ni između nje i Adonisa, osim što su proveli prijatno veče. Uznemirila se ni zbog čega, ali kada je razmislila o tome, to je upravo bio razlog zbog kojeg je bila uzdržana povodom rada na projektu koji podrazumeva provođenje dosta vremena s Tajlerom.

Harlou je odagnala brige i zahvalila se recepcionerki na ključ-kartici. Pozdravila se sa Ereni i vratila u *Vilu Egej*. Telefon joj se oglasio porukom. Manda.

Krenula sam u restoran na doručak. Vidimo se tamo za 5 minuta? Želim da znam sve tračeve! Xx

To kako je Harlou provela noć nije bilo ni približno nalik traču kojem se Manda nadala.

Harlou je gurnula i otvorila vrata sobe. Tajler je sedeo na ivici njenog kreveta s peškirom obmotanim oko struka.

– Tvoja ključ-kartica – rekla je Harlou i stavila je na sto.

– Carica si. – Ustao je i pre nego što je mogla da reaguje, zagrlio ju je. – Bio sam ozbiljan malopre kad sam ti se zahvalio.

Mirisao je daleko bolje nego sinoć. Harlou je shvatila kako mu je uzvratila zagrljaj. Biti u njegovom naručju bio je veoma poznat osećaj, ne nužno neprijatan, ali je takođe bila svesna koliko malo odeće on ima na sebi – delio ih je samo vlažan peškir.

– Nema problema. – Pustila ga je. – Tome prijatelji i služe.

Manda je sedela na skoro istom mestu kao i sinoć kada je Harlou tuda prošla sa Adonisom i videla je u društvu devojaka iz šminkernice. Poslužile su se doručkom sa švedskog stola i vratile se na svoja mesta. Gosti su već ležali na ležaljkama koje su okruživale glavni bazen ispred plaže. Malo dalje bio je usidren brodić, a brda sa obe strane zaliva isticala su se u šumi zelenila.

– Pa, jesi li ga poljubila? – pitala je Manda čim su sele i navalile na kajganu.

– Ne – reče Harlou. – Žao mi je što sam te razočarala.

– Imaš stila, to mi se sviđa.

– U svakom slučaju, to nije bio sastanak. Izvela sam ga na piće da mu se zahvalim što mi se našao u nevolji. – Ipak, osećaj dok su je njegove usne ljubile u obraze čvrsto joj se urezao u pamćenje...

– Znaš li kako to zanosno zvuči – predivan Grk koji te spasava na planinskom putu... – Čežnjivo je pogledala prema moru.

– Razgovarali smo, malo sedeli na plaži, a onda otišli kod njegove tetke na ukusne grčke slatkiše.

Manda podiže obrvu. – Jel' to eufemizam?

Harlou se nasmeja. – Nije.

Manda uzdahnu. – Znači, vratila si se kući sama.

Harlou je prećutala kako joj se veče završilo i o pijanom Tajleru koji je prespavao onesvešćen u njenom krevetu. Nema potrebe da se ulazi u tu priču.

– Da li si čula još neke glasine o mojoj mami? – pitala je umesto toga.

Manda je dovršila žvakanje preostale kajgane u ustima. – Na primer?

– Pa, ne znam. Samo sam se pitala kruži li neki trač. – Harlou je posmatrala kako Manda pažljivo seče tost. Osetila je kako je prijateljici neprijatno zbog pitanja, verovatno zato što je zaista bilo tračeva i istine u onome što je Tajler sinoć izbrbljao.

– Pa, ovaj... – Manda podiže pogled s tanjira.

– U redu je, nije trebalo da pitam. Znam da je čudno što mi je Mejv mama.

– Nije zbog toga. – Manda je izgledala zamišljeno dok je zurila preko bazena. – Nego je teško razaznati šta je istina, a šta ne. Ne želim da ti kažem nešto što se naposletku ispostavi kao gomila gluposti.

– Ali postoji nešto. Možda o mami i Džimu?

Manda je ponovo pogledala prijateljicu u oči. Harlou je znala da u tome ima istine, a da Manda nije morala ništa da potvrdi ili porekne. – Već sam radila na projektima koje je vodila Mejv. Ogovaranja je oduvek bilo... To ne mora ništa da znači, ali možda sam iznenađena što se ništa nije desilo između tebe i Adonisa baš zato što sam pretpostavila kako više ličiš na mamu nego što je to slučaj.

– Šta bi to trebalo da znači?

– Reći ću ti ovako – snizila je glas. – Da je tvoja mama sinoć bila na tvom mestu, ovog jutra bi imala pregršt tračeva za mene.

Zajedno s Tajlerovom pijanim opaskom, Manda je potvrdila ono što je Harlou i mislila. Na sve načine je izbegavala da u novinama i na portalima čita bila šta o mami, ali zato bi je ovakve situacije iznenadile. Iz ono malo podataka koje je saznala o Džimu, nije ličio na muškarca koji bi se obično dopao mami – niti je bio glumac, niti poznat. Delovao je kao prijatan i trezven čovek. S druge strane, mama joj nikada nije pričala o ličnom životu. Možda bi to trebalo da se promeni, samo što bi moralo da bude obostrano. Da li je bila spremna da s njom podeli toliko toga ili sazna šta je mama zaista naumila?

16.

ČETVRTA NEDELJA – TREĆA NEDELJA SNIMANJA

Harlou je bilo drago što je mogla da se zaokupi poslom nakon vikenda ispunjenog događajima nakon kojih su se mnogobrojna pitanja otvorila i uvećala njenu zapitanost. Pošto je nabavila rezervnu gumu za iznajmljeni automobil, i provela ostatak subote s Mandom i njenim koleginicama iz šminkernice, Harlou je u nedelju vratila rezervnu gumu u *Maslinjak* i razočarala se kada tamo nije zatekla Adonisa. Međutim, ipak joj je poslao poruku o šetnji narednog vikenda, čemu se obradovala.

Snimanje tokom nedelje naizmenično se odvijalo na lokacijama vile u Glosi i plaže Panormos. Pošto je Tajler bio zauzet pripremama za sledeću nedelju, to je značilo da je Harlou često bila sama na lokaciji, iako je imala dovoljno pomoćnika produkcije da joj pomognu. Jako joj se dopadalo što Tajler nije tu da naređuje – barem ne lično, no ipak ju je zasipao porukama. Međutim, bila je zahvalna što se nisu prisećali događaja od petka i njegove pijane epizode.

Harlou je imala dosta prilika da mamu drži na oku. Nakon svega što je čula, najpre od američke turistkinje u *Maslinjaku*, a zatim od Tajlera i Mande, Harlou je posebno obraćala pažnju kada je mama bila u Džimovom društvu. Međutim, zbog toga što joj je zamisao da se nešto dešava između njih bila ubačena u glavu, Harlou nije bila sigurna da li umišlja koješta ili ne. Mama se prema svima ponašala profesionalno, uvek je bila takva. Takođe je imala običaj da često dodiruje ljude i to dok razgovara s režiserom, snimateljem ili glavnim kostimografom, stavila bi im ruku na rame, ali možda ju je duže zadržavala kada bi pričala sa Džimom. Ni to joj ne bi smetalo.

Ono što je mama radila u svom privatnom životu bilo je lična odluka, baš kao i u njenom slučaju. Razlika je bila u tome što je Mejv Fenimor Bel bila javna ličnost i u središtu svega.

Vikend je stigao i Adonis je ispunio obećanje. Poveo je Harlou na jednu od pešačkih staza koje su presecale ostrvo. Harlou nije imala cipele za šetnju, pa je obula patike, prikladno se obukla za pešačenje i naprskala sprejom protiv insekata s citronelom. Išunjala se iz sobe, tiho zatvorivši vrata za sobom, iako je znala da će Tajler, nakon duge i stresne nedelje i još jednog velikog izlaska, izmileti iz kreveta dosta kasnije. Čula ga je kako se vraća nešto posle dva ujutru, pa je pomislila kako mu kola neće biti potrebna. Nije želela da vodi neprijatan razgovor o tome zašto joj treba auto. Ništa se nije dešavalo između nje i Adonisa, ali ipak nije želela da Tajler zna kako provodi vreme s njim. Znala je da je to glupo, ali je ipak bila svesna kako bi lako Tajler njihovo narastajuće prijateljstvo pretvorio u nešto prljavo.

Solarne svetiljke su osvetljavale staze, a ispred hotela je bilo tiho. Odvezla se sa parkirališta gotovo praznim putem prema Glosi. Sunce je izlazilo na drugoj strani ostrva i nebo je postepeno postajalo svetlije što se više približavala *Maslinjaku*. Rumenilo zore curilo je na horizontu dok je Egejsko more svetlucalo u polumraku.

Ipak, bilo je neverovatno doći u *Maslinjak* i prošetati stazom oivičenom čokotima grožđa. Zaobišla je restoran i krenula putićem pored voćnjaka do vile u kojoj su živeli Adonis i njegova porodica.

Adonis je već bio napolju. Gurnuo je termos u bočni džep ranca. U pravim cipelama za pešačenje, maslinastozelenom vojničkom šortsu, majici boje peska i sa šeširom, bio je spreman za planinarenje.

Ugledao ju je i nasmešio se. – *Kaliméra.*

– Dobro jutro. Nisam baš sigurna da sam se dobro opremila. – Pokazala je na patike.

– Biće sve u redu. Nisu ti neophodne cipele za šetnju, ali može da bude klizavo kada se hoda po borovim iglicama, pa tad obrati pažnju. Ponela si stvari za plivanje?

– Jesam.

– Onda krećemo.

Krenuli su uzbrdo iza vile i preko drvene ograde koja je odvajala maslinjak od šume iza njega. Upozorio ju je da će staza povremeno biti strma, i bio je u pravu. Listovi su joj se pobunili u trenutku kada su se probijali kroz gusto drveće i izbili na zemljani put oivičen žbunjem žukve. Razumela je zašto joj je predložio da krenu ranije, pre nego što sunce zablešti visoko na nebu.

Zaustavili su se nakon otprilike četrdeset pet minuta hoda i seli na stenu da doručkuju. Pogled preko maslina na borove nagnute nad modroplavim morem oko ostrva Harlou je oduzimao dah.

Dopalo joj se što Adonis nije osećao potrebu da tišinu ispunjava besmislenim ćaskanjem. Sasvim joj je prijalo da sedi u miru, jede pitu sa sirom i jednostavno upija lepotu okruženja. Mrvice kore su joj zasipale kolena. Ukusna slana feta savršeno je išla uz hrskavu pitu.

Iako su bili sami, brežuljak je bujao od života. Što su duže sedeli, više su ga uočavali. Leptiri su lepršali ispred njih, plešući crnim krilima s narandžastim i žutim ivicama, pre nego što će nestati u grmlju da bi ih zamenili drugi s velikim žutim krilima, koja kao da su sijala na sunčevoj svetlosti. Pesma ptica ispunjavala je krošnje drveća, a ptice su se iz senovitih visokih grana obrušavale niz padinu.

Harlou je zadovoljno uzdahnula u sebi i ubacila poslednji zalogaj pite u usta. – Da li si ti ovo napravio? – upitala je, brišući mrvice sa usana.

– Ne, moja *yiayia* – moja baka. Umem da napravim pitu, ali je za to potrebno strpljenje. Ona takođe sama razvija i kore.

– Molim, od nule?

Klimnuo je glavom. – Zato je pita tako dobra.

Harlou se setila da je nakratko upoznala njegovu baku, bila je to ona gospođa koja joj se obratila na grčkom kada je pokušala da pronađe Adonisa tokom snimanja u maslinjaku. U crnini, lica izboranog od sunca, ali i dalje blagog izraza, u potpunosti se uklapala u predstavu koju je Harlou imala o tome kako izgleda grčka baka.

– Ona je majka tvog oca?

– Da. Cela porodica sa očeve strane je na Skopelosu. – Delovao je zamišljeno dok je zurio u daljinu. – Mama je bila iz Atine. Velika razlika u odnosu na ovo ovde, mada je odrasla u Italiji i provela nekoliko godina u Engleskoj pre dolaska u Grčku. Zaljubila se u ostrvo – i tatu – i ostala. Bila mu je sušta suprotnost. – Pogledao ju je iskosa. – Mnogo mlađa i, ovaj, zabavnija. Ona je bila život u kući. Kako se kaže na engleskom?

– Bila je puna života. Duša kuće.

– Tačno tako. Otac joj je bio Grk, a majka polu-Engleskinja, polu-Italijanka. U njoj su se savršeno spajale sve tri kulture, bila je puna života i energije.

Harlou je oklevala da postavi pitanje, ali osetila je kako je pravi trenutak. – Šta se dogodilo s njom?

– Bila je veoma bolesna – rekao je tiho. – Umrla je kad sam imao šesnaest godina. Pre skoro pola mog života.

– Jako mi je žao.

Skrenuo je pogled. – Teško mi je da budem na ostrvu, posebno sada dok traje vaše snimanje. Film *Mamma Mia!* povezujem s njom. Svi su bili toliko uzbuđeni kad je sniman na ostrvu. Prijatelji su se spuštali do plaže gde je ekipa radila i posmatrali ih s drveća. Svi, ali bukvalno svi su poznavali nekog ko je bio statista u filmu. Ovde se nikad ništa dešava, a onda se dogodio takav film. Svi su pričali o tome.

Harlou ga je sačekala da nastavi, svesna da se bori sa osećanjima. Prstima je čvrsto pritiskao stenu, toliko da su mu zglavci pobeleli kao da je pokušavao da zaustavi osećanja kako ga ne bi preplavila.

– Moji rođaci i prijatelji su išli, ja nisam. Mama je tog leta bila jako bolesna. Bilo je poslednje koje je doživela. Ona je bila najviše uzbuđena zbog snimanja. Obožavala je grupu *Abba* i volela Pirsa Brosnana. Uvek je zadirkivala tatu kako je on njegova grčka verzija. U to vreme nije bio toliko mrzovoljan. Njena dobra prijateljica učestvovala je u plesnoj sceni na doku – znaš onu kad svi skoče u vodu? Posećivala ju je svaki dan posle snimanja i prepričavala joj svaku pojedinost. Međutim, mama nije stigla da pogleda film. Umrla je pre nego što se pojavio u bioskopima.

Harlou je želela da mu nekako izbriše taj bol, ali nisu postojale reči koje bi mu pomogle. Uhvatila ga je za ruku i držala ju je u krilu, čvrsto je stežući, nadajući se da će tako preneti koliki je bol u srcu osetila zbog njega.

– Zvuči kao da je bila predivna osoba. Puna radosti.

Suza mu je skliznula niz obraz i zaustavila se na bradi. Obrisao ju je slobodnom rukom. – Jeste. I film bi joj se svideo. – Klimnuo je glavom. – Međutim, ja sam ga mrzeo. Mrzeo sam sve u vezi s njim jer me je podsećao šta smo tog leta izgubili. A ovaj film...

Čvršće ga je stegla za ruku. – Razumem, sigurno ti je probudio bolna sećanja.

– I to je sumanuto jer se ovde inače ništa ne događa, i trebalo bi da mi bude drago što se nešto dešava. Obično je samo posao, dan za danom, a onda turisti u letnjoj sezoni, pa se nakon toga sve utiša. Ostrvo kao da je mrtvo tokom zime. *Ja* se osećam kao da sam mrtav.

– Zato što nema šta da se radi?

Slegnuo je ramenima. – Uvek ima posla, zauzeti smo berbom maslina. Ali osećam se kao da nisam slobodan.

– Zašto nisi pristao da učestvuješ u *Neženji* kad su ti već nudili? To bi ti omogućilo da napustiš ostrvo.

– Tata bi se mučio s poslom, a prijatelji bi mi se smejali. Nisam to želeo da uradim. Ne želim da budem slavan... Jesi li gledala tu emisiju?

– Videla sam ponešto od britanske i američke verzije. A jesi li ikad razmišljao o odlasku – ne mislim na slične ponude – već zbog nečega što bi *ti želeo* da uradiš?

– Porodica i obaveze me vezuju za ostrvo.

Bes koji mu je čula u glasu kad su se prvi put sreli ponovo se vratio. Ruka mu se napela u njenoj, ali nije je povukao. Znala je da nije bio ljut na nju, ni sada ni ranije, već na situaciju u kojoj se nalazio. To je odlično razumela. Bes, nezadovoljstvo, neizvesnost i sumnja – svi su je mučili u nekom trenutku.

Harlou je želela da ga uzme u naručje i zagrli. Da pokuša da mu odagna barem delić bola koji je držao u sebi. – I zato si rastrzan zbog našeg snimanja filma u *Maslinjaku*...

Klimnuo je glavom.

– Žao mi je, da sam barem znala koliki će ti bol to naneti.

– Nema zašto da ti bude žao. To je nešto sa čime moram da se suočim. Žao mi je ako sam se istresao na tebi.

– Šta tvoj otac misli o tome? Očigledno je pristao da tamo snimamo.

– Ne znam da li se i tata isto tako oseća. Možda ne povezuje snimanje filma s mamom kao ja. Ili možda samo misli da je finansijski isplativo.

– Nisi ga pitao?

– Ne razgovaramo o takvim temama. Nikad ne pričamo o mami.

– O, Adonise, to je baš teško.

Slegnuo je ramenima. – Za to imam Ereni, ona uvek mnogo priča o mami, i tako održava živom uspomenu na nju. Tata sve drži ovde. – Prstima je pritisnuo sredinu grudne kosti. – Ereni je otvorenog srca i brinula se o meni onako kako tata nije mogao. Stariji je i tvrdoglav. Teško mu je da govori.

– O osećanjima?

– O svemu.

– Ti i otac ste tugovali na drugačiji način od ostalih. Izgubio si mamu, a on je izgubio suprugu – ne mogu ni da zamislim kakav je to osećaj, posebno kad se još razvijaš. Meni je bilo veoma teško da se nosim s razvodom roditelja, iako sam već bila navikla na to da je mama često odsutna.

Adonis je dopustio bubamari da dopuzi do njegovog prsta i spustio je na zemlju. – Nije bila tu kad si odrastala?

– Tu i tamo, ali i kad jeste, nije bila stvarno prisutna. Otac me je odgajio.

– Tvoja mama je veoma poznata?

– Da, postala je poznato ime. Pre nekoliko godina je dobila Oskara, i to ju je vinulo u neslućene visine. Uvek sam bila u njenoj senci – nemoj pogrešno da me shvatiš, više volim da ne budem u centru pažnje – a ako je do mene, ne ističem činjenicu da mi je ona mama. Ali ljudi znaju, posebno u ovoj vrsti posla.

– Međutim, ipak je pratiš, radeći na filmovima? – Spakovao je termos s kafom i prazne omote od aluminijumske folije nazad u ranac.

– Na baš. Hoću reći, da, radim u toj oblasti, ali ne sledim njene korake, koliko god ona želela da to radim. Jako je razočarana mojim nedostatkom ambicije – to je i sama rekla. Kao i ti i tvoj tata, ni mi ne razgovaramo, barem ne o temama koje su zapravo važne. Mislim da mnogo toga krijemo jedna od druge.

– Mogu li nešto da ti kažem? – Ustao je, a Harlou je za njim skliznula niz stenu. – Mama je uvek bila tu za mene, volela je da bude majka i volela bi da je imala još dece da su okolnosti bile drugačije, tako da ne znam kako je odrastati pored odsutne majke, ali... – Duboko je udahnuo i stegao kaiševe ranca kao da ponovo pokušava da upravlja osećanjima. Gledao ju je s veoma napregnutim i ozbiljnim izrazom lica. – Učinio bih sve da provedem još malo vremena s majkom. Imaš mamu, i koliko god da vam je odnos zamršen, nedostajaće ti kad više ne bude tu. Iskoristi priliku na najbolji mogući način.

17.

Harlou i Adonis su se spuštali stazom niz šumovito brdo. Sunce se sve više uzdizalo, zagrevajući dan, zbog čega se more presijavalo, a drveće zračilo umirujućim zelenilom. Crkvu Svetog Jovana u Kastri, koja se pojavljuje u filmu *Mamma Mia!*, spazili su tek kad su skoro stigli do nje. Pogled na stepenice urezane u stenovito brdašce odmah je Harlou podsetio na Meril Strip koja trči uz njih do malene bele crkve na vrhu. Film *Mamma Mia!* je kao tinejdžerka odgledala bezbroj puta. Strukovi trave i žbunje oivičavali su neravnu stazu. More je sa obe strane svetlucalo na suncu i delovalo veoma primamljivo, a bistra plavozelena voda prelazila je u modroplavu nešto dalje od obale.

Harlou je sledila Adonisa, čiji su se listovi zatezali sa svakim korakom. Pesma „The Winner Takes It All" vrtela joj se u glavi dok su se peli. Usredsredila se na to da stigne do vrha i za nagradu uživa u divnom vidiku koji se prostirao u daljinu.

Crkva je unutra bila mračna, hladnija i iznenađujuće mala, iako je Harlou znala da je unutrašnjost crkve u filmu snimljena u studiju, a ne na lokaciji. Freske su krasile bele kamene zidove. U zadnjem delu crkve treperila je svetlost nekoliko tankih sveća. Adonis je uzeo jednu neupaljenu, približio je plamenu druge i dodao je ostalima. Prekrstio se i pognuo glavu.

Harlou su navrle suze. Čin je bio jednostavan ali značajan, nakon razgovora na brdu znala je da je sveću zapalio u znak sećanja na mamu. Srce joj je cepala njegova dirljiva priča i strast s kojom je izrazio uverenje kako ona treba da se poveže s mamom dok još može. Bio je u pravu kad je rekao da će to biti teško.

Ostavila ga je s vlastitim mislima i izašla napolje. Drveće koje je prekrivalo vrh brda pružalo je preko potrebnu hladovinu. Kud god bi pogledala oko sebe prizor je bio miran i lep, umirujuća mešavina zemljanih tonova, živopisnog zelenila, jarkobele i različitih preliva plave boje.

Pogled se beskrajno protezao duž obale Skopelosa i preko mora do ostrva Alonisos. Gusto zeleno žbunje načičkalo se duž strmog brda sve do kredastobelih stena koje su nestajale u moru, a bistra zelenoplava voda otkrivala je tamnoplave mrlje ispod površine. Jedna jahta je bila usidrena nedaleko od obale, a druga isplovljavala u daljini, i jedino je to uzburkavalo površinu dubokog plavog mora. Blag povetarac je milovao Harlou dok je upijala svaki centimetar pogleda.

– Rekao sam ti da vredi – pridružio joj se Adonis, a ruke su im se okrznule dok su gledali u daljinu. Bilo je čarobno, vredno svake sekunde uspona i ranog ustajanja u subotu.

– Navikla sam na to da lokacije koje dobro izgledaju na filmu ne izgledaju baš kao u stvarnom životu, ali ovo je nešto potpuno drugačije.

– Bez nekoliko stotina ljudi koji se svakodnevno penju i silaze niza stepenice, jeste.

Najjači utisak na nju ostavio je potpuni mir koji ih je okruživao. Nalazili su se na čuvenom mestu, a sami. Dopalo joj se što su to doživeli zajedno i što je Adonis želeo taj trenutak da podeli s njom. Polako su se upoznavali. Otvarao joj se, baš kao što je i ona osećala kako može da bude otvorena prema njemu. Bilo je dobro razgovarati s nekim ko nije bio povezan s filmom, i koga nije bilo briga ko joj je majka, niti je imao bilo kakve unapred stvorene predstave o njoj. S nekim ko nije imao nikakve veze s njenom prošlošću.

– Kako dan odmiče biće sve veća gužva. – Adonis je pokazao rukom prema paru koji je hodao stazom što vodi do podnožja stepenica. – Ima dosta da se hoda nazad – jesi li spremna?

– Naravno, pod uslovom da stanemo i počastimo se s još malo one pite sa sirom.

Vraćali su se niz krivudave stepenice, a Harlou se čas usredsređivala na pogled, a čas na to gde gazi. Prošli su pored para koji se uspinjao i pozdravili ih klimanjem glavom. Pred njima se na dnu brda ukazala uska formacija stena, a ostrvo se prostiralo u oba smera.

Bledosive stene štrčale su u zelenoplavoj vodi. Guste šume prekrivale su brda, senovite i primamljive, sada kada je sunce pržilo.

Adonis je zastao na dnu stepenica. – Postoji plaža koja se vidi iz crkve, ali ima još jedna malo dalje koju bih želeo da ti pokažem.

Vratili su se istim putem među drvećem, ali umesto da nastave onuda kuda su došli, prošli su pored druge crkve i pratili zemljanu stazu koja se vraćala prema obali. Tlo ispod drveća bilo je prošarano sunčevom svetlošću koja se probijala kroz granje.

Staza se otvorila prema pustoj plaži delimično peščanom i sa sitnim šljunkom. Voda koja je zapljuskivala obalu bila je toliko bistra i plitka da je Harlou videla beličaste oblutke na morskom dnu, svetlucavu zelenoplavu vodu i morsku travu. Okolne stene, prekrivene žbunjem i drvećem, sužavale su se i činile zaklonjen zaliv s još jednom klinastom stenom koja se u tom jazu izdizala iz Egejskog mora.

Adonis izvadi peškir iz ranca i položi ga preko šljunka. – Stvarno je nešto posebno, zar ne?

– Slažem se. – Harlou je sela pored njega, zadovoljna što će skinuti ranac sa uzavrelih leđa.

– Hoćeš da se bućnemo pre nego što nastavimo pešačenje?

Bila je oduševljena predlogom. Sledila je Adonisove pokrete i brzo svukla bluzu bez rukava i šorts. Ispod je imala bikini, dok je Adonis nosio šorts za kupanje. Divila se njegovim preplanulim i zategnutim grudnim mišićima. Podsetili su je na njihov prvi susret u maslinjaku.

Zajedno su hodali plažom, prskajući nogama po plićaku i posmatrajući stope na glatkoj površini nabacanih kamenčića. Voda je bila plitka i topla, ali osvežavajuća nakon šetnje tokom većeg dela jutra. Gazili su sve dalje dok voda nije postala malo dublja.

Harlou se bućnula, puštajući da joj voda miluje vrelu kožu. Adonis ju je zbunjivao. Nagovestio je želju da napusti ostrvo i bila je svedok njegove ogorčenosti, ali sada je izgledao tako zadovoljno, otplivao je do ivice zaliva, gde se sa obe strane završavao stenoviti rt, i snažnim zamasima ruku sekao bistru i mirnu vodu. Ona je plutala na leđima, blago upravljajući rukama i gledajući u nebo. Možda je njemu bilo isto kao i njoj, mnogo toga u životu ju je osujećivalo, ali postojali su i trenuci koje je volela. Ovaj posao na primer – ili barem ovo mesto. Ostrvo joj je potpuno ukralo srce.

Plivali su i zabavljali se u moru skoro sat vremena. Adonis je prvi izašao iz vode, izvadio peškir iz ranca i njime protrljao kosu. Harlou se pojavila nekoliko minuta kasnije, svesna da je prati pogledom dok iz plićaka izlazi na plažu.

Sela je pored Adonisa, deleći s njim mali prostor na peškiru i vlažnim ramenom je dodirivala njegovu ruku. Udaljeno od sela, puteva i ljudi, oko njih se osećao spokoj, jedini zvuk bilo je more koje se penušalo na obali. Sunce ih je obavijalo, grejalo i sušilo. Pre nedelju dana, dok su sedeli na plaži obasjanoj mesečinom, razmišljala je da li da ga poljubi. Sada joj je jedino to bilo na pameti. Način na koji mu je pogled bludeo, i kako je stezao ruke oko kolena, nagnali su je da se zapita misli li i on možda isto.

Harlou je odlučila da se prepusti osećanjima. Šta je najgore što bi moglo da se desi? Nagnula se bliže, dok je rukom pronalazila put preko njegovog zategnutog stomaka.

– Hvala ti za danas – rekla je, puštajući da joj ruka počiva na njegovom boku.

Pogledao ju je i nasmešio se. Usne su im bile jako blizu. Nežno je spustila svoje na njegove. Uzvratio joj je poljubac, ali pravi, ne uzdržan kakav je bio njen. Petljao je rukama dok nisu pronašle put i skliznule duž njenog struka, primičući je u topao zagrljaj.

– Želeo sam to da uradim otkako sam te prvi put video.

– Stvarno? Uopšte nisam primetila – nasmejala se.

– Rekao sam ti da sam uzrujan, ali ne zbog tebe. Posvađao sam se s tatom, izjurio napolje i iskalio bes na zemlji. Bilo mi je potrebno da što duže kopam. Onda si se ti pojavila, tako prelepa i srećna i, ne znam, iznenadila si me, ali bilo je nečeg posebnog u tebi.

Predugo se suzdržavala, u strahu da se prepusti osećanjima, plašeći se šta znače i kako će Adonis reagovati. Nije morala da se brine jer je i on osećao isto. – I ti si meni oduzeo dah. – Harlou ga je uhvatila za ruku i duboko se zagledala u njegove oči boje lešnika. – Mislim, dosta je pomoglo to što si bio go do pojasa i žešće zgodan. Nisam očekivala da se nađem s *tobom*, nego s tvojim tatom, mrzovoljnim ratarom.

– Bio sam mrzovoljan.
– Da, mrzovoljan i zgodan.
Adonis se nasmeja i čvršće joj stegnu ruku.
– Oko čega si se raspravljao sa ocem?
– Naše uobičajene svađe. Ako predložim da uradimo nešto drugačije ili dam neku novu zamisao, on me poklopi. Zaglavljen je u svom načinu života i neće da mi dozvoli nikakvu slobodu kada je u pitanju imanje.
– Baš mi je žao.
– To me veoma živcira, ne mogu da se suzdržim.
– Hajde da promenimo temu.
– Najbolje da uopšte ne pričamo. – Poljubio ju je ponovo i rukama istraživao nage delove njenog tela, milujući je preko bikinija.

Harlou nije imala pojma koliko dugo su ostali tako isprepletani jedno drugom u naručju. Nije želela da prestanu s ljubljenjem, ali naposletku su se osušili i obukli. Pešačenje nazad bilo je napornije od dolaska. Ne samo da je uspon bio strm nego je i sunce bilo visoko na nebu i približavao se najtopliji deo dana. Barem je drveće pružalo hladovinu, a i plivanje ju je osvežilo. Imala je osećaj kao da hoda po oblacima, obavijena divotom vremena provedenog na plaži. Sad je stvarno imala trač za Mandu. Ipak, deo nje je želeo da zadrži Adonisa samo za sebe. Manda će primetiti kako je nema ceo dan, a verovatno i Tajler. Zasigurno nije želela da on išta sazna.

Zajapureni i bolnih nogu, vratili su se u *Maslinjak*. Izašli su iz borove šume koja se graničila s maslinjakom i Harlou je shvatila pravu veličinu imanja. Restoran, vila i pomoćne zgrade okrečene u belo bili su raspoređeni u oblik slova *L*, s malim područjima u kojima su bile bašte, terase i voćke. Voćnjak i maslinjak su se prostirali preko brežuljka, sa sasušenom livadom divljeg cveća, do najudaljenijeg polja s kozama posle kojeg nije bilo ničega osim mora i neba. Sa ove visine čak je i Glosa bila skrivena. Osim žamora gostiju restorana, bili su okruženi samo prirodom, suncem i lepotom.

– Možeš ovde da se istuširaš ako nećeš da čekaš da stigneš do sobe? – rekao je Adonis.

– Oh, u redu je, biće mi lakše u hotelu.

– Onda ostani na ručku. – Uzeo ju je za ruku i pogledao. Nije mogla da odbije ponudu. Nije ni želela, kao što nije želela ni da se taj dan završi.

Terasa je bila puna, pa su seli za sto u dvorištu pod senkom masline. Podelili su grčku salatu, predjelo od kremastog dimljenog patlidžana i još jedno s toplim glatkim feta sirom uz meki pileći suvlaki. Nakon pešačenja i plivanja, Harlou je umirala od gladi i pomislila je kako nikada nije pojela bolji obrok. Bio je to zaista divan dan, jedan od najboljih. Peckanje koje bi osetila svaki put kada pogleda ili pomisli na Adonisa ispunjavalo ju je mešavinom radosti i strepnje.

Dok su jeli, razgovarali su o hrani, pa nastavili o detinjstvu i odrastanju u različitim zemljama i s veoma različitim roditeljima. Bez obzira na to, Harlou je osetila povezanost. Pitala se da li se i Adonis isto oseća. Nisu pominjali poljubac, ali ostao je utisnut u njenom umu. A kada ju je otpratio do kola i oprostio se s njom još jednim poljupcem, napustila je *Maslinjak* ustreptalog srca.

– Gde si ti ceo dan?

Naravno da je prvo naletela na Tajlera po povratku u hotel. Sreli su se na stepenicama vile. Tajler je izlazio, a Harlou se pela u sobu.

– U šetnji.

Tajler podiže obrvu. – Šta, čitav dan se šetaš?

Harlou je izdržala njegov pogled. – Jesi li znao da je splet starih staza koje idu uzduž i popreko ostrva i puteljaka kroz borovu šumu potpuno neverovatan?

– Aha – rekao je polako. – Stvarno ponekad umeš da budeš pametnjakovićka, Harlou.

Oči su joj se suzile. – Što, jer me zanimaju priroda i pešačenje i tome slično?

– Baš tako. Čekao sam te celo popodne da se vratiš autom. Ne treba ti više?

– Ne, izvini. Mislila sam da ću se vratiti ranije.

– Neko te je zadržavao, zar ne? – Zlobno se osmehnuo i uzeo joj ključeve od kola. – Nećeš da me pitaš kuda idem?

– Ne, zašto bih?

Slegnuo je ramenima. – Vidimo se kasnije.

Gledala ga je kako je otrupkao niza stepenice. Očigledno je želeo da ga pita kuda ide, ili što je verovatnije s kim se nalazi. I dalje je igrao te igre.

Nakon tuširanja i presvlačenja u čistu odeću, Harlou je poslala Mandi poruku da se nađu. Odšetala je do *Vile Sporades*. Mandina soba bila je u prizemlju i imala je terasicu koja je gledala pravo na bazen. Sedele su napolju, pijuckale piće i upijale kasno popodnevno sunce.

– I, gde si danas bila? – upitala je Manda sa saučesničkim osmehom.

– Zvučiš isto kao Tajler.

– Izvini. Pitao me je danas da li znam gde si. Rekla sam mu da ne znam, ali sam pretpostavljala.

– Išla sam u šetnju sa Adonisom do crkve iz filma *Mamma Mia!*.

– Znala sam! – ciknula je.

Harlou je okrznula pogledom devojke iz šminkernice koje su se izležavale oko bazena.

– I... – upitala je Manda, utišavajući glas.

– Divno smo se proveli.

– Ne pravi se luda, tačno znaš šta me zanima. Da li te je poljubio?

– Zapravo, poljubila sam ja njega.

– O bože, ti srećnice nad srećnicama. Pretpostavljam da ti je uzvratio poljubac?

Harlou je klimnula glavom. – Zapravo, nismo razgovarali o tome. To me pomalo zabrinjava.

– Zašto? Šta tu ima da se priča? Jel' bio lep poljubac? Badava se brineš.

– Problem je u tome što nikad ne znam kuda to dalje vodi.

Manda je spustila ruke na sto. – Izađi ponovo s njim. Ljubite se još, a kad budeš spremna... – podigla je obrve.

– Bila sam u ovoj situaciji s Tajlerom, i vidi dokle me je to dovelo.

– Tajler je zavodnik. Kad nije s tobom, juri neku drugu. A Adonis nije Tajle1r. Ne možeš svakog muškarca da porediš s njim. Zeznuto je – ja znam da jeste, ti znaš da jeste, i sigurna sam da i Tajler to zna. I samo zato što imaš taj čudan, zamršen, nazovi odnos s Tajlerom, ne znači da će druge veze biti takve.

– Možda si u pravu.

– Mislim, bila si i u drugim vezama osim s Tajlerom, zar ne? S drugim momcima?

– Tajler mi nikad nije bio dečko. Ali da, bilo je još nekoliko tipova, ali ne za neki ozbiljniji odnos. Moja najduža veza trajala je nešto duže od godinu dana.

– A Tajler?

– Naš odnos traje već dvanaest godina. Nismo stvarno zajedno, ali nismo ni razdvojeni. Prijatelji, ali ipak više od toga, i uvek završimo u krevetu kad se vidimo. Dok sam bila s nekim drugim, namerno sam izbegavala da se viđam s njim jer sam znala šta će se desiti.

– Jesi li ovde spavala s njim?

– Ne.

– Stvarno?

Harlou je klimnula glavom. – Prvi put smo oboje slobodni, a da se ništa nije desilo.

– Možda ti je ovo prilika da prekineš začarani krug koji je za tebe poguban. Znam kako se osećaš zbog Tajlera. I znam da te privlači i da ti se mnogo toga sviđa kod njega, ali ipak... Mislim da je vreme da ga pustiš. Kad imaš nekoga poput Adonisa, nadmetanje je besmisleno. Čoveče, kako bih volela da sam danas bila na tvom mestu. – Nasmešila se. – Zaista mnogo volim svog muža, ali Adonis... Uh, on je potpuno druga liga.

– Kapiram. – Harlou je podigla ruke. – Zgodan je.

– Nemaš šta da izgubiš ako bolje upoznaš Adonisa. Vidi kuda će te to odvesti.

18.

PETA NEDELJA - ČETVRTA NEDELJA SNIMANJA

Ubrzo je došao ponedeljak i Harlou je ponovo uronila u užurbanu kolotečinu snimanja. Bilo je zahtevno raditi na lokaciji u drugoj zemlji. Trebalo je izaći na kraj s mesnom politikom, voditi računa o turistima, nadgledati ograđene lokacije, organizovati meštane statiste i sve to uglaviti u tesan vremenski raspored. I naravno, nije imala kuda da pobegne od društva filmadžija. Trenutke predaha provodila je s kolegama. Svi su živeli i radili zajedno dvadeset četiri sata dnevno, sedam dana u nedelji. Širili su se brojni tračevi, uglavnom o tome koliko vremena Kristal i Dominik provode zajedno van snimanja, ali i o Tajleru i asistentkinji produkcije Oliviji. Glasine o tome da Džim provodi baš dosta vremena u vili s Mejv takođe su stigle do Harlou.

Situacija sa Adonisom bila je prilično čudna. Šetnja do Crkve Svetog Jovana u Kastri nesumnjivo ih je zbližila, ali ona je i dalje bila sumnjičava. Razmenili su brojeve telefona, ali nijednu poruku niti poziv. Harlou je razmišljala da prva pošalje poruku, ali nije znala šta da napiše. Kako je nedelja odmicala, bilo joj je sve teže da mu se javi, a onda se zabrinula jer ni on njoj nije pisao. Možda je bio isto tako zbunjen. Pored toga, bila je svesna kako je zadužena za lokaciju *Maslinjak*, a zabavljala se s jednim od vlasnika. Dobro, ne baš zabavljala – proveli su neko vreme zajedno, razgovarali i upoznali se. I poljubili, naravno. Otvorio joj se, izlivajući svoj bol.

Tako da je Harlou, po običaju, kao što je to uvek radila kad bi se našla u situaciji koja joj se činila zamršenom, izbegavala da se suoči s tim, uprkos tome što joj je Manda cele nedelje govorila kako treba da stupi u kontakt sa Adonisom. Što je više vremena prolazilo, znala je da će joj biti sve teže da to uradi.

Pred kraj nedelje je u vili u Glosi bilo pakleno. Klima-uređaj nije radio i snimanje je prekinuto. Glumci i ekipa su stajali u hladu i hladili se lepezama. Harlou je videla kako mama razgovara telefonom, s rukom na boku, delujući dovoljno ljuto da nekoga otpusti. U takvim trenucima Harlou je bilo drago što je njena odgovornost neznatna. Poštovanje rokova snimanja i neprekoračivanje budžeta bilo je najvećim delom mamino zaduženje, i nije ni čudo što je izgledala napeto.

Mobilni joj je zazujao u zadnjem džepu. Zvao ju je tata. Osvrnula se oko sebe. Tajler je bio udubljen u razgovor s pomoćnicima režisera, a ostali su se motali unaokolo. Iskrala se na zemljanu stazu privremenog parkirališta.

– Zdravo, tata.

– Možeš li da razgovaraš?

– Mogu, došlo je do neočekivanog prekida snimanja. Ništa me ne pitaj.

– Možeš li s tog mesta gde si sad da vidiš Skijatos?

– Mogu. Zašto?

– Onda nam mahni. – Otac se zakikotao.

– Niste valjda? – Harlou je u neverici gledala preko dubokog plavog Egejskog mora prema maglovitom obrisu Skijatosa.

– Devojke su nedelju dana kod bake i deke, a Džina i ja smo pomislili zašto ne bismo za to vreme zbrisali na grčko ostrvo? Nikad nismo bili na Skijatosu. Pronašli smo povoljnu ponudu u poslednjem trenutku, a dodatna pogodnost je bila što nas od tebe deli samo vožnja trajektom.

Harlou se ozarila. – Ne mogu da verujem da ste ovde, to jest tamo. – Pokazivala je prema ostrvu u daljini. – Tako blizu.

– Ne radiš sutra, zar ne?

– Tako je.

– E pa, onda ćemo doći na Skopelos, osim ako ti ne bi volela da provedeš dan na Skijatosu?

– Volela bih da vas vidim tamo – možete mi pokazati znamenitosti.

– Džina je predložila da pozoveš i mamu.

– Zezaš me.

– Ne mislim na ceo dan! Nismo mazohisti. Pitaj je da li bi volela da nam se pridruži na ranoj večeri.

Harlou je želela oca i Džinu samo za sebe. Uvek se slagala s maćehom, ne samo zato što je Džina bila sve što je Harlou želela od majke: posedovala je majčinski instinkt, bila okrenuta porodici, bila dobar slušalac, nesebična, puna ljubavi i brižna – lista se protezala unedogled. To je dokazivala i činjenica da je ona predložila da pozove i mamu. Harlou je znala da se Džina odrekla dosta toga kako bi zasnovala porodicu, dok je njena majka karijeru stavila na prvo mesto. Dve žene su bile veoma različite, ali u tome nije bilo ničeg lošeg.

Harlou nije mogla da dočeka naredni dan. Zbog kašnjenja, snimanje se u petak razvuklo do kasnih večernjih časova i Harlou nije imala priliku da razgovara s mamom dok nisu završile posao.

– Otac ti je na Skijatosu? – Mejv je zvučala oštro i delovala nadrndano.

– Na odmoru su bez devojaka i žele da me vide. I tebe takođe.

– A tako. – Skrenula je pogled i mahnula nekome iza Harlou. – Nemam vremena da sutra odlepršam na Skijatos.

Naravno da nemaš, pomislila je Harlou. *Previše si zauzeta Džimom.*

Okrenula se da ode.

Mejv je uhvati za ruku. – Ako mogu da dođu u nedelju na Skopelos, možemo da ručamo zajedno.

To je svakako bilo bolje nego ništa i, da bude iskrena, Harlou je bila zadovoljna što će tatu i Džinu imati ceo dan za sebe. Nije mogla da se seti kada su poslednji put sve četvoro bili zajedno. Sumnjala je kako mama nije bila oduševljena tom zamišlju, ali se složila i to je već bilo nešto.

* * *

Sutradan ujutru, Harlou je ustala rano i odvezla se taksijem do Glose. Prošlo je skoro pet nedelja otkad je doplovila na Skopelos, napeta kao struna kako će izgledati snimanje. Prijalo joj je da nakratko isplovi odatle. Nije ni bila svesna koliko želi da vidi oca. Provođenje vremena s mamom budilo je uspomene koje radije ne bi oživljavala. To ju je takođe nateralo da porazmisli o svemu što je trenutno radila. Vreme provedeno sa ocem obično je na nju delovalo kao uzemljenje. Pored njega je uvek jasnije razmišljala i bila manje napeta. Lepe uspomene iz detinjstva bile su ušuškane uz njega i dok je trajekt napredovao kroz duboko plavetnilo Egejskog mora, shvatila je kako je i većinu srećnih sećanja kao odrasla vezivala za njega, Džinu, sestre, baku i deku.

Još jedan istaknut prizor grčkog ostrva dočekao je Harlou dok je trajekt pristajao. Područja obrasla zelenilom okovala su padinu između četvrtastih belih zgrada s crvenim popločanim krovovima. Voda, plava poput safira, zapljuskivala je luku. Ugledala je tatu i Džinu kako se drže za ruke. Izgledali su srećno i opušteno stojeći ispred taverne s plavim stolicama i plavo-belim kariranim stolnjacima.

Otac ju je uhvatio oko struka i podigao sa tla, a Džina se toplo osmehivala dok ju je grlila.

– Ne mogu da verujem da ste ovde – rekla je Harlou, pošto su je pustili iz zagrljaja.

– Pomislili smo kako se ukazala savršena prilika da spojimo preko potreban odmor i viđenje s tobom – rekao je otac.

– Sem toga, devojčice obožavaju da provode vreme na imanju s bakom i dekom.

Otac je stavio naočare za sunce i uhvatio Harlou za ruku. – Vidim došla si sama.

– Mama se izvinjava, rekla je kako je danas zauzeta.

– Zašto me to ne iznenađuje?

– Ali, ako sutra možete da dođete na Skopelos, predložila je da odemo na ručak.

– A možemo da vidimo i Skopelos – reče Džina. – Čist dobitak.

Harlou je znala kako mami nije baš najprijatnije da provodi vreme s bivšim mužem i Džinom, ali dopadalo joj se što su otac i

Džina bili voljni to da urade, čak i ako je proisteklo iz nastojanja da se, dok je Harlou odrastala, okupe zbog nje. Dopadalo joj se to kod Džine, kako je opuštena i vedra, tako otvorena za druženje s bivšom suprugom svog muža. Sigurno ni njoj nije bilo lako, iako se nikada nije bunila. Možda je to smetalo njenoj mami, Džina je bila previše dobra da bi se ikada žalila na nju.

Džina je uhvatila Harlou za ruku. – Mislili smo da se prvo prošetamo, pa ručamo, a onda se opustimo na plaži pre nego što uhvatiš trajekt.

– Zvuči savršeno.

Jedini put kada se Harlou na Skopelosu osećala kao turistkinja bilo je tokom obilaska ostrva s mamom. Čak i kada je posetila crkvu iz filma *Mamma Mia!* nije se osećala tako jer je bila sa Adonisom, meštaninom. Ali bila je uzbuđena zbog današnjeg dana i istraživanja nepoznatog ostrva u društvu oca i Džine.

Grad Skijatos je podsećao na grad Skopelos, ali bio je veći i manje tradicionalan. Uske ulice su vrvele od turista i laknulo im je kada su napustili prometni centar i krenuli ka mirnijem i živopisnijem Burciju – malenom poluostrvu s druge strane luke. U senci visokih borova i okruženo svetlucavim Egejskim morem, ovo područje je bilo opuštenije od gradskog jezgra.

Ručali su u restoranu *Marmita*, smeštenom u dvorišnoj bašti tradicionalne zgrade sa zelenim šalonima i rustičnom kamenom fasadom.

– Pretpostavljam da će nam se ili dopasti, ili biti odvratan – rekao je otac dok su ih kroz kapiju na ulazu sprovodili do stola. – Razumete štos? *Marmita*... Marmajt namaz, kako kažu u reklami: dopašće vam se ili će vam biti odvratan...

Džina je uhvatila pogled Harlou i odmahnula glavom na njegovu „očinsku“ šalu.

Harlou je uživala u toplini bašte obasjane suncem i prijatnom vremenu u društvu sa ocem i Džinom. Navalili su na ukusnu hranu: salatu od zelenog pasulja s kruškama i orasima, kao dodatak začinjene ćufte za nju i sporo kuvana jagnjetina s komoračem i zelenišem za njih. Razgovarali su o Abi, Eli i Flo, o tome šta će raditi na imanju i koliko se raduju što će videti Harlou kad se bude vratila u Englesku.

Harlou je uživala u svakom minutu provedenom s njima dok su sedeli zajedno i delili bocu vina, okruženi sjajnozelenim lišćem i jarkoružičastim cvećem. Jednostavno postavljeni stolovi i stolice obojeni u belo odskakali su od žućkastocrvenkaste i ružičastonarandžaste boje kamenih zidova. Harlou je zaključila da joj je to jedan od omiljenih dana otkako je došla u Grčku. Nadmašio ga je jedino onaj koji je provela sa Adonisom, pešačeći do crkve i plivajući u moru. Sviđalo joj se sve u vezi s tim danom.

Siti nakon uživanja u dobroj hrani i vinu, odšetali su nazad do luke i uhvatili taksi koji ih je vozio duž obale do plaže ispred hotela u kojem su odseli njen otac i Džina.

Za razliku od plaža na Skopelosu, ova je bila peščana. U pozadini se nad njom nadvijao veliki hotel, s barom na plaži i redovima suncobrana i ležaljki za sunčanje. Našli su tri prazne ležaljke u redu najbližem moru. Harlou je osetila olakšanje kada je svukla haljinu i legla samo u bikiniju. Jedva da se čuo šum vetra i bilo joj je neizmerno drago što su im iz bara doneli hladan frape. To je bio život. Rad na filmu na grčkom ostrvu predstavljao je uživanciju, ali bilo je malo prilike da se tokom nedelje opusti i kao turistkinja uživa u prelepim lokacijama.

– Mogao bih da odem i vidim mogu li da unajmim džet-ski – saopštio je otac nakon sat vremena sunčanja. – Hoće li neka od vas dve da mi se pridruži?

Džina se nasmejala, a Harlou ga je prostrelila pogledom koji je poručivao: „Ti to mene zezaš?“ Uživala je da se izležava pod suncobranom, dok su ispred nje samo pesak i more. Ipak, obožavala je očev polet. Iako se bližio šezdesetoj, Harlou je i dalje o njemu mislila kao da je u godinama kada je bila tinejdžerka i kada su išli na planinarenje, igrali tenis i badminton, plivali, trčali i provodili vikende istražujući razna mesta. Možda nije ostario zbog mlađe žene i još tri ćerke – mada će se to možda promeniti kako su se devojčice približavale tinejdžerskim godinama. Bez obzira na sve, bili su sportska porodica. Uvek bi je žacnula ljubomora kada čuje kako je otac vodio ćerke na kampovanje u divljini, da su išli na pešačenje od šesnaest kilometara ili se vozili biciklom kroz šumu. Živeli su u Norfoku, na selu, a mesta na koja su mogli da odu bila su im maltene na kućnom pragu, potpuno suprotno od onoga kako je Harlou živela u Londonu.

Harlou i Džina su naručile još po jedan frape i smestile se na ležaljke. Otac joj se izgubio iz vidokruga i otišao dalje duž plaže.

Džina je otpila gutljaj frapea. – Kako si, Harlou? Ali iskreno. Tvoj otac je rekao da si zvučala napeto kad ste se poslednji put čuli.

– Uhvatio me je u nezgodnom trenutku. Inače, sve je u redu.

Džina ju je pogledala preko ruba rama naočara za sunce. Podigla je obrve.

– Dobro sam, zaista. Jednostavno, nije baš lako biti u maminoj blizini, a to što mi je u poslednjem trenutku našla ovaj posao razbesnelo je Tajlera, i onda je nastala uvrnuta situacija jer, znaš, nismo se dugo videli a naš odnos je već i pre toga postao čudan. Nekako sam uletela u okolnosti u kojima nisam želela da se nađem. – Harlou se zakikotala. – Eto, sad sam ti otvorila dušu.

– Treba razgovarati – rekla je Džina. – Drago mi je što si to podelila sa mnom. Ne viđamo te ni blizu onoliko koliko bi trebalo i koliko bismo voleli. Devojčicama mnogo nedostaješ.

– I one meni nedostaju.

– Znam da ti je poslednjih nekoliko godina bilo teško i da ti karijera oduzima dosta vremena. Bila si zauzeta, a vala i mi smo zbog posla i posvećenosti devojčicama. Manje smo te viđali, a želim da znaš kako si kod nas uvek dobrodošla. Stvarno, Harlou, u svako doba. Iskreno to mislim.

– Znam. – Harlou je osetila knedlu u grlu zbog Džinine iskrenosti i otvorenosti. – Samo imam osećaj kako se moja privrženost stalno preispituje. Ne kad ste ti i tata u pitanju, znam da si srećna kad god me vidiš, ali mama, ne znam... Ume da u meni izazove užasno osećanje krivice ako vreme provedem s vama, a ne s njom. A onda, kad smo zajedno, više je nego očigledno koliko je razočarana mnome.

– Tobom čovek može samo da se ponosi, Harlou. – Džina je ispružila ruku i stisnula njenu.

– Možda u tvom svetu, ali ti zaista ne poznaješ mamu toliko dobro kao ja, ili tata. Ona je uverena da će, ako ima što veći uticaj na mene i ako više vremena provodimo zajedno, verovatnoća da ću se nekim čudom pretvoriti u neku verziju nje same biti veća.

– Tačno, ne poznajem je kao ti, ali znam da joj nisi ni nalik, ma koliko ona imala uticaja na tebe. Pametna si i nisi se upecala na njene pokušaje. Videla sam i čula dovoljno da sama donesem zaključak.

– Ume jako dobro da me obrlati i učini da se osećam krivom. Stalno mi govori kako bi trebalo da provodim vreme s njom u Los Anđelesu, a pošto mnogo putuje i često je u Londonu zbog posla, teško mi padne da provodim vreme s vama ako će mama biti sama u Londonu.

– Ali ona zapravo nije sama, zar ne? Ima mnogo prijatelja i obično tipa s kojim voli da provodi vreme.

– Da, ali to je ne sprečava da mi nabija osećaj krivice.

– Ne bi trebalo da te muči osećaj kako ženi koja je tako nezavisna, a i nije bila tu kad si odrastala, duguješ bilo šta.

– To je lakše reći nego izvesti. Ima ona svoje načine... Uostalom, videla si kakva je, čak i izdaleka.

– Znam kakav je uticaj imala na tvog oca. Divim mu se što joj se naposletku suprotstavio. Da je ostao s njom, tvoj tata bi bio nesrećan do kraja života. Nemoj dozvoliti da ta njena upravljačka priroda utiče na tvoj život, to je sve što kažem.

– Odlično znam kakva je – rekla je Harlou ogorčeno.

– Znam da znaš, ali... to je nešto što je tvoj tata rekao, kako ti ona zapravo nije dala mogućnost izbora želiš li da prihvatiš ponudu da radiš na ovom filmu.

– U pitanju je bila sjajna prilika.

– Jeste, ali to nije odgovor na pitanje da li si ti uopšte želela da radiš taj posao i budeš ovde s njom?

– Oboje znate odgovor na to pitanje.

– Zašto si onda pristala?

Harlou je pogledala maćehu. – Sama si rekla za njenu upravljačku prirodu i koliko si ponosna što je tata uspeo da joj se otrgne na vreme. Možda nisam jaka kao on.

– Oh, Harlou, jesi.

– Trenuci odrastanja uz tebe i tatu bili su zdravi. Odrastanje uz mamu nije bilo takvo.

– Kako to misliš?

Harlou je klonula, dlanovi su joj se znojili, a srce ubrzano kucalo. – Svašta se dešavalo na tim zabavama koje je organizovala. Tata bi posedeo od toga.

– O bože, Harlou. Nisam imala pojma. Mi nismo imali pojma. Tvoj tata...

– Ne zna i ne mora da zna. Već sam previše rekla.

Ma koliko da je verovala Džini, postojale su tajne zbog kojih bi joj bilo neprijatno ako bi ih podelila, iako je boravak ovde s Tajlerom i mamom sve to uzburkao.

– Da li se tebi nešto dogodilo? – Džinin glas je zadrhtao.

– Nije trebalo ništa da spominjem. To je prošlost i nema svrhe ponovo je prizivati. – Razgovor je postao ozbiljan. Harlou nije želela da bude ovako uznemirena tokom vikenda, pogotovo dok se s porodicom odmara na plaži. Pomerila je ležaljku tako da gleda ka Džini. – Bez obzira na sve, hvala ti što si me pitala kako sam.

– To se podrazumeva. I stvarno, ako želiš da razgovaraš s nekim, uvek sam tu za tebe. Mislim, ako postoji nešto što ne želiš da kažeš tati.

– Nas dvoje smo uvek, u vezi s većinom tema, bili otvoreni jedno prema drugom. Tati sam pričala o momcima, menstruacijama, prijateljima, brigama i svemu što uz to ide. Ali ima nekoliko situacija o kojima ne želim da pričam jer se plašim da se on i mama ne udalje još više. Sad se podnose, i to mi olakšava život. Ne želim to da poremetim.

Džina je klimnula glavom, otpila gutljaj frapea i zagledala se u more. – Razumem te, zaista.

Harlou je uzdahnula i naslonila se, ispružila je noge i uživala u blagoj vrućini ispod senke suncobrana.

– Mili bože. Jel' to Derek? Mislim da je to tvoj tata.

Harlou je spustila naočare za sunce i pogledala u pravcu u kojem je Džina upirala prstom. Muškarac u jarkožutom prsluku za spasavanje, koji je izgledao kao da se bori za goli život jezdeći kroz talase iza čamca koji juri duž zaliva, nesumnjivo je bio njen otac.

– Eto vidiš. Tvoj otac, u pedeset osmoj godini i dalje sledi svoje srce. I ti takođe treba da pratiš svoje, Harlou. Život je prekratak da to ne uradiš i ne pokušaš da usrećiš sebe, na ljubavnom ili poslovnom planu. Tvoj tata je promenio život nabolje, ma koliko se to tad činilo teškim. Čini mi se da nisi srećna, i ako je to istina, onda prati sopstveni osećaj o tome šta želiš da uradiš. To je meni pomoglo u prošlosti. Da nisam poslušala svoj osećaj i smogla hrabrosti, verujući da će mi samoj biti bolje, možda bih i dalje bila s momkom koji me je zlostavljao umesto da upoznam tvog divnog tatu. Sledi svoje srce, zaslužuješ da budeš srećna.

19.

Harlou se parkirala na obodu grada Skopelosa i krenula ka luci. Poranila je, pa je pronašla prazan sto u jednom od kafića s pogledom na more. Naručila je milkšejk sa ukusom vanile i čekala da stigne trajekt. Juče je divno provela dan, ali je takođe shvatila koliko joj nedostaju otac i Džina. Bila je svesna da će joj posao oduzimati mnogo vremena, ali zar nije delimično zato sa režiranja prešla na zanimanje koje će joj omogućiti da putuje i naposletku traga za lokacijama? Volela je da bude na otvorenom. Da li je rad na filmu i televiziji zaista bio najbolji način da se to postigne?

Trajekt je pristao i iskrcalo se mnoštvo ljudi, među kojima su bili njen tata i Džina. Nije mogla da se suzdrži da se ne nasmeje tati sa šeširićem, naočarima za sunce, *fetfejs* majici s kratkim rukavima sa slikom kampera, koju su mu odabrale ćerke, i šortsu do kolena, koji je isticao njegove blede noge u japankama. Držao je Džinu za ruku, a ona se bez velikog napora odećom savršeno uklapala u letnju atmosferu.

Harlou je posrkala ostatak milkšejka i tutnula pet evra u čašicu za žestinu u kojoj je bio račun. Mahala im je probijajući se kroz bujicu ljudi koji su išli u suprotnom smeru.

– Pa zar ovo nije pravo zadovoljstvo! – Tata ju je snažno zagrlio. – Videti te dva dana zaredom.

Pustio ju je i Harlou je zagrlila Džinu.

– Mama nas je pozvala kod nje na ručak.

– Stvarno? – pitao je njen otac u neverici.

– Nisam sigurna da li će kuvati ili naručiti hranu ili šta god, ali izgleda da je žarko želela da nas pozove kod sebe.

Otac je podigao obrvu, ali se uzdržao da bilo šta kaže.

– Čini se kako želi da se potrudi.

– Pa, onda sam siguran da će ispasti dobro.

Harlou je volela očevu čestitost. Pronalazio je dobro u svemu čak i kada je njegova bivša supruga bila u pitanju, a i Džina je bila takva. Bili su savršeni par. Takođe joj se činilo kako je to što ih vidi tako srećne zajedno beskrajno živciralo njenu mamu. Nije da bi ona ikada želela da se pomiri s bivšim mužem, ali se Harlou pitala da li bi mama zapravo zaista želela tako čvrstu i srećnu vezu.

Harlou ih je povela dužim, ali živopisnijim putem kroz grad, uza stepenice s različitim šarama između blistavih vila, pored drvenih stolova i stolica načičkanih ispred kafića. Nisu žurili da stignu do mamine vile, ne kad su već dobili priliku da vide znamenitosti ostrva. Harlou je duboko u sebi razmišljala da što duže odlažu da je vide, to bolje.

– Ovo je baš lepo mesto – rekla je Džina dok su izlazili iz automobila na prilazu iza vile. Nalazila se van glavnog puta u mirnoj ulici. Spokoj su narušavali jedino sveprisutna pesma cvrčaka i udaljeni meket koza.

– Malo je udaljeno za tvoju mamu, zar ne? – promrmljao je tata. U ruci je držao bocu vina koju je kupio dok su prolazili kroz grad. – Uvek je volela da bude u centru dešavanja.

– I dalje je takva, tata. Videćete kad odemo pozadi – to je savršeno mesto za zabave. – *I za očijukanje*, pomislila je Harlou.

Vodila ih je uz bočni deo vile i kroz kapiju do terasastog vrta.

Tata je spustio naočare za sunce dok su se penjali na gornju terasu sa širokim pogledom na Panormos. – Aha, shvatam na šta misliš.

– Auuu – otelo se Džini. – U odnosu na ovo, naš smeštaj na Skijatosu je kao kamp-kućica.

– Osim što imamo pogled na more, ljubavi, čak i ako je soba malo skromnija.

– Učinilo mi se da sam vas čula. – Mejv je izašla iz vile u dugoj, ali poluprozirnoj haljini ispod koje je imala kupaći kostim s dubokim izrezom. Plava kosa joj je bila savršeno razbarušena, velike naočare za sunce zaklanjale su joj oči, a preliv crvenog karmina odgovarao je laku za nokte na nožnim prstima. Bila je obučena za zabavu na bazenu, a ne za opušten ručak. – Zdravo, Derek – rekla je, ljubeći ga u obraze.

Isto je uradila s Harlou i Džinom. Harlou je primetila kako Džina odmerava Mejv. Smatrala je da Džina izgleda prelepo kao i mama, ali bila je obučena opuštenije i prikladnije. Nosila je sandale, belu maksi suknju i lepršavu bluzu, nenametljivo našminkana, ako je uopšte i stavila šminku. Harlou je znala kako je mami oduvek smetalo što je Džina mlađa od nje – samo sedam godina, ali činilo se kao da je baš u tome suština.

– Šta ćete da popijete? I dalje voliš pivo, Derek? Boce se hlade u frižideru.

Tata je otišao do bara na otvorenom ispod velikog hrasta.

– Voliš proseko? – upitala je Mejv, dodajući Džini čašu. – Harlou, hoćeš li i ti čašu ili voziš?

– Vozim. Uzeću sama nešto bezalkoholno.

– Ovde je prelepo, Mejv – rekla je Džina dok se Harlou pridružila ocu. – Rekla sam to čim smo videli kakav je pogled.

Derek je otvorio bocu piva. – Pogrešio sam – rekao je tiho. – Ona i ovde može da bude u centru pažnje. Mesto je neverovatno. Teško je shvatiti zašto si odbila da odsedneš ovde.

– Tata, znaš ti dobro zašto. Dovoljno je što moram da radim s njom. U svakom slučaju, oboje znamo kako joj je verovatno laknulo što sam odbila. Pomisao da živim ovde možda bi bila privlačna na dan ili dva, nakon toga baš i ne toliko.

– Da li je sama odsela ovde?

Znala je u kojem smeru je otac poveo razgovor tim pitanjem. – Mislim da jeste – odgovorila je iskreno. Znala je koliko i tata, osim neizbežnih glasina koje su kolale, ali on nije morao da zna za njih.

Ponovo su se pridružili Džini i Mejv. Džina je skoro popila proseko i Harlou je primetila da je uznemirena. Njena mama je uživala da zabavlja ljude, dok je Džina više volela da provodi vreme s porodicom.

– Mogu li nekako da pomognem? – upitala je Džina.

– Ne, zaboga. Opusti se. Harlou će mi pomoći.

Džina je pogledala Harlou i uputila joj saosećajan osmeh. Harlou je bespogovorno sledila majku do vile. Prostor je imao otvoreni plan i bio iznenađujuće prozračan, sa sunčevom svetlošću koja se probijala kroz prozore sa spuštenim šalonima. Raznobojni jastučići na svetlosivom kauču, lisnato zeleno sobno bilje i drvene grede duž tavanice.

Mejv je krenula da vadi posuđe iz frižidera i stavlja ga na radnu površinu. – Naručila sam hranu iz hotelskog restorana.

Harlou uopšte nije bila iznenađena. Nije bila sigurna da li je mama ikada kuvala, ali svakako nije kada je morala da zabavlja goste. Za žurke koje je priređivala u Londonu dok je Harlou bila tinejdžerka obično je naručivala hranu i osoblje za posluživanje kako bi vreme provela u druženju. I sada je bio isti slučaj, samo bez konobara.

– Možeš li ovo da izneseš napolje? – Mejv joj je dodala činijice s maslinama i orašastim plodovima. – Uzgred, Džim i Tajler samo što nisu stigli.

– Molim? – Harlou se vratila u kuhinju. – Mislila sam da je ovo porodični ručak?

– I jeste, uz nekoliko dodatnih gostiju, to je sve. Donose salate, tako da bi im bilo bolje da se pojave.

– Oh, zaboga, mama.

– Ne ljuti se na mene, Harlou. Trudim se. Svi smo zajedno, zar ne? Samo pod mojim uslovima.

Harlou je čvršće stegla činijice i izašla iz kuhinje. To je oduvek bio problem, mama je sve radila na svoju ruku. Harlou je pomislila kako je previše dobro da bi bilo istinito to što je dobrovoljno pristala da provode vreme s njima. Uvek su postojali uslovi, a ovog puta su to bili Džim i Tajler.

Vratila se na jarku sunčevu svetlost, a mama joj je bila za petama.

– Derek, oduvek si bio kralj roštilja – rekla je, dodajući mu hvataljke za meso i kesu sa ćumurom. – Možeš odmah da ga raspališ.

To je bila više naredba, nego predlog, ali Harlou je znala kako će tati biti drago da se nečim zanima.

– Džina, hajde da se sunčamo pored bazena. – Uhvatila je Džinu podruku i povela je niza stepenice do terase s bazenom. Harlou je primetila kako se Džina okreće i čežnjivo gleda za mužem.

– Uzgred – promrmlja Harlou – mama je pozvala još nekoliko ljudi.

– Oh, stvarno – rekao je Derek ravnodušno, kao neko ko isuviše dobro poznaje bivšu suprugu.

– Prvi pomoćnik režisera, Džim. Kruže glasine...

– Jasno mi je.

– Takođe je pozvala i Tajlera... Tako da, znaš, zabavno porodično popodne.

Derek je ubacio ćumur na dno roštilja. – Jel' sve u redu između tebe i Tajlera?

– Recimo kako bih radije ovaj dan provela bez njega.

– Sve će biti u redu, Harlou, mi smo tu.

– Znam, tata.

Stavio joj je ruku preko ramena i zagrlio je.

– Bolje da proverim da li je Džina dobro – rekla je Harlou.

Odnela je činijice s grickalicama do bazena i stavila ih na sto između Džinine i mamine ležaljke za sunčanje. Harlou se smestila s druge strane pored mame i naslonila se, uživajući u podnošljivoj vrućini u prošaranom hladu masline koja ih je natkriljavala.

Mama je pričala kako je noću u kući jako mirno i da se vide svetla na obali kod Panormosa.

Kola su zaškripala na prilazu.

– Stigli su – rekla je Mejv, ustajući.

– Ko je stigao? – Džina je zbunjeno pogledala Harlou.

– Prijatelji – objasnila je Mejv.

– Znači nismo sami? – Džina je gledala u Harlou, usnama bezglasno oblikujući reči.

Klimnula je glavom, a srce joj je poskočilo kada se Tajler pojavio iza ugla vile držeći rashladnu kutiju na grudima.

Mejv je Tajlera poljubila u oba obraza, a Džima u usta. Harlou je razrogačila oči shvativši da su glasine stvarno istinite. Harlou i Džina su došle da im se pridruže, a Mejv ih je predstavila.

– Ovo je Džim, a naravno Derek, Džina, oboje poznajete Tajlera.

20.

Harlou nije obraćala mnogo pažnje na Džima. Tokom snimanja su im se putevi retko ukrštali, a dosad je izbegavala da izlazi s Tajlerom i ostalima. Bio je stariji nego što je prvobitno pomislila, ali teško je mogla da odredi koliko – od poznih tridesetih do srednjih četrdesetih godina, mada mlađi od njene mame bar deceniju. Nisu joj smetale njegove godine ako usrećuje njenu mamu, ali videla je to mnogo puta ranije, mamu koja uskače iz jedne besmislene prolazne veze u drugu – ili je barem tako izgledalo. Da li je pozvala Džima samo kako bi ga natrljala na nos bivšem mužu? A njega nije ni bilo briga. Nakon što je dao sve od sebe da mu brak s Mejv uspe, tata je već više od petnaest godina srećan sa Džinom.

– Kako napreduje rad na filmu? – upitala je Džina, gledajući između Mejv i Džima. – Ovo ostrvo mora da je neverovatno mesto za snimanje.

Harlou se dopadalo kako je njena maćeha pažljiva, uvek voljna da se zanima za druge ljude i održava razgovor.

– Jeste, ali je istovremeno i velika muka – odgovorila je Mejv. – Isplatiće se zbog toga kako će sve izgledati nakon što se uredi i montira u postprodukciji, ali lokacije nisu baš najlakše za snimanje.

– Ne krivi mene – rekao je Tajler, podigavši ruke.

– To je moje maslo – priznala je Mejv. – Želeli smo verodostojnost grčkog ostrva, a ne da snimamo na lokaciji u Hrvatskoj, ili na ozvučenoj sceni u studiju *Pajnvud*, što bi tehnički bilo lakše.

– Uvek si volela izazove – rekao je Derek bez trunke poruge u glasu.

– To je tačno, ali snimanje na lokacijama će se isplatiti, uprkos poteškoćama. Ostrvo ima nekoliko prelepih plaža, a pronašli smo i neverovatnu vilu nedaleko od Glose. A tu je i taj čudesni maslinjak koji su Tajler i Harlou uspeli da obezbede.

Harlou je prestala da sluša i zapitala se šta li radi Adonis. Nije imao slobodan vikend kao ona. Obrađivanje zemlje i uzgajanje životinja podrazumevali su da uvek ima šta da se radi. Prošlo je više od sedmice otkako su zajedno proveli dan, ali je od tada svakog dana mislila na njega, brinući se što se od tada nisu čuli. Poslaće mu kasnije poruku, čim se bude vratila u hotel.

– Zar ne, Harlou?

– Zar ne, šta? – pogledala je u Tajlera na drugom kraju terase.

Nasmejao joj se. – Dopadaju ti se ostrvo i priroda. I meštani takođe.

Harlou je izdržala njegov pogled, ali nije ga udostojila odgovora. Znači, zato je Tajler došao – a i Džim u manjoj meri – kako bi im upropastili dan. Mama jednostavno nije mogla, čak ni na nekoliko sati, da bude ono što jeste i opusti se u društvu bivšeg muža i njegove supruge, a da pritom nema podršku.

Ostali su još neko vreme na gornjoj terasi i ćaskali o snimanju, dok se Derek posvetio roštilju. Kada se ćumur ugrejao, stavio je ražnjiće pilećeg suvlakija na rešetku, dok su Mejv, Harlou i ostali s pićima odšetali do terase s bazenom.

Mejv je, kao i obično, bila u središtu pažnje i izabrala je ležaljku za sunčanje u sredini. Harlou je bila srećna na obodu dešavanja slušajući kako mama vodi glavnu reč, uglavnom se usredsređujući na posao i svoj život, usputno pominjući imena poznatih ljudi s kojima je radila. Tajler i Džim su se povremeno ubacivali, a Harlou je osetila kako je i njen otac odozgo sluša okrećući klipove kukuruza i ražnjiće suvlakija.

Dozvolila je sebi da se opusti. Džim je bio pored nje, usredsređen na svaku Mejvinu reč. Tajler je stajao na drugoj strani, pored Džine, dovoljno daleko da je ne živcira. Voda u bazenu je izgledala osvežavajuće, mameći je da uskoči, ali iako je imala bikini u torbi, ležaljka je bila previše udobna da bi se pomerala iz nje. Dok je radila vrućina bi joj često bila neprijatna, ali dok je ležala ovde, a sunce grejalo svaki deo njenog bića, osećala je blaženstvo. Ćaskanje i pesma ptica su je uljuljkivali u san, i mogla je svakog trena da zadrema.

– Hrana je gotova. – Derek ih je pozvao s gornje terase remeteći joj mir, iako je miris sočne piletine s roštilja koji je nagoveštavao ukusan obrok bio vredan toga.

Harlou je pomogla mami da postavi sto na gornjoj terasi. Džim i Tajler su izneli dodatne salate koje su doneli iz hotela, a Derek je na tanjir poređao piletinu s roštilja, crni luk i klipove kukuruza i bupnuo ga na sredinu stola.

Mejv je sačekala da se svi smeste pre nego što je podigla čašu. – Pa, živeli, svi.

– Živeli! – nazdravili su zajedno, kucajući se čašama.

Kašike i viljuške su letele od činije do činije, a i suvlaki je kružio između njih.

– Devojčice su s tvojim roditeljima, zar ne? – upitala je Mejv gledajući u Dereka.

Usta su mu bila puna, ali je klimnuo glavom.

– Da, obožavaju da budu tamo – rekla je Džina umesto njega. – Kao i Harlou.

Mejv je nabrala nos. – Meni je najviše u sećanju ostalo kako smo se jednog Božića smrzavali tamo. Napolju je vejalo i duvao je vetar. Derek i njegov otac su izlazili napolje po svim vremenskim prilikama. Ja sam ostala s bebom kojoj su rasli zubi i Derekovom majkom, koja je bila previše zauzeta da bi mi pomogla jer je stalno nešto kuvala ili džarala po kaminu. Ne zamišljam tako zabavu.

Džina je pogledala u Harlou. – Pa, sad imaju centralno grejanje. Malkolm ima ispomoć na farmi, a Ajlin voli da se brine o nama, ali devojčice i ja joj pomažemo koliko god možemo.

– Lakše je kad su stariji. – Harlou je znala kako se mami nije dopao nagoveštaj da se previše žali.

Imala je lepe uspomene na Božić kod bake i deke na imanju, ali nejasno se sećala maminog prisustva. Tamo je provodila većinu letnjih raspusta, ali obično je išla samo s tatom, a mama kad bi došla nikako nije prihvatala tamošnji način života: rano ustajanje, rad napolju bez obzira na godišnje doba i naporan, fizički posao. Radila je naporno i suočavala se s mnogim izazovima kao filmska producentkinja, ali zato što je to želela. Uvek je jasno stavljala do znanja kako nimalo nije zainteresovana za imanje ili način života svekra i svekrve, čak ni dok je bila u braku s Derekom.

Slistili su hranu i dopunili pića. Harlou je primetila da uprkos ručku koji je priredila, njena mama zapravo ništa nije sama pripremila ili skuvala. Suvlaki ražnjiće su joj napravili u hotelu, salate su doneli Tajler i Džim, a tata je sve ispekao. Mama je volela da se druži i nije bila dobra kuvarica. Harlou nije očekivala da će se sada promeniti, pogotovo ne tokom jedinog slobodnog dana.

Džina je uporno zahtevala da pomogne oko raspremanja, a Mejv se nije bunila. Harlou joj je pomogla, dok je Mejv sišla na nižu terasu sa Džimom, Derekom i Tajlerom. Harlou je bilo drago što će izbeći taj razgovor.

Nije trebalo mnogo vremena da ostatke hrane vrate u frižider, poslažu sudove u mašinu i operu veće posude, a Harlou je ćaskala sa Džinom o tome šta su ona i njen otac nameravali da rade tokom preostalog odmora.

Džina je obrisala radnu površinu, okačila krpu na slavinu i okrenula se ka Harlou.

– Da li ti je stvarno dobro ovde? – Spustila je toplu ruku na pastorkino rame. – Ne znam sve pojedinosti o tebi i Tajleru, ali na osnovu onoga što mi je Derek ispričao i tvoje reakcije na to što je ovde, vidim da si napeta.

– Dobro sam, stvarno, ali hvala na pitanju. Čini mi se da je vreme koje provodim ovde dobra prilika da sebi razjasnim šta osećam prema njemu, ili barem razbistrim glavu. Nije zdravo kako se osećam u njegovoj blizini.

– Ne, nije. Stalo mi je do tebe, isto kao i do Abi, Eli i Flo. Ne bih volela da ih neko zavlači. Tajler ne bi trebalo tako da se ponaša prema tebi.

– Znam, ali nije oduvek bilo ovako. Bilo je trenutaka kad je barem izgledalo kao da nam je stalo jedno do drugog.

– Šta se dogodilo?

– Nisam baš sigurna – rekla je, iako je znala šta je u pitanju, niz događaja koji su oboje opteretili i učinili da se Harlou oseća kao da mu nešto duguje, što bi teško moglo da se pretoči u reči.

– Prokljuvićeš sigurno. Kao što si rekla, boravak na ostrvu je savršena prilika. – Džina joj se osmehnula. – Hajde, bolje da se pridružimo ostalima i spasemo tvog tatu. – Pošla je ka vratima.

– Mogu li nešto da ti kažem, Džina?

Ona se okrenula. – Naravno, uvek.

– Upoznala sam nekog ovde – meštanina, nema nikakve veze s filmskom ekipom... – Harlou je odlutala, ne znajući šta želi da kaže, ali osećala je potrebu da se poveri Džini.

– I sviđa ti se, taj meštanin?

– Da, mnogo.

– Pa, onda ne dozvoli Tajleru da ti to upropasti.

Harlou je stajala na pragu vile i gledala terase koje su svetlucale na popodnevnom suncu. Ćumur za roštilj pretvorio se u pepeo, a bazen je i dalje izgledao privlačno. Nakon što je razgovarala sa Džinom u kuhinji, pridružile su se ostalima. Proveli su još jedan sat na osunčanoj donjoj terasi s netaknutim pogledom na široku dolinu sve dok se Harlou nije pripiškilo i morala je da uđe unutra. Zastala je u hladu pored vile. Džim je držao ruku na naslonu mamine stolice, a otac i Džina su sedeli naspram njih držeći se za ruke. Nakon petnaest godina i troje dece i dalje su bili veoma zaljubljeni. Šta li je njena mama mislila o tome? Takođe se pitala i o čemu razgovaraju – još nije imala želju da im se pridruži.

Tajler je prišao iz spoljnog bara i pružio joj bocu dijetalne koka-kole.

– Samo da znaš, iznenađen sam koliko i ti što sam pozvan.

– Stvarno?

– Ma daj, Harlou. Mislim da je tvoja mama htela da izjednači brojke. Ona i Džim su par, i verujem da je shvatila kako bi i tebi prijalo društvo. – Pijuckao je pivo i posmatrao je.

– Veruj mi, bilo bi mi savršeno ugodno i bez tebe. Mama nema blage veze šta se s nama dešava.

– Ma nije valjda. – Iskezio se.

– Samo mi je žao što i dalje ima potrebu da tati nabija na nos kako i ona ima nekog. Da zato što je on nastavio dalje, mora da dokaže kako je i ona. Ali ona i Džim, to je samo još jedna nepromišljena prolazna veza.

– Otkud znaš? Jesi li razgovarala s njom? Ili sa Džimom? – Prekrstio je ruke i pogledao ju je. – Ne, nisi. Nego pretpostavljaš.

– Znam kakva je, Tajlere.

– Proveo sam dosta vremena sa Džimom i mnogo smo razgovarali. Meni njihova veza zvuči prilično ozbiljno.

Harlou se okrenula prema njemu. – Nisi tako opisivao njihov odnos kad si se napio prošlog vikenda.

Tajler je začkiljio. – Rekla si da nisam ništa pričao.

– Kazala sam da si pričao gluposti.

– Znači, rekao sam nešto?

– Rekao si da Džim kreše moju mamu. Meni to ne zvuči kao ozbiljna veza.

– Bio sam pijan, Harlou.

– Jesi. – Nije htela da mu kaže kako je rekao i da je voli. Dvaput.

– Šta se dešava s tobom i tim Adonisom?

– O bože, nemoj i ti da počinješ. Ne dešava se ništa.

– Da li si zbog toga malopre pocrvenela i odlutala u svet mašte dok je tvoja mama pričala o *Maslinjaku*?

– Nisam.

– Ako ti tako kažeš. – Tajler je zavrteo pivo u boci i zagledao se u dolinu. – Jesi li spavala s njim?

Harlou je stisnula šake. – To te se ne tiče. – Nije imao pravo da joj postavi tako lično pitanje i nije osećala potrebu da mu odrično odgovori. Nek se pita.

Jačina popodnevnog sunca ih je naterala da se vrate na gornju terasu, gde je drveće bacalo duge senke po šarenom popločanom delu. Harlou jedina nije ništa pila. Ipak, posle obilnog ručka, previše sunca i opuštanja, borila se da ostane budna. Dan se uobičajeno bližio kraju, a tata i Džina su izgledali kao da su spremni za povratak. Tajler je bio pored bara i sipao sebi još jedno piće, a Džim je nestao unutra.

Mejv se osamila i uživala u pogledu, ali kada je Harlou prošla pored nje kako bi uzela mobilni sa stola na donjoj terasi, primetila je da mama u jednoj ruci drži čašu šampanjca, dok je drugom pritiskala grudnu kost. Harlou se vratila i prišla joj.

– Mama, jesi li dobro?

Mejv se okrenu, iznenađena. – Bože, Harlou, prepala si me. – Spustila je ruku sa grudi. – Dobro sam.

Harlou je klimnula glavom, neuverena. Mami je znoj curio niz lice. Tokom snimanja, čak i po velikoj vrućini, uvek je bila hladnokrvna i smirena – barem je tako izgledala, čak i ako joj je u glavi vladala zbrka. Ali sada je bila znojava, bleda i usplahirena.

– Polako ćemo da krenemo – rekla je Harlou. – Moram da odvezem tatu i Džinu na trajekt.

– Pa, hajde onda da se oprostimo. – Mejv je maramicom tapkala lice. – Običan valung, jednog dana ćeš i to razumeti.

Harlou je uzdahnula dok se mama pela uza stepenice do mesta gde su njen tata i Džina uzimali svoje stvari.

– Bilo je lepo što sam te videla posle toliko vremena – rekla je Mejv Džini.

Tajler im je prišao i iskapio poslednje piće. – Možeš li da me povezeš nazad? Džim ostaje. – Podigao je obrve.

– Naravno – rekla je Harlou, shvativši kako nema izbora osim da ga natera da pozove taksi, što je znala da neće uraditi. Ono malo vremena što joj je preostalo da ga provede sa ocem i Džinom pre njihovog odlaska biće u Tajlerovom društvu.

Svi su se oprostili. Mejv ih je sve izljubila u obraze i uhvatila Džima za ruku. Otpratili su ih do kola.

Harlou samo što nije skliznula na vozačko sedište kad je čula da joj je stigla poruka na mobilnom. Srce joj je preskočilo kada je videla da je od Adonisa.

Ako si slobodna večeras, dođi u Maslinjak. Ereni je rođendan i pozvala te je. Volela bi da te vidi. U 20.00.

Brzo mu je odgovorila pre nego što je ušla u automobil.

Vrlo rado, hvala ti. Vidimo se kasnije x

21.

Mejv i Džim su izgledali kao pravi par dok su stajali ispred vile, obuhvativši jedno drugo oko struka i mahali im. Više od dvadeset godina nakon razvoda, mama je i dalje pokušavala da dokaže kako je nastavila dalje, glumatajući da je sa Džimom, pogotovo što je krila njihovu vezu – barem od Harlou – sve do sada.

– Pa, to je bilo... – rekao je njen tata suzdržavajući osmeh.

– Ljupko – dovršila je Džina umesto njega. – Bio je ovo zaista divan dan.

Harlou je uhvatila maćehin pogled u retrovizoru i nasmešila se. Sedela je na zadnjem sedištu s mužem, dok je Tajler bio pored nje na mestu suvozača.

– Zapravo, bez šale, zaista jeste – složio se njen otac. – Bez rasprave, bez neprijatnosti, samo nekoliko lepo provedenih sati. Nisam siguran da smo ikad tako proveli dan zajedno.

– To je zato što nismo bili sami, tata.

– Vidiš, umem pozitivno da utičem – pridružio se Tajler.

– Ti si, u svakom slučaju, skoro pa član porodice – rekao je Derek uz smeh.

Harlou je ponovo uhvatila Džinin pogled. To je bila tačno, u njenim poznim tinejdžerskim i ranim dvadesetim godinama, Tajler je provodio dosta vremena s njenom porodicom, kako kod tate i Džine u Norfoku, tako i u maminoj kući u Londonu. Da li bi to moglo da ga svrsta u – skoro pa člana porodice – bilo je za raspravu, ali on je dobro poznavao njenu porodicu i oni su poznavali njega, to je bila činjenica.

* * *

Harlou je bila tužnija nego što je mislila da je moguće dok je na rastanku grlila tatu i Džinu. Vratila se u auto i posmatrala ih kako hodaju prema luci i trajektu koji će ih odvesti nazad do Skijatosa.

– Jesi li dobro? – Tajler je stavio ruku na njenu butinu.

Postala je napeta. – Dobro sam. Nedostaju mi, to je sve.

Sklonio je ruku s njene noge. – Džina me baš i ne voli, zar ne?

– Otkuda ti uopšte takva pomisao? – rekla je krajnje ozbiljno.

– Izbegavala je da razgovara sa mnom.

– Umišljaš.

– Zaista ne umišljam, Harlou. Da li često razgovaraš s njom?

– Razgovaram sa oboje, ali Džina je sklona postavljanju prikladnih pitanja na koja možda moj otac ne želi da čuje odgovor.

– Pričala si joj o meni, zar ne?

– Ne laskaj sebi. – Harlou je skrenula na sporedni put, pažljivo se izvukla i krenula uzbrdo nazad ka vili. – Razgovaram s porodicom – s tatom, Džinom i devojčicama.

Odvezli su se nazad do hotela sa uključenim radiom i otvorenim prozorima. Topao vazduh je Harlou šibao po licu dok je vozila krivudavim putevima. Nakon što je videla oca još više joj je nedostajao dom. Nije joj nedostajao stan ili povratak u Englesku, već ljudi koje voli. Izbor zanimanja ju je odveo daleko od njih. Pošto su se odselili iz Londona, ona je naposletku ostala jer je to bilo pogodnije zbog posla. I zbog toga što je radila u svetu filma, uvek bi se ponovo vratila mami. Pritom, mama joj je iz navike nabacivala osećaj krivice zato što ne provodi vreme s njom, zato što nije usredsređena na karijeru... bila je kriva zbog svega.

Bilo je čudno razmišljati o Džimu i mami u vili. Izgledalo je kao da uživaju jedno s drugim. To je iznenadilo Harlou jer se trudila da ne obraća pažnju na mamin ljubavni život. Bilo je malo verovatno da će dobiti očuha. Otkako se razvela, mama je bila u brojnim prolaznim vezama, ali nijedan od tih muškaraca nije delovao spremno za nešto ozbiljno ili trajno, a to su bili samo oni za koje je Harlou znala. Bilo je mnogo toga što ona nije znala, kao što je na primer mamina navodna afera s jednim holivudskim glumcem. Međutim, ovde se smuvala sa Džimom, prvim pomoćnikom režisera. Harlou nije znala šta je istina. Mama je uživala u sopstvenom društvu i nije želela da bude sputana, ali činilo se kako neće ni da bude sama.

Skrenuli su na hotelsko parkiralište, i Harlou se parkirala u hladu čempresa. Provela je ispunjen vikend, pun lepih dešavanja, ali i osećanja, a još je očekuje da provede veče sa Adonisom i njegovom porodicom.

Ugasila je motor i okrenula se ka Tajleru da ga pita može li ponovo večeras da pozajmi auto, a onda je malo bolje razmislila, previše je popio da bi vozio bilo gde. Nije morao da zna kuda ide.

– Hoćeš da odemo do bara na piće? – upitao je Tajler dok su izlazili iz kola.

Harlou je nabrala nos. – Ne, hvala. Odspavaću malo popodne.

– Kako hoćeš. Možda vidim da li je Olivija u blizini.

Krenuli su na različite strane. Tajler prema baru na plaži, a Harlou nazad do *Vile Egej*. Bilo joj je dosta njegovog društva, radovala se večeri sa Adonisom.

Posle dugog, vrelog dana, Harlou se osećala kao nova nakon što je odspavala i istuširala se. Bila je uzbuđena zbog ponovnog susreta sa Adonisom, ali i mogućnosti da provede veče s njegovom porodicom. Pošto je u pitanju bila Erenina rođendanska zabava, obukla je letnju haljinu i usput svratila u seoce Neo Klima da u pekari kupi kutiju grčkih slatkiša.

Maslinjak je nedeljom otvoren samo za ručak, tako da je, kada je stigla, osim nekoliko automobila, parkiralište bilo skoro prazno. Visoko na brežuljku i okruženo zelenilom šume, sunce na zalasku bacalo je zlatni sjaj po horizontu.

S kutijom slatkiša i tašnom u ruci, prošla je ispod lukova vinove loze, pored praznog restorana idući ka mestu odakle su dopirali muzika i smeh.

Bašta iza vile nije imala širok pogled kao terasa ispred, ali je bila oaza zelenila na koju se nastavljala borova šuma. Popločana površina bila je oivičena voćkama, a veliki sto je bio bogato postavljen. Ereni se odmah pozdravila s Harlou, zagrlila je i poljubila u obraze.

Harlou joj je pružila kutiju s grčkim slatkišima.

– Hvala, to je jako lepo od tebe. Dobro poznaješ Grke i našu ljubav prema slatkišima. Dođi, upoznaj se sa svima i jedi. Adoni! – mahnula je preko vrta u pravcu gde je stajao pored roštilja. – Harlou je stigla!

Pre nego što je Adonis imao priliku da joj se pridruži, Ereni je privukla stolicu za Harlou, a neko joj je pružio tanjir pun mesa s roštilja i raznobojnih salata.

Grčka muzika koja mami na igru ispunila je baštu, zajedno s mirisom piletine s roštilja. Stefanos je možda mrzovoljni zemljoradnik, a Adonis uznemiren zbog prošlosti i zabrinut za budućnost, ali Ereni je svojom energijom i velikom i srećnom porodicom nadomestila njihovu tihu uzdržanost. Čak je i Adonisova baka, koju je Harlou nakratko srela tokom snimanja u *Maslinjaku*, delovala raspoloženije, sa sjajem u oku, sedela je za stolom držeći čašicu uza i tanjir s parčetom torte od jagoda sa šlagom na vrhu.

Adonis je došao, seo pored Harlou i stidljivo se nasmešio. – Ume da nastane gužva kad smo svi na okupu.

Harlou je posmatrala kako Adonisovi tetka, teča i tata razgovaraju na grčkom, činilo joj se brzinom od sto na sat.

– Zvuči kao da se svađaju, ali nije tako. Mi vodimo strastvene razgovore. – Adonis je posegnuo za bocom i otvorio je. Ponudio ju je. – Hoćeš pivo?

– Volela bih jedno, ali bolje ne. Moram kasnije da se odvezem nazad.

– Ne moraš. Možeš da ostaneš ovde.

Harlou ga je pogledala, nesigurna u pravo značenje onoga što je rekao i svesna treperenja u grudima. – Ujutru moram odmah na posao.

– Da, ali snimate ovde – rekao je sa osmehom. – A imamo i gostinsku sobu.

Harlou je takođe bila organizovana, papirologiju potrebnu za ponedeljak ujutru pripremila je još u petak. Zaista nije bilo razloga da večeras ne uživa. Uzela je bocu od njega. Posle celodnevnog lenčarenja na suncu i žudnje za hladnim pivom, najbolje što je moglo da joj se dogodi jeste da ga podeli sa Adonisom.

– Glumci tek u devet počinju sa snimanjem scene, ali bez obzira na to moram rano da ustanem.

Kucnuo je svoju bocu o njenu. – Uvek ustajemo rano. Živimo i radimo na imanju – to je uobičajeno.

U sparnoj večeri, hladno pivo je osvežavalo i lepo je išlo uz hranu. Bilo je to kao da gledate prizor iz filma *Moja velika mrsna pravoslavna svadba*, ili čak *Mamma Mia!*, s preplanulim Grcima koji se zajedno smeju i viču, okruženi s dovoljno hrane da se nahrani četa ljudi. Troje Ereninih unučića trčalo je unaokolo nevaljalo se cerekajući. Sem je trupkao preko popločane terase, njuškajući u potrazi za hranom pre nego što se skrasio u podnožju bademovog drveta. Adonis je izgledao srećno, dok sedi s njom i sluša porodičnu graju, njihove glasove i glasan smeh u tihoj noći. Nije bilo suseda u blizini kojima bi smetali, samo insekti u žbunju, koze dalje nizbrdo i sova među drvećem, čije se hučanje nadmetalo s muzikom, glasovima i cvrčcima.

Veče je bilo ispunjeno smehom i Harlou se osećala dobrodošlo i kao deo tog slavlja, a ne kao strankinja, što je često skrivala u dubini uma čak i dok je bila s porodicom, jer nije odrasla uz Džinu i devojčice. Pošto je bila toliko starija, neretko se osećala kao da im je tetka, a ne sestra. Uočila je sličnost sa Adonisom u tom pogledu, njegova uža porodica bila je mala, samo on, otac i baka skriveni u brdima, dok su tetka, teča i rođaci bili glasni i pomalo naporni.

Hrana je bila podjednako dobra kao i obrok koji je jela u njihovom restoranu prethodnog vikenda, meka piletina začinjena mirisnim travama i razne salate, a sve se to zalivalo obilnom količinama piva. Čim bi ispraznila bocu, dodali bi joj novu. Nije bilo razloga da odbije.

Kako je ponestajalo hrane, a piće teklo u potocima, razgovor i smeh su postajali sve glasniji. Pojačali su muziku i Adonisov teča Kostas, koji je hrkao na kauču dok je jela lukumadese kod Ereni, zaplesao je na obodu dvorišta. Rumenih obraza, tamnoput i s pivskim stomakom, bio je u centru pažnje. Plesao je lako i strastveno, u početku polako, ali prateći muziku kako se ritam ubrzavao. Neki od gostiju su mu se pridružili, praveći krug. Začulo se klicanje kada je jedan od unuka, ne mnogo stariji od sedam ili osam godina, uhvatio dedu za ruku.

Adonis je lupkao nogom, a ni Harlou nije mogla da odoli. Potpuno se predala ritmu i atmosferi. Ereni je izašla iz kola i prišla im sa osmehom. Harlou je odmahivala glavom, smejući se sa Adonisom kada ih je Ereni uhvatila za ruke i uvukla u igru. Držeći Ereni za ruku s jedne i Adonisa s druge strane, Harlou nije imala pojma šta radi, pokušala je da podražava Ereni dok se porodično kolo vrtelo po dvorištu. Adonis je igrao sigurno i lako, kao da je to radio čitavog života, što verovatno i jeste. Pokušavajući da se ne spotakne o sopstvene noge, pogledala ga je i videla sreću na njegovom licu dok se smejao i izgovarao reči grčke pesme.

U trenutku kada su se Ereni i njena porodica potrpali u automobile kako bi se uputili ka obali, Harlou je vilica bolela od smeha, a noge su joj bile umorne od plesa. Ereni se ponudila da poveze Harlou, ali bilo je besmisleno pošto je automobil koji je delila s Tajlerom bio na parkiralištu. Ereni joj je uputila znalački osmeh i poljubila u obraze pre nego što je otišla.

Hrana je već bila raščišćena. Adonisova baka je nestala unutra, a Stefanos je pozvao Sema da ga prati, klimajući glavom rekao je *kalinychta* Adonisu i Harlou dok su prolazili pored njega na putu do vile.

Harlou se dopalo sve u vezi sa ovom večeri, što je provela vreme sa Adonisom i njegovom porodicom. Nije joj smetalo što nisu bili sami, a sada kada su se penjali stepenicama osetila je nemir.

Stigli su do odmorišta i Adonis je gurnuo prva vrata.

– Gostinska soba – rekao je, upalivši svetlo.

Prostorija je imala popločan pod, bele zidove i bračni krevet okrenut prema prozoru.

– Kupatilo je prekoputa. – Adonis je nije pritiskao niti nešto očekivao od nje. To joj se dopalo kod njega, mada je delić nje bio razočaran.

Harlou se okrenu prema njemu. – Hvala ti što si me pozvao i na divno provedenoj večeri.

– Jesi li se lepo provela? – Uhvatio ju je za ruke.

– Stvarno jesam.

Na trenutak su gledali jedno u drugo, ne spuštajući pogled. Harlou je bila prilično sigurna da im se misli poklapaju. Adonis je ovaj put prvi povukao potez, nagnuo se da je poljubi, pustio joj je ruke i pronašao put do njenog struka, nežno je milujući po bedrima dok mu je uzvraćala poljubac.

Stefanosovi koraci na stepenicama su ih razdvojili. Adonis joj je poslao poljubac i ona se povukla u gostinsku sobu, zatvorivši vrata baš kad je Stefanos stigao do odmorišta. I dalje je osećala dodir Adonisovih ruku i njegove usne na svojim, dok ih je slušala kako tiho razgovaraju na grčkom. Bilo je dobro stati na vreme i tako pojačati želju. Ali pošto snimanje neće još dugo trajati, želeti više bi moglo da postane problem.

22.

ŠESTA NEDELJA – PETA NEDELJA SNIMANJA

Harlou je probudilo kukurikanje. Zevnula je, a zatim se nasmešila dok se protezala u udobnom krevetu. Zvuk ju je podsetio na buđenje na bakinom i dekinom imanju. Razlika je bila u tome što joj je bilo vruće, a soba preplavljena sunčevim zracima koji su se probijali kroz prozor bez zavese. Zimi bi se kod bake i deke budila u sobi u kojoj bi videla paru kako joj izlazi iz usta, a čak su i leti debeli kameni zidovi kuće održavali unutrašnjost hladnom, posebno spavaću sobu u zadnjem delu okrenutu ka severu. Nije joj smetalo što se ovde rano probudila, ne uz taj zvuk i na ovakvom mestu.

Ustala je iz kreveta i otabanala preko hladnog popločanog poda. Prozor je bio odškrinut, a ranojutarnje sunce grejalo joj je ruke i ramena. Maslinjak je bio okupan sunčevom svetlošću, a udaljeno more je bleskalo. Ugledavši i Skijatos, zamislila je kako će se tata i Džina uskoro probuditi i provesti dan istražujući ostrvo.

Čulo se paljenje motora. Harlou je ugledala kamionet kako s parkirališta izlazi na zemljani put. Pitala se ko odlazi tako rano ujutru, nadala se Stefanos, a ne Adonis. Vratila se u postelju i legla na čaršave, uživajući u toploti sunčeve svetlosti koja je padala preko nje. Razrogačila je oči. Danas je ponedeljak – kako je to mogla da zaboravi. Posle tako divno provedene večeri, za koju nije želela da završi, sve ostalo je duboko potisnula.

Sranje, Tajler, pomislila je Harlou. Stvarno nije dobro promislila o svemu. Trebalo je da se zajedno dovezu do maslinjaka, a ona je već bila tu i ležala u Adonisovoj gostinskoj sobi. Tajler u hotelu sad zna da se nije vratila sinoć. Mogla je da ode i pokupi ga, ali to bi bilo gubljenje vremena kad ima dovoljno članova ekipe koji mogu da ga povezu. Njen boravak ovde bio je bezazlen – ništa se nije desilo – ali to nikom drugom neće tako izgledati.

Duboko je udahnula. Asistenti produkcije su delili automobil. Poslala je poruku Oliviji.

Zdravo Olivija. Ima li šanse da odbaciš Tajlera do lokacije, molim te. I podeli zadatke – već su odštampani i nalaze se u kancelariji produkcije. Hvala, Harlou.

Eto, gotovo.

Minut kasnije, telefon joj je zazujao s porukom od Olivije.

Harlou Sends, ti bestidna pobeguljo (uzgred, Tajler ovde). Nema frke da me O poveze. Nadam se da si se lepo provela ; -)

Harlou se izbečila i bacila pogled na sat. Da bi bio sa Olivijom ovako rano ujutru, velika je verovatnoća da je proveo noć s njom. Odlučila je da se uzdrži od slanja odgovora. U svakom slučaju, videće ga kasnije. Od toga nije mogla da pobegne.

Iskobeljala se iz kreveta. Imala je samo haljinu koju je sinoć obukla, ali je barem bikini u torbi mogao da zameni donji veš u kojem je spavala.

Koraci su škripali na odmorištu i zaustavili se ispred njene sobe.

– Harlou, jesi li budna?

Adonis. Harlou je odahnula.

– Jesam, dobro jutro – rekla je dok je prilazila vratima, i onda ih odškrinula. Adonis je stajao ispred s mokrom kosom i peškirom obmotanim oko struka.

– Ako želiš da se istuširaš, kupatilo ti je slobodno. – Pružio joj je čist presavijeni peškir.

– Hvala ti – rekla je, trudeći se iz sve snage da ga gleda u lice, dok joj je u sećanje navirao sinoćnji kratki poljubac na odmorištu.

– Potraži me posle napolju.

Kupatilo je bilo jednostavno, ali funkcionalno, i mlaz mlake vode razbudio je Harlou. Požurila je nazad u gostinsku sobu, stavila dezodorans, sažvakala tableticu zubne paste koju je imala u torbi i obukla se. Namazala je mast za usne i maskaru, ostavila kosu da se prirodno osuši i sišla niza stepenice. U kuhinji je čula Adonisovu baku kako pevušila vrzmajući se unaokolo.

Harlou je provirila kroz vrata. – *Kaliméra.*

Starica se ozarila kada ju je videla. – *Kaliméra. O Adonis eínai éxo. Exo ekeí.* – Upirala je prstom prema otvorenim vratima.

Harlou je izletela napolje. Ranojutarnje sunce razlivalo se preko terase koja se protezala duž vile i ispred pomoćnih zgrada. Mala riđa mačka sklupčala se na jednoj od ploča, lizala šapu i uživala na suncu. Spazila je Adonisa ispred radionice. Dok joj je prilazio, vozilo se zaustavilo na parkiralištu.

– U koje vreme bi svi trebalo da stignu? – upitao je Adonis, približavajući joj se.

Harlou je pogledala na sat, a stomak joj se zgrčio od brige. – Za otprilike pola sata.

Tada će jutarnji mir biti narušen i ona će uroniti nazad u snimanje. Bilo je i gorih načina da se provede ponedeljak ujutru, ali imala je neodoljivu želju da ovo mesto i Adonisa zadrži za sebe.

Stefanos se pojavio s druge strane restorana sa Semom, koji je trčkao za njim. – Doneo sam vam bugacu. – Dao je Adonisu malu, belu plastičnu kesu.

– Ah, hvala ti, tata.

Klimnuo je glavom i odšetao. Razgovarao je na grčkom sa Adonisovom bakom koja je izašla napolje da nahrani piliće.

Harlou i Sem su pratili Adonisa do stola od kovanog gvožđa ispred radionice. Harlou je počeškala Sema iza ušiju dok je Adonis izvadio bugacu iz papira, stavio je između njih i pružio Harlou drvenu viljušku i sok od kajsije.

– Ovo je poslastica.

– Svaki put kad ima posla u Glosi rano ujutru, tata donese bugacu. Pripremiće te za naporan dan na snimanju.

Sem se smestio kod njenih nogu, a onda su ona i Adonis navalili na pitu punjenu kremom i posutu šećerom u prahu. Toliko toga je Harlou želela da kaže Adonisu, ali nije mogla da nađe reči. Volela je da provodi vreme s njim i obožavala je kako mogu ugodno da sede u tišini i uživaju u trenutku. Uhvatila ga je kako gleda u daljinu, posmatrajući kako ptice lete između voćki.

Minuti su prebrzo prolazili. Harlou je očajnički želela da ostane sa Adonisom i posmatra voćnjak. Iznenada, završili su s jelom. Adonis je skupio preostali papir i prazna pakovanja soka.

Harlou je ustala i proteglila se. Dan će biti vreo i moraće da snime scenu i sve završe do kraja popodneva.

– Nadam se da ćeš imati uspešan dan. – Adonis joj se približio i poljubio je u obraz.

– Hvala ti.

– Hajde da večeramo zajedno kasnije – ako budeš imala vremena.

Harlou je klimnula glavom. Naravno da će ostati i večerati s njim, bila je oduševljena što ju je pozvao.

Mir u kojem je uživala narušili su dvadeset minuta kasnije Tajler i Olivija svojim dolaskom. Čak i s naočarima za sunce koje su im skrivale oči, izgledali su umorno i mamurno dok su preko parkirališta išli ka njoj.

– Sad će i ostali da stignu. – Tajler je sačekao da Olivija nastavi napred. – Jesi li se lepo provela s grčkim bogom? – pitao je Tajler sa zlobnim osmehom. – Čuo sam da ga Manda i šminkerke tako zovu.

Harlou je ostala smirena. – Nije to što misliš.

– Aha, važi. – Nagnuo se bliže. – Zaboravila si koliko te dobro poznajem.

Harlou je prekrstila ruke. – A ti si se sinoć lepo proveo sa Olivijom?

– E, jebote da znaš da jesam. I ne bojim se da to priznam.

Harlou je rekla sebi kako nije važno šta Tajler pretpostavlja, ona je znala istinu, a on je mogao da misli šta god želi.

Olivija je izgledala smeteno dok su je sledili do dvorišta restorana. Harlou se pitala koliko Olivija zna o njoj i Tajleru, ili joj je samo bilo neprijatno što je provela noć sa šefom. Olivijina nelagoda nije bila njen problem, a ne bi trebalo da bude ni ono što je Tajler verovao da se dešava. Ali nije sumnjala da je svima troma laknulo kada je ostatak ekipe počeo da pristiže, a restoran preuzeli snimatelji, varnice i zvuk. Dok se sve to postavljalo, Harlou je umakla na parkiralište da sve još jednom proveri.

Na travnjaku na obodu parkirališta podignut je bio mali šator, a frizeri, šminkeri i kostimografi već su bili spremni za dolazak statista.

Manda joj je mahnula. – Tajler je rekao...

– Ne slušaj ga, Manda.

– Znači, nisi prenoćila ovde?

– Jesam.

Manda ciknu.

– Ali nije ono što misliš.

– U redu, verujem ti, ludice. Polako napreduješ.

– Baš tako.

– Reći ću samo da nam je ostalo manje od dve nedelje snimanja. Nemoj previše da odugovlačiš.

Bila je to kratka scena snimljena iz dva ugla, jedan okrenut glumcima prema terasi s ljudima koji večeraju iza njih, a zatim drugi usmeren ka njima i dalje ka maslinjaku. Pre početka snimanja, meštani su pozvani na audiciju, pa ih je desetak dovedeno da glume goste, i još nekoliko njih kao konobari. Adonis se nije dao videti, no Harlou je znala da se sav srećan zavukao u svoju radionicu dok je još imao šansu. Mogao je da bude jedan od statista – pitali su zaposlene u restoranu da li žele da učestvuju u snimanju filma, i većina ih je iskoristila priliku. Dosad ga je dovoljno poznavala da zna kako njega to ne zanima, da i ne pominje njegovu privlačnost koja bi verovatno odvukla pažnju s glavnih glumaca.

Harlou je ubedila Stefanosa da otvori kuhinju restorana kako bi napravili sveža jela za glumce i statiste, i da bi scena izgledala stvarno. S obzirom na to da je snimanje trebalo da se završi pre nego što na terasi postane prevruće, jutro je bilo užurbano i svi su naporno radili kako bi na vreme bili gotovi sa snimanjem i pakovanjem opreme. To je takođe značilo da su Harlou i Tajler malo vremena proveli zajedno, a ni mama nije bila na lokaciji. Poslednjih nekoliko dana bilo je vrtlog događaja i osećanja, krunisani uspešno završenim snimanjem na lokaciji za koju je bila zadužena. Zadovoljstvo kakvo ju je preplavilo dok su posao privodili kraju nije osetila već duže vreme.

23.

I poslednji članovi ekipe nestali su u oblaku prašine dok su se odvozili niz put. Sve je bilo spakovano i vraćeno u bazu. Harlou je sklonila preostale oznake za obeležavanje parkirališta i stavila ih u prtljažnik. Restoran će se uskoro otvoriti za prave posetioce i Harlou se nadala da će biti jedna od njih.

Zveckanje tiganja, rečenice na grčkom i primamljiv miris pečenog mesa dopirali su iz kuhinje dok je prolazila pored restorana prema vili i pomoćnim zgradama. Vrata radionice su bila otvorena, ali Adonis nije bio unutra. Rukom je zaklonila oči i zagledala se po voćnjaku. Između drveća je uočila nečije kretnje, pa je pošla u tom pravcu, uživajući u miru sada kada su svi otišli.

Adonis je pričvršćivao deo ograde na kraju voćnjaka. Mahnuo joj je kad ju je ugledao.

– Gotovi ste za danas? – Zategao je žicu na drvenom stubu.

– Aha, završili smo.

– Jel' sve prošlo kako treba?

Harlou se nagnula i dodirnula mu ruku. – Ne moramo da pričamo o snimanju, ali da, prošlo je u najboljem redu. Kako mi to kažemo: sve je zabeleženo na traci.

– I ja sam gotov. – Zadenuo je alat za pojas.

Harlou se razmahala rukama pokazujući nesagledivo imanje, lepotu voćnjaka koji vodi do maslinjaka i neverovatan pogled na Glosu. – Volela bih da živim na ovakvom mestu.

– Stvarno? – Adonis ju je pogledao kao da je sišla s uma. – Ali živiš u Londonu.

– Pa?

– To mora da je sjajno mesto za život, zar ne?

– Živim u Londonu samo zato što tamo ima najviše posla za mene.

– Ne sviđa ti se grad?

– Ne, nikad mi se nije dopadao. Zapravo, lažem, sviđao mi se dok sam studirala. Na najbolji mogući način sam uživala u gradskom životu i izlascima, ali privlačnost je iščezla.

– Ako ti se ovo sviđa – Adonis je pokazao na smokve i šljive – onda pođi sa mnom. – Pružio joj je ruku i ona ju je prihvatila.

Izašli su iz delimične hladovine ispod drveća na veliku livadu i užareno sunce. Trava je bila žuta i podsećala na slamu, grebuckala ih je po ogoljenim potkolenicama dok su hodali.

– Ova oblast je u proleće prekrivena divljim cvećem.

Harlou je zurila unaokolo. – Mogu samo da zamislim koliko tad lepo izgleda, čak i lepše nego sad. – Okrenula se ka njemu. – A ti bi stvarno želeo da živiš u Londonu?

– Možda. Zapravo, u bilo kojem gradu. Želim da iskusim život daleko od Skopelosa.

– Nisi bio nigde drugde?

– Ako izuzmem nekoliko grčkih ostrva, poneku prazničnu posetu porodici u Atini i venčanje rođaka u Italiji, onda nisam. – Nasmejao se. – Ja sam momak sa sela, a ti si devojka iz grada.

– Savršen spoj, ako mene pitaš. – Reči su joj bile brže od pameti. Adonis ju je pažljivo pogledao nasmejanih očiju. Harlou je iznenada postala nesigurna. Zašto se snebiva kad je pored njega? Možda zato što su opet sami i postoji očekivanje kuda će to odvesti.

– Ja zapravo nisam u duši gradska devojka – rekla je, pokušavajući da promeni temu.

– Nisi?

– Najsrećnije trenutke provela sam na imanju kod bake i deke u Jorkširu.

– Jorkšir, kao puding? – upita Adonis mrtav ozbiljan.

Harlou se nasmeja. – Nalazi se na severu Engleske – daleko severnije od Londona. Tamo su *Jorkširske doline i pustopoljine*. Baka i deka žive u Dejlsu. Zamisli prelepe zelene površine, polja s ponekim šumarkom, mnoštvo ovaca, imanja i malo ljudi. Tamo je snimana stara televizijska serija. Gledala sam je kao klinka. Bila je to jedna od omiljenih bakinih i dekinih emisija. Kada sam se jutros probudila, to me je podsetilo na moje boravke kod njih.

Stigli su do kraja livade, gde ju je drvena ograda odvajala od drugog polja, na kojem su pasle koze, s kratkom, pokošenom travom u senci drveća koje ga je okruživalo. Uzdizalo se strmo, praveći od brda zeleno more.

Adonis joj je pokazao klupu, istesanu od komada drveta postavljenog na dva panja. Seli su leđima okrenuti drveću i gledali preko livade i koza na ispaši ka moru i nebu iza njega.

– Ovo mi je omiljeno mesto – rekao je tiho Adonis.

Harlou ga je ćušnula, ruka joj je nakratko dodirnula njegovu. – Vidiš, ipak ovde ima nešto što ti se sviđa.

– To je bilo mamino omiljeno mesto – dovodila me je ovamo kao klinca i čitala mi priče.

– Oh, Adonise, tako mi je žao...

– Nema potrebe da ti bude. – Odmahnuo je glavom i stavio joj ruku na rame. – Zaista, nema potrebe. Mnogo toga mi se sviđa na Skopelosu, ali me i mnogo toga izluđuje. – Prstima je prelazio po kori drveta. – Napravio sam klupu kako bismo imali stalno mesto na kojem možemo da sedimo i prisećamo se.

– Ti si je napravio? Predivna je. – Zaista je bila. Istakao je hrapavost i prirodnu lepotu drveta.

– Bakino i dekino imanje ti je omiljeno mesto?

– Da, oduvek je bilo. Sumnjam da bi bilo šta moglo da ga nadmaši, i to ne po udaljenosti, nego po lepoti – pa, to mesto je teško pobediti. Uvek sam bila srećnija dok sam boravila tamo, obično nedelju ili dve tokom letnjeg raspusta dok sam bila mala i za božićne praznike. Možda je u tome štos, uvek bih odlazila želeći da još ostanem. Bauljanje po poljima u zoru, pomaganje oko hranjenja ovaca. Obožavala sam to.

– *Obožavala* si. Ne ideš više tamo?

– Već dugo nisam radila ništa od toga, nisam ih često posećivala, osim kratkog svraćanja na noć ili dve.

– Nisi videla baku i deku?

– Jesam, kad su bili kod tate. Samo se nisam potrudila da odem gore i obiđem ih. – Osećaj krivice ju je izjedao.

– Zašto nisi?

Harlou je zurila u vrelu izmaglicu koja je svetlucala u daljini. Adonis je postavio dobro pitanje. Zašto je odlagala tu posetu? A kad bi već i bila tamo, zašto se ne bi bacila u taj način života kao što je to radila dok je bila mlađa?

– Što sam duže tamo, sve više shvatam koliko sam nesrećna kad nisam tu. Ništa me ne ispunjava u životu, poslu ili odnosima. Ništa u vezi s mojim životom ne čini me zapravo srećnom – priznala je po prvi put.

– Ne dopada ti se da budeš ovde na snimanju?

– Ah, volim to. Volim da budem *ovde*. Obožavam ovo ostrvo, njegovu lepotu, prirodu, zelenilo i ljude... – Bacila je brz pogled ka njemu, pitajući se da li će primetiti, kako je zapravo mislila na njega. – Ali posao... Ne znam, da budem iskrena, nisam sigurna da li je rad na filmu i televiziji zapravo ono što želim da radim, ili je u pitanju mamin san čime bi ćerka trebalo da joj se bavi.

– Rekla si da je producentkinja filma, zar ne?

– Da, ona donosi odluke – na setu, a u mom slučaju i van njega.

– Jel' ona htela da budeš menadžerka lokacije?

– Pomoćnica menadžera lokacije, ne zaboga! Da se ona pita, mislim kako bi želela da budem glumica – ali ne samo u pozorištu ili s pokojom ulogom na televiziji, nego poznata filmska zvezda, a kad je shvatila kako mi je ugodnije iza scene, onda je želela da budem režiserka ili producentkinja poput nje.

– Znači, želela si da radiš na filmu?

– Samo zato što nisam znala šta bih drugo. Čitav život sam u ovoj delatnosti. Jedino se u to razumem. Mama je svim srcem u snimanju filmova, posebno nakon što se razvela od mog oca. Prilično sam se navikla na večere i baštenske zabave u našoj kući na kojima se pojavljuju filmske zvezde i poznati režiseri.

– A tata?

– On je direktor privatne srednje škole, trezven i potpuno drugačiji od mame.

– Nisi htela da predaješ?

– Ne znam. S tatom sam provodila više vremena, ali mama je nekako više uticala na mene.

Delić sunčeve svetlosti poigravao joj je na nozi i osetila je njegovu vrelinu. Pomerala se dok nije bila potpuno u hladu. Nije mogla da se navikne na ovdašnji mir, toliko se razlikovao od neprestane buke ljudi i saobraćaja kod kuće.

Harlou je oterala komarca. Čulo se samo povremeno blejanje koza, zujanje pčela i naravno, uvek prisutno cvrčanje cvrčaka.

– Znam da ne bi trebalo da budem ogorčen. – Adonisov glas je narušio tišinu, dubok i melodičan. – Ali to je jače od mene – primoravaju me da živim na određeni način – jel' se tako kaže?

Harlou je klimnula glavom.

– Tata me primorava.

Harlou je odmah osetila povezanost s njim, jer je to savršeno opisivalo njen odnos s majkom. Primoravanje je bilo prava reč.

– Osećam krivicu. – Odmahnuo je glavom. – Ogromnu krivicu, ako samo i pomislim da napustim ostrvo, jer bih ostavio oca i porodični posao. Maštao sam da studiram u Engleskoj i iskusim život daleko odavde, ali to je bilo pre nego što je mama umrla. Sve se promenilo nakon toga. Sve.

Adonis naglo ustade. Izravnao je prednji deo šortsa. Predvečernje sunce bilo je iza njega, i Harlou je nazirala jedino obrise širokih ramena i mišićavog trupa u uskoj majici kao i stisnutu vilicu i stegnute pesnice dok se borio sa osećanjima.

Ona je ustala i zagrlila ga. Bio je napet, ali samo na tren, a onda se opustio uz nju, i rukama je obujmio oko struka. Stajali su zagrljeni, Harlou je naslonila glavu na njegove grudi, a on je oslonio bradu na njenu glavu. Činilo im se da je to trajalo čitavu večnost, i Harlou nije želela da se taj oseća prekine. Dok su čvrsto držali jedno drugo u naručju, udisala je njegov miris, sjajnu mešavinu osvežavajućeg dezodoransa i isparavanja vrele kože.

Adonis ju je uhvatio za ruku i zajedno su se vratili kroz voćnjak. Bilo je očigledno kako ne želi da nastavi razgovor i da kopa po bolnoj prošlosti, a Harlou nije navaljivala. Rekli su sasvim dovoljno, a zagrljaj je govorio više od reči.

Udaljenoj od senki drveća, predvečernje sunce joj je peklo kožu. Harlou je volela beskrajne letnje dane, sigurno sunce i saznanje da se razgolićene ruke i noge neće istog trenutka naježiti kada sunce zađe iza oblaka. Bio je to još jedan savršen dan na snimanju, duboko plavo nebo bez trunke oblačka.

Pratila ga je utabanom travnatom stazom ispred restorana. Osvrnula se i pogledala voćnjak i livadu divljeg cveća iza njega. To mesto je trebalo pokazati ljudima, ali ne da bi ga preplavili, nego jer bi bila prava šteta da ostane nepoznato.

Gužva na terasi restorana bila je u potpunoj suprotnosti s mirom livade. Nakon dana provedenog u snimanju scene iz restorana, bilo je lepo videti prave parove i porodice kako uživaju u večeri i pogledu na maslinjak.

– Obećao sam ti večeru. – Adonis se okrenu i uze je za ruku. – Ne moraš još da kreneš, zar ne?

Dok ju je tako gledao, nije imala nameru da bilo kuda ide. – Čeznula sam za još jednim obrokom ovde.

Popeli su se stepenicama na terasu okupanu suncem. Klimnuo je glavom porodici u znak pozdrava, rekao *yasas* starijem grčkom paru i od stola ušuškanog između limunovog drveta i kamenog zida izvukao stolicu za Harlou.

– Šta ti se jede? – pitao ju je.

– Bilo šta. Ti odaberi, šta god misliš da je najbolje.

Adonis je pozvao konobara. Harlou ih je posmatrala kako živo ćaskaju na grčkom. Začula je nekoliko poznatih reči dok je Adonis naručivao – *horiatiki*, *tirokafteri* i *tzatziki* – reči koje je naučila nakon nekoliko nedelja u Grčkoj.

Posle celodnevnog rada, bilo je divno sedeti i uživati sa Adonisom u predvečernjem suncu. Bio je smiren i opušten kao za vreme šetnje do crkve iz filma *Mamma Mia!*. Šta god da je mislio o životu na ostrvu i radu u *Maslinjaku*, gde su ga okruživale uspomene, sada je delovao spokojno.

Konobar je doneo izbor od nekoliko jela, i spustio ih na sto. Harlou je primetila kako je pre nego što se udaljio namignuo Adonisu.

Adonis je podigao bokal s vinom, a Harlou je rukom pokrila čašu.

– Večeras zaista moram da se vratim – rekla je, uprkos tome što se deo nje nadao kako će joj on ponovo predložiti da ostane.

Umesto toga sipao joj je čašu vode i pokazao na činije s hranom između njih. – Maslinovo ulje je napravljeno od naših maslina – paradajz gajimo ovde. Pravimo čak i sopstveno vino u maloj seriji.

– U glasu ti se čuje ponos, kao i tvom ocu, kad pričaš o ovom mestu. – Harlou je zabola viljušku u veliki komad paradajza, a sok i maslinovo ulje kanuli su joj na tanjir pre nego što je stigla da ga stavi u usta.

Adonis je sklonio pogled s nje i slegnuo ramenima.

– Nije loše ponositi se nečim, čak i ako to nije ono što želiš da radiš – rekla je Harlou, shvatajući da je to verovatno dobar savet i za nju.

Mahnuo je rukom pokazujući na restoran. – Ovo mesto predstavlja moju porodicu, zato je tako teško otići. To su uspomene, to je dom. To je sve što znam. Možda se previše plašim da nešto promenim.

– Potpuno te razumem.

– Stvarno?

– Da, zato što se isto tako osećam kad pomislim kako ću uznemiriti mamu ili reskirati da uradim nešto novo. – Prislonila je prste na grudi. – Nešto što *ja* želim da uradim.

Nastavili su da jedu u tišini, napadajući viljuškama činiju grčke salate.

Adonis je otkinuo komad hleba i umočio ga u sok i ulje na dnu posude. Strpao ga je u usta i zamišljeno žvakao, dok ju je gledao u oči. – Možda bi trebalo nešto da obećamo jedno drugom. – Obrisao je sok s brade i usana. – Pre nego što odeš, da donesemo odluku i uradimo nešto što nas plaši. Možda bi trebalo da odlučimo jedno za drugo.

Uzeo ju je za ruku i milovao njen palac svojim. – Šta misliš o tome?

– Mislim da sve zavisi od toga šta je u pitanju.

– Ali u tome i jeste suština, biće šta god ja izaberem za tebe, i šta god ti odlučiš umesto mene.

Harlou se nasmejala. – Čini mi se da je to loša zamisao.

– Zato i jeste savršena. Hoćeš li da obećaš?

24.

Zvučalo je kao šašava zamisao, ali Adonis je bio ozbiljan. Dogovorili su se da razmisle o tome i sledećeg vikenda jedno drugom saopšte svoju odluku. Još je samo jedan dan bio predviđen za snimanje u *Maslinjaku*, posle toga snimanje se selilo na drugu lokaciju, i Harlou je polako izmicala prilika da provodi više vremena sa Adonisom.

Ostatak nedelje bio je posvećen pripremama i snimanju zahtevnih scena na udaljenoj plaži Perivoliou. Iako je to bila Tajlerova odluka, a naposletku ju je i njena mama prihvatila, Harlou je i dalje osećala pritisak što je umešana u tu priču. Imali su dva dana da sve obave i snime. Dva dana će plaža biti zatvorena za javnost.

Litica koja se uzdizala nad šljunčanom plažom pružala je delimičnu hladovinu glumcima i ekipi. Harlou je odatle posmatrala scenu, smeštenu na stenovitom uzvišenju. Zaliv je bio zaklonjen, i mesto zaštićeno od vetra, gde je sunce najduže sijalo u toku dana. Nije bilo ni daška vetra, a vazduh je bio vreo. Bez publike u blizini, bilo je neobično tiho kada je režiser viknuo *akcija*. Nekoliko statista sunčalo se u zadnjem delu kadra, a Kristal i Dominik su sedeli na peškiru i prisno razgovarali. Talasi su se ritmično obrušavali na šljunak, ali osim toga, ništa se nije čulo, samo su glasovi glumaca strujali vazduhom. Činilo se da su čak i ptice utihnule. Čim bi režiser viknuo *rez*, jedan od asistenata produkcije odmah bi otišao do glumaca s bocama vode i suncobranom. Monitor za kojim su sedeli režiser i Mejv bio je zaštićen malim šatorom. Harlou je videla kako su im se oboma zarumenela lica.

U tako neverovatnom okruženju, pritajena napetost tinjala je koliko i vrućina. Tajler, obično opušten i sklon šali, izgledao je ozbiljno i nikad ranije ga nije videla više usredsređenog na posao. Iako je Mejv uspevala da deluje opušteno i kao da drži sve konce u rukama, izgledajući otmeno na plaži po vrućini od trideset pet stepeni celzijusa, Harlou je primetila kako joj se briga urezala u čelo, a znoj klizi niz lice. Džim je takođe delovao uznemireno, vrzmao se unaokolo i nebrojeno puta pogledao na sat dok su snimke vraćali na početak. Olivija je imala izraz lica kao da ju je neko ošamario. Postojao je pritisak da se snimanje završi na vreme, ali Harlou je osetila kako tu ima još nečega osim što joj je vruće, neudobno i što je umorna. Tajler je izbegavao Oliviju koliko god je mogao, a kada je morao da razgovara s njom, bilo je to jedino u vezi s poslom, ili je Harlou bila posrednica.

– Tokom sledećeg predaha, reci Oliviji da počisti te prazne boce, možeš li, Harlou? – Pokazao je na deo plaže iza monitora.

– Naravno – odgovorila je.

Bilo je to bure baruta napetosti, svi zaglavljeni ceo dan na plaži uz kratak predah od sunca, ili jednih od drugih.

Neposredno pre pauze za ručak, Mejv je naredila svima da se rashlade u moru, pa su se glumci i članovi ekipe brčkali u plićaku. Takav predah je svima bio neophodan.

Završili su kasno i Harlou je poslednja napustila set kako bi se uverila da su sve poneli. Tajler je već bio otišao s Mejv, koja je htela da porazgovara s njim o sutrašnjem snimanju. Nakon što je celog dana bila okružena ljudima i njihovim zađevicama, Harlou je laknulo što je imala trenutak za sebe.

Pokupila je poslednju praznu bocu koju je našla i stajala gledajući u more koje se zlatilo od zalazećeg sunca. Nakon povika *rez*, *prvi položaji*, *pozadinska akcija* i žamora ljudi između snimanja, Harlou je uživala u potpunom miru. Nema glasova, niti saobraćaja, samo šum Egejskog mora koje zapljuskuje šljunkovitu obalu. Pesma ptica sa okolnih stena mešala se sa oštrijim oglašavanjem morske ptice koja joj je letela iznad glave. Noge i leđa su joj se ukočili od celodnevnog stajanja, a koža joj je bila vrela i lepljiva od kreme za sunčanje i znoja. Uzdahnula je i rastala se od tog savršenog pogleda, kako bi otišla na trčanje oko hotela, istuširala se i legla ranije pre sutrašnjeg povratka na plažu i nastavka snimanja scene.

* * *

– To bi bilo sve!

Šest kratkih reči koje je Harlou jedva čekala da čuje još od šest sati tog jutra. Završili su neposredno pre nego što je svetlost počela da jenjava, a poslednji snimak se pokazao kao najteži i oduzeo im je najviše vremena. Morali su da premeste sve ljude i opremu s plaže pre nego što su pokušali da naprave snimak iz brodića u zalivu. Ostali su samo članovi ekipe neophodni za snimanje, i kako je dan odmicao bilo je sve manje i manje ljudi.

Za Harlou se nije ništa promenilo u odnosu na prethodni dan, poslednjih nekoliko sati snimanja presedela je čekajući, jedina razlika je bila što je i Tajler ostao do kraja. Mejv je izgledala umorno i zadovoljno, i zahvaljivala se svima koji su napuštali plažu kako bi se popeli strmom, neravnom stazom.

– Odličan obavljen posao, Tajlere. – Mejv mu je stegla rame. – I ti, Harlou.

Mejv je pošla uzbrdo, a Harlou je još jednom pročešljala plažu kako bi se uverila da ništa nisu zaboravili pre nego što će se pridružiti Tajleru.

– Hvala bogu da je gotovo – rekao je.

– Uspeo si.

– Doneli smo pravu odluku što nismo odustali od ovog mesta.

– *Ti* si doneo pravu odluku, ja nemam ništa s tim.

– Mislio sam da si razgovarala s mamom?

Harlou je odmahnula glavom, ali se prisetila kako su se posvađale za vreme večere u Skopelosu kad ju je mama pitala za ovu lokaciju.

Napustili su praznu plažu i odvezli se nazad u hotel. Harlou je žacnula žudnja dok su prolazili pored Glose i puta koji je vodio do *Maslinjaka* i Adonisa.

– Hajdemo na pivo – rekao je Tajler dok su se parkirali. – I te kako smo ga zaslužili nakon poslednjih nekoliko dana.

Duboko u sebi je znala kako to verovatno nije dobra zamisao, ali izgledao je tako rasterećeno posle sve te brige, pa nije htela da odbije.

– Važi – rekla je, prateći ga pored recepcije hotela i u prizemlje.

– Ne dole u baru. – Skrenuo je s glavne staze i krenuo prema *Vili Egej.*

Harlou je uzdahnula, ali ga je sledila. Shvatila je da i dalje pokušava da izbegne Oliviju, a čula je članove ekipe kako se dogovaraju da se po povratku u hotel nađu u baru.

U Tajlerovoj sobi bilo je kao u furuni. Uključio je klima-uređaj, zgrabio nekoliko piva iz frižidera i otvorio vrata balkona.

Bio je dobar osećaj konačno sedeti na nekom udobnom mestu i zaista se opustiti nakon dva duga i vrela dana. Osetili su ogromno olakšanje što je snimanje na plaži bilo uspešno završeno. Pili su i pričali o tome, kao i o planovima za poslednju nedelju snimanja.

– Šta se dešava između tebe i Olivije? – upitala je Harlou dok se Tajler vraćao na balkon s još dve boce piva.

– Ništa.

– Jel' to bila samo veza za jednu noć?

– Da, a onda je ona sledećeg dana bila bukvalno u fazonu hajde da izađemo ponovo, hajde da uradimo ovo, hajde da uradimo ono. Postala je jako naporna.

– Spavao si s njom. A šta si očekivao?

– Ne baš prokletu vezu. Pretpostavio sam da je to razumela.

– Da li si joj to u bilo kojem trenutku objasnio?

– Naravno da ne, Harlou. Nekako sam pretpostavljao da se podrazumeva. – Slegnuo je ramenima i kucnuo se s njom. – Mnogo je zabavnije ljutiti se na tebe.

– Mlada je, Tajlere.

– I mi smo mladi, trideset jedna godina teško da je starost.

– Pa, ona je mlađa, a ti si joj šef.

– Nemoj da mi prosipaš ta profesionalna sranja. Skoro svi članovi ekipe su u nekoj šemi.

– Preteruješ. Kao prvo, Manda se ne petlja ni sa kim, kao ni ostatak sektora za šminku.

Podigao je obrvu. – Ponekad si toliko prostodušna da je to prosto slatko. Ali da, u pravu si za Mandu i njene prijateljice. Međutim, ne mogu isto da kažem i za tebe – zbližavanje s meštaninom.

– Mislim da ne postoji pravilo koje kaže da ne mogu sticati prijatelje dok sam ovde.

– Ti to tako zoveš?

Nije se obazirala na njega i zagledala se u plavi bazen, bleskanje sobne rasvete i srebrnu mesečinu koja se ogledala u svetlucavocrnom moru.

– Sećaš li se onog snimanja u Škotskoj?

Harlou se okrenu ka njemu. Očigledno je odlučio da promeni temu umesto da nastavi razgovor i još više je naljuti. Uzdahnula je. Možda bi i ona mogla da se opusti i pokuša da uživa u ispijanju pića s njim.

– Kako bih mogla da zaboravim? Najteže snimanje u karijeri. Ti si bio kriv zbog onog zamka.

Tajler je otpio gutljaj piva i odmahnuo glavom. – Nije bilo do mene. Tad sam bio samo pomoćnik. Obavio sam prašinarski deo posla, kao i ti sad, osim što su mi se smrzla jaja, a ti ovde možeš da se čvariš na suncu.

– Zaboravljaš da sam bila treća pomoćnica režisera. Sećam se kako sam pokušavala da bodrim dvadesetak statista koji su igrali vojnike, a trebalo je da krenu u bitku. Sećaš li se te prostorije? Izgledala je kao tamnica – ogromna, ledeno hladna i vlažna, a oni žestoki momci, izabrani jer su u formi, krupni i bradati, bili su u fazonu: hoće li se ovo ikad završiti.

– Svuda je bilo tako, čak i u sobama u kojima smo snimali mogao si da vidiš sopstveni dah.

– Prilično verodostojno za srednjovekovnu kostimiranu dramu.

– Zato je taj zamak i izabran. Šteta što snimanje nije bilo u proleće ili leto, umesto u februaru.

– To je snimanje učinilo nezaboravnim.

– Tvoja mama je producirala i taj film.

– Da, dobila je i Zlatni globus za njega. Mada, zanimljivo je koliko je retko bila na setu.

– Navodno ukleti zamak u škotskim vrletima zimi nije privlačan kao grčko ostrvo u julu. Iako je, da budem pošten, ona bila više zadužena za novac, nego za donošenje odluka.

Prisećali su se još dogodovština i pivo zamenili votkom. Posle nedelja napetosti i ljutnje na Tajlera, bilo je pravo osveženje razgovarati o dobrim vremenima. Harlou je naporno radila tokom svojih dvadesetih, brzo napredujući od treće do druge pomoćnice režisera i završavajući deceniju kao prva pomoćnica. Gledajući unazad, uvidela je kako bi moglo da se pretpostavi da je na to mesto stigla preko veze. Vrata su joj se otvarala istog trenutka kada bi poslodavci shvatili čija je ćerka. To je išlo u oba smera, ne samo što je Harlou imala koristi jer je dobijala više poslova nego su i režiseri voleli osobu s kojom je bila u srodstvu.

– Nedostaje mi ovo. – Tajler ju je munuo ramenom.

Harlou uzdahnu. – I meni. Ali samo ovo, ovaj trenutak, kad je prijatno i kad uobičajeno ćaskamo, kao nekad. Ništa od onih gluposti koje si dosad izvodio – kad si mi predlagao seks, ili me optuživao za nepotizam. Ništa od toga nije bilo prijatno, Tajlere.

– Znam, žao mi je. Samo mi nedostaješ, to je sve.

– Na čudan način to pokazuješ.

– Nedostaje mi naš pređašnji odnos, znaš ono, mi nekad davno.

Pre nego što se sve zapetljalo, pomislila je Harlou.

Tajler ju je uhvatio za ruku i držao je na trosedu od ratana. Bio je to nežan i pažljiv potez i nije povukla ruku.

– Mislim da sam se borio od onda kad, znaš... – Ućutao je. – Videla si me kad sam bio najranjiviji. Ti si jedina osoba koja me je videla takvog. Teško mi je da se nosim s tim.

– To nije trebalo ništa da promeni. Sa demonima ili bez njih, i dalje si mi prijatelj. Trudio si se iz sve snage da me odgurneš, ali ipak postoje trenuci kad se čini kako ponovo imamo dvadeset jednu godinu i srećni smo i, ne znam, dobri jedno za drugo. Većinu vremena nismo.

– Znam da nisam ni najmanje pomogao. Nisam siguran da znam šta želim. Pretpostavljam da se i ti slično osećaš.

Harlou se nasmejala u prazno. – Za to si u pravu.

– Zašto nikad ranije nismo razgovarali o tome?

– Sâm si rekao – kad smo zajedno, malo razgovaramo. I dugo se nismo videli. Promenila sam se, a prilično sam sigurna da si i ti.

Nisam ispunjena i pokušavam da se u svakom pogledu izborim s time kuda ide moj život. Mrzim da se tako osećam. Tokom boravka ovde situacija počinje da mi biva jasnija.

– Dobro je da razgovaramo.

– Besplatna psihoterapija.

– Zar nam ne treba oboma?

– Govori u svoje ime. – Međutim, znala je da je u pravu, mada je smatrala kako uobičajeni psihoterapeut ne bi mogao da joj pomogne. Morala je sama da otkrije šta će je usrećiti.

– Možda bi trebalo da probamo na pravi način – rekao je Tajler, prenuvši je iz razmišljanja.

– Kako to misliš?

– Mi, zajedno.

Pre nego što je mogla da se usprotivi, poljubio ju je. Ruke su mu pronašle njen struk, uranjajući ispod svilenkaste bluze, vrele na njenoj koži. Sve u vezi s njim bilo joj je poznato, način na koji ju je ljubio i dodirivao, vraćajući je u vreme kada je uzvraćala i želela mnogo više. Opustila se i poljubila ga, prepustivši se utešnom osećaju da je u njegovom naručju. Međutim, da li se zaista tako osećala? Dok joj je vrhovima prstiju dodirivao butinu i klizio naviše, znala je kuda to vodi. To nije bilo ono što je želela. Tajler nije bio onaj kojeg je želela.

– Prestani. – Odvojila se od njega. – Tajlere, molim te prestani. – Uprla je ruke o njegove grudi, srce joj je tuklo, a zbunjenost ju je preplavila. Njena neposredna reakcija izneverila je racionalnu misao. Nije bilo u redu da, samo zato što ga je dobro poznavala i što su se ljubili stotinama puta ranije, urade to i sada. Nije želela da ponovo krene tim putem, pogotovo imajući u vidu kako se ophodio prema njoj proteklih nekoliko nedelja. Jedino je mogla da misli na Adonisa i kako ima osećaj kao da ga izdaje, uprkos tome što su se samo nekoliko puta poljubili. Međutim, nešto *se jeste* dešavalo, od toga kako se osećala u njegovoj blizini do toga da ju je sama pomisao o provođenju vremena s njim ispunjavala radošću.

Tajlerov pogled joj je prelazio preko lica kao da je proučava. Jednom rukom je i dalje dodirivao njeno golo bedro, zadirkujući i iskušavajući je.

– Želiš da prestaneš jer si spavala s tim Grkom. Znao sam – rekao je sa oštrinom u glasu.

– Zapravo ne znaš, jer nisam. Poljubili smo se, to je sve. Nisam želela da ovo radim s tobom čak ni pre nego što sam upoznala Adonisa.

– Oh, pa to je baš ljupko.

– Mi nismo jedno za drugo. Znam da to zvuči grubo nakon što smo zajedno proveli nekoliko ugodnih sati... Ali ako to dosad nisi mogao da shvatiš...

– Možda nisi u stanju da vidiš koliko baš jesmo. Uvek pomažemo jedno drugome da se osećamo bolje...

– Ti samo pričaš o seksu.

– Pa? Šta je tu loše?

Sve, poželela je da povikne Harlou. Njegova pretpostavka kako bi trebalo da spavaju zajedno samo zato što su to radili mnogo puta ranije upravo je i bila problematična.

– Povezani smo, Harlou. – Nije skretao pogled s nje. – To ne možeš da porekneš. Osim toga, uvek smo pazili jedno na drugo. Uvek.

Harlou je skrenula pogled dok ju je preplavljivao nalet osećanja. Tačno je znala o čemu govori. Ipak, nisu mogli da nastave sa ovim, nisu mogli da nastave sa iskopavanjem prošlosti i to prihvate kao razlog zbog kojeg bi sada trebalo da budu zajedno, ne kada se to činilo toliko pogrešnim. Međutim, ono što ju je najviše uznemirilo bio je sićušni unutrašnji glasić koji joj je govorio kako je to takođe i ispravno.

– Stalo mi je, Tajlere, zaista mi je stalo. Zato moramo da prekinemo ovaj ciklus. – Ustala je, i taj pokret ga je primorao da spusti ruku. – Naša priča je završena i oboje moramo da nastavimo dalje. – Sagnula se i poljubila ga u obraz, ne želeći da izjuri, jer joj je duboko u sebi bilo stalo do njega. Oduvek joj je bilo stalo do njega, ali to nije učinilo da se on prema njoj ophodi kako treba.

25.

Jesi li slobodna večeras?

Harlou se uzlupalo srce dok je zurila u Adonisovu poruku. Trebalo je ranije da mu pošalje SMS i osećala je krivicu što to nije učinila, kao da je pokušavala da sakrije ono što se desilo s Tajlerom. Prsti su joj lebdeli iznad telefonskog ekrana.

Mama pravi rođendansku žurku u poslednjem trenutku, htela sam da te pozovem ako želiš da dođeš? Večeras, u hotelskom baru na plaži.

Odgovorio je gotovo istog trenutka.

Zvuči sjajno. Doći ću.

Sela je na ivicu kreveta i stavila glavu među ruke. Prethodne noći se ništa nije desilo osim što ju je Tajler poljubio, a ipak, uprkos tome što je to okončala, osećala se kao da je uradila nešto pogrešno. Pojačana osetljivost se još više pogoršala kada ju je otac pozvao da se pozdrave pošto se njegov i Džinin odmor na Skijatosu približio kraju.

– Nedostajala si nam ove nedelje – rekao je, a Harlou se dodatno rastužila. – Bilo bi lepo da te vidimo kad se vratiš u Englesku. Poželi mami srećan rođendan od nas.

Harlou je videla Tajlera za doručkom i ponašali su se kao i obično, pozdravili su se, a zatim potpuno zanemarili ono što se desilo prethodne večeri dok su išli ka setu u Glosi na kojem će snimati tog dana. Po povratku u hotel plivala je u bazenu vile pre nego što je otišla da se spremi za zabavu.

Sa zalaskom sunca, Harlou se uznemirila zbog toga što će svi zajedno biti u baru na plaži. Da li je pogrešila što je pozvala Adonisa? Ne samo da će Tajler biti tamo već i mama. Ovo će biti njeno retko pojavljivanje u hotelu, umesto da pozove nekoliko probranih ljudi u svoju vilu u brdima.

Međutim, bilo je prekasno da se sada predomisli. U svakom slučaju, želela je da ga vidi.

Noćni vazduh je bubnjao u ritmu muzike iz bara na plaži. Harlou je čula smeh i žamor dok je čekala Adonisa na stazi u senci. Poslao joj je poruku da se parkirao, a ona je odlučila da ga sačeka kako ne bi morao sâm da ulazi u bar prepun stranaca. Iznenadila se što je uopšte želeo da dođe i bila poprilično sigurna kako neće uživati u zamisli da celo veče bude okružen glumcima i filmskom ekipom. Pitala se da li je pristao na to samo zato da bi je video. Nalet radosti odmah je zamenila krivica zbog glupog poljupca s Tajlerom.

Sa staze je videla da je bar prepun. Mama je bila u središtu, nosila je maksi haljinu s dubokim izrezom, jarkocrveni karmin i držala čašu šampanjca u ruci. Dominik i Kristal su stajali pored nje, obgrlivši jedno drugo oko struka, glasno su se smejali i privlačili pažnju. Tajler je stajao sa Džimom i još jednim pomoćnikom režisera, dok je Olivija sedela za stolom s pomoćnicima produkcije i izgledala potreseno. Manda je bila sa ostalim šminkerkama. Harlou se nadala da će se tokom večeri ovo grupisanje razbiti.

Ruke su joj se znojile. Stvarno nije trebalo da pozove Adonisa, prizivala je nevolju. Nije bila sigurna kako da ga predstavi mami. Veče koje je provela s njim i njegovom porodicom bilo je tako lagodno i srećno. Oni su porodica čiji su članovi opušteni kad su zajedno, dele hranu, piće i smeh. Dočekali su je raširenih ruku, dok je ona ovde strepela šta će mama da uradi ili kaže.

– Izgledaš božanstveno.

Izgubljena u mislima, nije primetila da joj Adonis prilazi.

Poljubio ju je u obraze.

– Hej – rekla je tiho. Žudela je da ga povede kroz tamnu šumu do Panormosa i što dalje od svih koje je poznavala. – Sigurno ovo želiš da uradiš?

– Dobro je da nateram sebe da se pokrenem, a ovo mi je poznat teren. Biće sve u redu.

Uzeo ju je za ruku i ona je duboko udahnula. Odvela ih je do bara na plaži.

Članovi ekipe su ih presreli pozdravima i odmah ih uvukli u slavljeničko raspoloženje. U ruku su joj tutnuli džin-tonik, a Adonisu su dodali pivo. Manda ih je pozvala za svoj sto, a Harlou se opustila jer je izgledalo da Adonis uživa u društvu predusretljivih šminkerki.

Mejv je trebalo skoro sat vremena da stigne do Harlou. Piće je teklo u potocima, pevali su „Srećan rođendan" i isečena je torta. Adonis je otišao do bara, a Harlou je upravo završila razgovor s Kristal.

– Srećan rođendan, mama.

Mejv se čašom šampanjaca kucnula s Harlou, koja je pila džin-tonik. – Hvala, i hvala ti na ovome. – Zvecnula je srebrnom narukvicom na ručnom zglobu. – Jel' to ratar? – Klimnula je glavom u pravcu šanka.

– Da, sa ocem vodi *Maslinjak*.

– Ne liči na ratara.

Evo je počinje, pomislila je Harlou. – Šta ti znaš o ratarima?

– Moji bivši tast i tašta su poljoprivrednici.

– Znam da jesu. – Harlou slegnu ramenima. – Ali nisi baš provodila vreme s njima.

– Nisi mi pričala o njemu. – Mejv je podigla savršeno oblikovanu obrvu i prenebregla ćerkinu opasku.

– Nema šta da se kaže, osim da sam provela neko vreme s njim.

– Sigurna sam da jesi.

I eto je, samo jedna od mnogih stavki koje su bile pogrešne u njihovom odnosu, *mama* je nagoveštavala kako je vreme koje su Harlou i Adonis proveli zajedno daleko od bezazlenog. Nije ni čudo što je Harlou uvek pokušavala od nje sakrije šta joj se dešava. Setila se Mandinih reči, kako bi, da je mama provela veče sa Adonisom, bilo dosta tračeva.

– Pa, uživaj u njemu dok još imaš priliku – rekla je Mejv glatko pre nego što je otišla da se pridruži Džimu i režiseru.

Harlou je stisnula pesnicu i iskapila ostatak džin-tonika.

– Izgledaš kao da si u svom svetu. – Manda ju je uhvatila podruku.

– Izvini, upravo sam razgovarala s mamom.

– Sve mi je jasno.

– Ne razumem kako joj tako lako uspeva da me natera da se osećam kao govno.

– Po onome što si mi ispričala, imala je dosta prakse. – Jače joj je stegnula ruku. – Ne obraćaj pažnju na nju i pusti da taj osećaj samo prođe kroz tebe. A sad, gde je taj tvoj grčki bog?

Harlou se nasmeja. – Ti ne odustaješ.

– Bio je hit među devojkama, i ne samo zbog toga što je zgodan. Deluje kao stvarno dobar momak.

– Zato što i jeste.

Kad je pogledala ka šanku, Harlou je videla da Adonis više nije tamo. Pogledom je preletala preplanula i zajapurena lica kolega s posla koji su se tiskali u baru na otvorenom. Srce joj je stalo kada ga je napokon ugledala. Bio joj je okrenut leđima, ali je sad odmah prepoznala njegova široka ramena, preplanuo ten i tamnu kosu. Stajao je pored Tajlera. S njima je bila i Olivija. Izgledalo je kao da Tajler vodi glavnu reč, zbog čega su joj se dlanovi ponovo znojili.

– Izgledaš zabrinuto – rekla je Manda.

– Adonis razgovara s Tajlerom.

– Oh. *Oh* – ponovila je Manda razumevši drugaričinu zabrinutost.

Harlou samo što nije krenula da se pridruži Adonisu kad se mama vratila, u Džimovom društvu.

– Harlou, da me ubiješ ne mogu da se setim šta sam radila za pedeseti rođendan. Džim me je pitao. Sećaš li se ti?

– Ozbiljno, ne znaš?

Mejv je odmahnula glavom, a duge minđuše zveckale su joj po vratu.

– Preko dana si u staroj kući u Los Anđelesu organizovala zabavu na bazenu, a uveče si izašla negde s prijateljima.

– Bila si prisutna?

– Da, bila sam tamo. – Harlou je u neverici odmahnula glavom.

Džim je pogledao Mejv i nasmejao se. – Došla si da pitaš Harlou šta si radila za rođendan – kako možeš da se ne sećaš da li je bila tamo?

– Dušo, tad se mnogo toga dešavalo. – Prezrivo je odmahnula rukom.

Harlou se Džim sve više dopadao. – Bilo je to leto kad sam bila kod tebe u Los Anđelesu i kad si mi organizovala glumačke audicije, iako si znala da radim kao pomoćnica režisera – nastavila je Harlou.

– Ha! Zaboravila sam na to. Mislila sam da ćeš se možda predomisliti kad vidiš kakve mogućnosti bi Holivud mogao da ti ponudi.

– Videla sam dosta od te ponude, ali me nije zanimalo da vodim takav život. Ali, da, to je ono što si uradila za pedeseti rođendan, iako si već sredinom jutra bila prilično pijana, tako da nisam stvarno iznenađena što se ne sećaš.

– Pa, zapamtiću ovaj, a nije čak ni neki važan rođendan.

– Mogli smo da napravimo zabavu na bazenu u tvojoj vili – rekao je Džim.

– Možemo i dalje, noć je tek počela.

Harlou se opirala da ne prevrne očima. Uhvatila je Mandin saosećajni pogled pre nego što je primetila Adonisa kako se probija od šanka prema stazi.

– Izvinite me na trenutak. – Ostavila ih je i presekla preko terase, trčeći da ga sustigne. – Hej, već odlaziš?

– Prespavaću kod tetke. – Nastavio je da hoda. Ton mu je bio sličan onome tokom onog razgovara u baru, kada mu se suprotstavila pre nekoliko nedelja.

– Adonise, šta nije u redu?

Nastavio je da hoda pored prve vile, a onda zastao i pogledao je stisnute vilice. Ćudljiv, zamišljen pogled se vratio i na tren je pomislila kako nikada nije bio zgodniji, ali zabrinula se zbog načina na koji ju je gledao.

– Misliš li da sam budala pošto sam oduvek živeo zaštićen na ovom ostrvu?

– O čemu to pričaš?

– Moj prvi utisak o tebi je bio tačan.

– Koji?

– Radiš na filmovima i ponašaš se kako hoćeš, poigravaš se ljudima.

– Bukvalno nemam pojma o čemu pričaš.

– Ti i Tajler.

Sledila se, prizor kako Adonis i Tajler razgovaraju još je bio svež u njenom umu. – Šta ja i Tajler?

– Zajedno ste.

– Nismo. Stvarno nije...

– Molim te, ne pokušavaj da porekneš. Verovatno je bolje da to saznam sad pre nego što se bilo šta drugo desilo među nama. – Nastavio je da hoda stazom.

Harlou je poželela da potrči za njim, uzme ga u naručje i kaže mu kako šta god da je čuo to nije istina, osim što nije bilo tako jednostavno. Bila je u vezi s Tajlerom i poljubila ga je juče – čak iako je to bilo na njegov podstrek, nije odmah odbila. Kakva zbrka.

Adonis je nestao iza okrečene vile, a ona je ostala da stoji sama na stazi. Radovala se što će ga videti, a sada je Tajler sve upropastio. I to zbog čega? Da joj se osveti? Posle toliko lepih nekoliko sati, Harlou su izjedali žaljenje i silan bes.

26.

Harlou se kroz vrt vraćala prema baru na plaži, a oči su joj bile mutne od suza. To što je Adonis nameravao da odsedne kod tetke, da li je to značilo kako je nameravao noć da provede s Harlou? Znala je kako bi ona želela – da je imala hrabrosti da to predloži – ali naravno, Tajlerovo blebetanje je sve to okončalo. Stegnula je pesnice. Poslednjih nekoliko nedelja trpela je svakojake gluposti od Tajlera. Ovaj put je prekardašio svaku meru.

Još je bio u baru. Olivije nije bilo na vidiku, a ni mame.

Tajler je sigurno osetio njen bes jer je ustao od stola za kojim je pio s drugarima i presreo Harlou pre nego što je stigla do polovine terase.

– Šta si mu to, dođavola, ispričao?

Tajler je podigao ruke. – Opa, smiri se, Harlou.

– Da se nisi usudio ni da zucneš o mom smirivanju, ne kad si upropastio jedinu dobru priču koja mi se dogodila posle ko zna koliko vremena.

– Nije bilo toliko bitno šta sam ja rekao. Olivija je nekako umešala prste u to. Izgleda da je ljuta na tebe isto koliko i na mene.

– Zašto li je tako?

Samo je slegnuo ramenima.

– Da li zaista uživaš u ovome?

– Naravno da ne.

– Zbog čega onda još imaš taj samozadovoljni izraz lica?

Tajler ju je uhvatio za ruku i nagnuo se bliže njoj. – Hajde da nastavimo priču na nekom mirnijem mestu.

Odveo ju je iz bara na plažu, daleko od radoznalih očiju, što je verovatno bila dobro jer je već bilo previše ogovaranja. Bilo je tiše i mračnije, glasove iz bara prigušivali su talasi koji su kotrljali šljunak, ali Harlou nije mogla da se otrese osećaja kako je neko posmatra. Par se ljubio na jednoj od ležaljki za sunčanje, pa su njih dvoje idući plažom stigli do hotela.

Tajler je brzo koračao napred. Harlou ga je pratila. – Šta si rekao Oliviji?

– Možda sam nagovestio kako se ti i ja još sviđamo jedno drugom.

– Zaboga, Tajlere.

– To mi se činilo kao najlakši način da je lagano otkačim, da joj pokažem kako je u pitanju bila veza za jednu noć, i kako smo se i ti i ja takođe savatavali.

– Ali nismo.

Tajler se naglo zaustavio pored ružinog grma. – Nekada jesmo, i to mnogo.

– *Nekada*, Tajlere. Upravo si sâm rekao. – Harlou je odmahnula glavom i prošla pored bazena, osvetljenog plavom rasvetom, prema *Vili Egej*.

Tajler ju je pratio u stopu. – Nisam mislio kako će odlepiti zbog toga ili sve ispričati tvojoj letnjoj simpatiji.

– On mi nije simpatija. A ti nesumnjivo nisi imao nikakvo pravo da joj bilo šta kažeš ni o našoj prošlosti, a kamoli da izmisliš gomilu gluposti zato što je situacija postala neprijatna.

Otvorila je glavna vrata vile i pošla stepenicama, preskačući po dve. Čula je Tajlera kako ide za njom. Nije želela da bude u njegovoj blizini, ali morali su da rasprave ovo. *Morala* je da skine teret s grudi. Stigla je do drugog sprata i otključala sobu. Držala je vrata otvorena i čekala Tajlera.

– Nismo završili razgovor – rekla je kada se pojavio na vrhu stepeništa.

Prošao je ćutke pored nje. Harlou je zatvorila vrata i stala na sredinu sobe dok se Tajler raskomotio na trosedu.

– Znači, on je više od prolazne avanture?

– Ne znam šta je, ali mi se mnogo sviđa. A ti si spavao sa Olivijom i nisi mogao da držiš jezik za zubima u vezi s pričama o kojima nisi imao pravo ni sa kim da pričaš, i tako si sve upropastio.

– Kakve veze ima ako zna da smo spavali zajedno?

– Zato što bi, ako mu je Olivija natuknula kako se to *i dalje* dešava, značilo da sam se poigravala njim.

– Ha, ti si zapravo ozbiljna u vezi s njim.

Harlou je prekrstila ruke.

– Poljubila si me pre neko veče, a spavala si s njim... Kontam kako ovo za tebe može da se okonča kao noćna mora.

– Tačno znaš šta je predstavljao onaj poljubac od pre neko veče.

– Da, da, prisećanje na dobra stara vremena i sve to...

– Baš kao što ti stalno pričaš o tome. To je bila greška i iznenadio si me. To je naša slabost, upadamo u zamku poznatog, a zapravo jedino što time dobijamo jeste zbrka u glavama. Ne možeš to da radiš, Tajlere. Ne možeš se ponašati prema ljudima kao da su smeće. I ne govorim samo o sebi već i o Oliviji.

Tajler je zurio u pod i odmahivao glavom. Kada je podigla pogled, srce joj je malo smekšalo, kad je videla koliko izgleda ranjivo.
– Vidi, izvini. Nije trebalo da te iskoristim kako bih nju odgurnuo od sebe.

– Mada, to je ono što radiš, zar ne? Uvek ista priča, zbližimo se, a onda se isključiš. Isto je otkad smo ovde, poigravaš se, sve to zadirkivanje, kriviš me zbog toga čija sam ćerka, a onda u sledećem trenutku pokušavaš da spavaš sa mnom. Kad razmislim o tome, godinama me odguruješ od sebe. Ovo, mi – mahnula je rukom između njih – zbrkano je. A najluđe od svega je što ne želiš da budeš sa mnom, a opet, izgleda kako ne želiš da budem ni s nekim drugim. Zapitaj se zašto nikad nismo bili pravi par.

– Nikad nisam rekao da ne želim da budem s tobom, Harlou.

– Da, jesi. – Htela je da viče na njega zato što nije uviđao kako se ponašao. – Rekla sam ti to onog dana kad nam se probušila guma. – Duboko je udahnula i pokušala da ostane pribrana. – Poslednji put kad smo spavali nagovestio si kako se naša veza u velikoj meri zasniva na seksu i pogodnosti. Oboje to znamo već duže vreme. Međutim, ona je izgrađena na temeljima prijateljstva i poverenja, ali zbog načina na koji si se ponašao i onoga što si govorio otkad sam došla, to je sve uništeno. Dakle, iskreno, Tajlere, stvarno ti ne verujem kad kažeš da zaista želiš da budeš sa mnom.

– Ali želim, Harlou. – Ustao je i prišao joj. – Odgurivao sam te od sebe zato što sam zbunjen u vezi sa onim što osećam. Tako je već duže vreme. Što su jača osećanja koja gajim prema tebi, to je jača moja nagonska reakcija da pobegnem. Možda se plašim odbijanja, ili mi je frka da se posvetim nekome... Ne znam.

– Ili želiš da budeš sa mnom kako bi unapredio svoju karijeru? Pa, želiš li?

– Znaš da to nije razlog.

Harlou slegne ramenima. – Možda je to istina jer sam ja niko i ništa. Pomoćnica menadžera lokacije koja slučajno ima poznatu mamu.

– Mrzim kad tako misliš o sebi. Ti si mnogo više. Za mene si mnogo više od toga.

– Međutim, takođe te podsećam na tvoje probleme. To si već rekao. Naš odnos je zbrkan i slojevit i... – Prešla je rukom preko namrštenog čela, ne znajući kako da objasni.

– Spasla si me. – Uhvatio ju je za ruku. – Naterala si me da idem na rehabilitaciju, bila tu za mene kad sam bio u potpunom rasulu. Donosila teške odluke čak i kad si reskirala da ću te mrzeti zbog toga.

– Znači, sad me kažnjavaš?

– To mi nikad nije bila namera. Bio sam ljut i nisam znao kako da se nosim sa sopstvenim osećanjima. Podsećaš me na greške koje sam *ja* pravio. Teško mi je da razdvojim ono šta zaista osećam prema tebi od onog šta osećam kad sam u tvojoj blizini. I verovatno sam se iskaljivao na tebi zato što si mi najbliža osoba... zato što te volim.

Imala je utisak kao da ju je ošamario. Zar nisu to bile baš one dve reči koje je više od decenije duboko u sebi želela da čuje od njega? Zar nisu to bile reči koje samo što nije izgovorila mnogo puta tokom svih ovih godina? Izgovorio ih je one noći kada ga je pijanog zatekla kako se tetura napolju, ali pijano „volim te" ne znači ništa. Sada ih je rekao prilično trezan... I ostala je... ravnodušna. Obamrla. Ipak, volela ga je, oduvek ga je volela, ali nije bila *zaljubljena* u njega. Pretpostavljala je kako i on oseća isto.

Sklonila je ruku s njegove. – Nisam sigurna da to stvarno misliš.

– Previše toga smo prošli da bismo se udaljili jedno od drugog, Harlou.

– To ne bi trebalo da znači kako nastavljamo da se isto ponašamo samo zato što smo isto radili u prošlosti.

– Ne predlažem da nastavimo po starom. Mislio sam, znaš, prava...

– Prava veza? – Harlou se podsmehnula. – Nisam sigurna da znaš pravo značenje te reči.

– Nepravedna si. Kakvi su tvoji rezultati kad je u pitanju ljubavni život?

– Uvek su bili u redu dok se ne nađem u tvojoj blizini.

– Joj!

– Samo govorim istinu. Upoznala sam ovde nekog ko mi se zaista sviđa i u čijem društvu sam zadovoljnija sobom i bolje se osećam... Uz njega osećam mnogo toga. Ali pošto sam ovde s tobom, a ti me ogovaraš svojoj... ne znam ni šta ti je ona, moj savršeno zdrav odnos mi se obio o glavu.

– Pa, žao mi je zbog toga, ali sinoć nisi morala da mi uzvratiš poljubac.

– Međutim, sprečila sam nastavak priče. – *Prvi put ikada*, pomislila je. Morala je da prekine taj njihov štetan odnos koji se stalno vrteo u krugu toplo/hladno. To nije pomagalo nijednom od njih dvoje. Ipak, nije želela da uništi njihovo prijateljstvo. – Uvek sam te volela, Tajlere. Volim te kao člana porodice, bezuslovno, kako god da se ponašaš. Šta god da mi kažeš to se neće promeniti. Samo nisam zaljubljena u tebe.

– Da li si ikad bila?

– Ne znam, u jednom trenutku sam imala osećaj kako je naš odnos poseban. Tokom godina se dosta toga promenilo za oboje. – Imala je knedlu u grlu dok ga je gledala. – Upamti, i ti si mene spasao. Osećam da ti dugujem.

– To je bilo davno. Ništa mi ne duguješ, uradio sam ono što bi svaki pristojan momak uradio. Što bi prijatelj uradio. U svakom slučaju, vratila si mi desetostruko pomogavši mi da ostanem trezan. – Zagrlio ju je i nežno poljubio u vrh glave. – Da nije bilo tvoje intervencije, da nisi platila i ubedila me da odem na rehabilitaciju, mislim da sad ne bih bio ovde.

– Ali ja sam kriva što si uopšte završio tamo... – Jecaj joj se zaglavio u grlu.

– Nisi kriva za ono što je *on* pokušao *tebi* da uradi, Harlou. Ne smeš da razmišljaš o tome na taj način. – Držao ju je čvrsto, bio je potresen koliko i ona.

– Ako želimo da ostanemo prijatelji, zaista moraš dobro da porazmisliš o tome kako se ponašaš prema meni – rekla je tiho, glas joj je prigušivalo njegovo rame. – Mislim da bi sad trebalo da odeš.

Pustio ju je. Suze su mu svetlucale na obrazima. Prešao je rukom preko čekinjaste brade, izgledalo je kao da će još nešto reći, a zatim je otišao do vrata i izašao.

Harlou je bila iscrpljena, emocionalno i fizički. Teško je podnosila to što se Adonis uznemirio, a sad je povredila i Tajlera. Toliko o tome da će ona i Adonis ispuniti obećanje da jedno drugom postave izazov, toliko o tome da će provesti zajedno ono malo preostalog vremena. Manda i Džina su bile u pravu u vezi sa činjenicom koliko su ona i Tajler bili loši jedno za drugo, ali zajednička prošlost ih je povezivala poput pupčane vrpce. Ta povezanost je upravo upropastila mogući ljubavni odnos sa Adonisom. Nekako je to morala da ispravi.

Ležala je u postelji i zurila u tavanicu. Kroz otvorena vrata balkona dopirali su šum mora i zvuci iz hotela. Tajler se nije vratio u sobu. Nakon što je otišao, čula ga je kako silazi niza stepenice. Možda se vratio u bar da nastavi sa opijanjem. Rekla je istinu – volela ga je kao člana porodice, i ne može prestati da brine o njemu. Međutim, ono što ju je sada najviše brinulo bilo je o čemu li razmišlja Adonis. Kroz glavu joj je proletela zabrinuta pomisao da je pre poverovao Tajleru nego njoj. Odustala je od pokušaja da zaspi. Ustala je iz kreveta, navukla šorts, bluzu bez rukava i japanke i izašla iz sobe odlučna da razreši situaciju.

Prošla je ponoć, a muzika i glasovi koji su dolazili iz bara na plaži su se utišali. Dok je napuštala vilu nije srela nikoga, a nije ni čula Tajlera da se vratio.

Staza koja je vodila do recepcije hotela bila je tiha, ali povremeno bi se čuli glasovi u noći ili bi neko prasnuo u smeh, a u pokojoj sobi je i dalje gorelo svetlo. Harlou je stigla do zgrade recepcije i nastavila da hoda dok nije ugledala balkon koji se protezao duž Ereninog stana. Nikoga nije bilo na njemu. Unutra je gorelo slabo svetlo. Stajala je s rukama na bokovima i odmahivala glavom. Šta je očekivala? Da će biti kao u sceni iz *Mamma Mia!* ili *Romea i Julije*, da će Adonis stajati tamo i zadivljeno gledati u nju? Koliko god da je bila ljuta na sebe, na Tajlera i jadnu Oliviju, zamisao da usred noći pokuša da izgladi situaciju sa Adonisom bila je šašava. Pošla je nazad.

– Harlou, je si li to ti?

Uspaničeno se okrenula. Ereni je u kućnom ogrtaču stajala ispred otvorenog ulaza hotelske recepcije.

– Jesi li dobro? Videla sam te tamo. Kasno je.

– Da, znam. Izvinite. Došla sam da vidim mogu li da razgovaram sa Adonisom, a onda sam se predomislila.

Ereni je polako klimnula glavom. Stegla je čvršće kućni ogrtač i kroz mrak došla do Harlou. – Delovao je... uznemireno kada je stigao ovde. Bio je ćutljiv. To nije neuobičajeno, ali mislim da nešto nije u redu. Jeste li se posvađali?

– Jesmo.

– Otišao je na spavanje, ali možeš da se popneš i vidiš da li je budan...

– Oh, zaboga, ne, verovatno je najbolje da to večeras ostavim po strani. Razgovaraću s njim kad se malo smiri.

– Hoćeš li da popričamo nas dve? – Ispružila je ruku i dodirnula njenu. – Adonis mi kaže da slabo razgovaraš s mamom. Ako ti je neko potreban, pažljivo slušam.

– Često priča s vama?

– Ah, znaš, kao što to radi svaki odrastao muškarac. Barem je bolji od mog brata. Ali, da, ponekad razgovara sa mnom.

Harlou je pogledala na mračni balkon i zapitala se da li je već zaspao. Da li je u glavi ponavljao njihovu svađu iznova i iznova, kao što je to ona radila?

– Sporečkali smo se. Teško mi je da objasnim celu situaciju i osećam se užasno, jer da sam mu na vreme otvoreno rekla kakav je moj odnos s nekim, možda sad ne bismo bili u ovoj zbrci.

Ereni je nabrala obrve. Harlou je znala kako ono što je ispričala nema mnogo smisla, ali nije imala snage da prolazi kroz gnusne pojedinosti sa Adonisovom tetkom.

Ereni je spustila glas. – Boji se. Plaši se da će ponovo izgubiti nekoga do koga mu je stalo, isto kao što je izgubio majku. Razumeš to?

Harlou je klimnula glavom trudeći se da ne zaplače. – Poslednje što sam želela je da ga povredim.

– Sviđaš mu se. Primećujem kako se promenio otkad provodi vreme s tobom. Srećan je – lepo je to videti. Ako je ono što ga je uznemirilo bio samo nesporazum, onda mu to reci. Ispravi to. Ako ima istine u onome što se dogodilo, onda ga nemoj više povređivati. To jednostavno ne bih mogla da podnesem! Razumeš to? – rekla je tiho.

– Razumem.

– Sad je već kasno i obe moramo da se naspavamo. *Kalinychta.* – Poljubila je Harlou u obraze i krenula nazad prema zgradi.

– Ereni – rekla je Harlou pre nego što je žena nestala unutra. – I on se meni stvarno sviđa.

Ereni se osmehnula i mahnula joj za laku noć.

27.

Uprkos tome što je kasno legla i nemirno spavala, Harlou se rano probudila. Osim sinoć na žurki, skoro cele nedelje nije videla Mandu. Dogovorile su se da zajedno doručkuju, ali to je bilo tek za nekoliko sati. Vruće joj je i još je ljuta na sebe, mada više na Tajlera zato što je uopšte dozvolio da dođe do ove situacije.

Umesto da pokušava ponovo da zaspi i još više se iživcira, ustala je i otišla na trčanje. Volela je mir ranog jutra. Zora je rudela i po moru prosula srebrno-ružičasti pokrov. Drveće oko nje je delovalo umirujuće, tako da se, nakon trčanja šumskom stazom do Panormosa i nazad, osećala manje uznemirenom i sposobnijom da se suoči s danom.

Tek što je izašla ispod tuša, neko joj je pokucao na vrata sobe. Uzdahnula je i stegla peškir. Ako je Tajler želeo da nastavi sinoćni razgovor, oteraće ga.

Otvorila je vrata spremna da mu očita bukvicu, a našla se lice u lice sa Adonisom.

– Hej – rekla je iznenađeno.

– Izvini. – Nakratko ju je odmerio. – Trebalo je da ti pošaljem poruku... Mogu da dođem kasnije.

– U redu je. – Koraknula je unazad i pustila ga unutra. Izgledao je odmorno, kao da se dobro naspavao, i prelepo kao i uvek, u farmerkama i uskoj majici. – Neće ti smetati da se obučem na brzaka?

– Naravno da ne.

Nema šanse da će razgovarati s njim samo obmotana peškirom.

Smetena, zgrabila je gaćice i prvo što joj je došlo pod ruku od odeće u ormanu i zatvorila se u kupatilo. Srce joj je tuklo. Nije bio namrgođen i mrzovoljan kao sinoć, delovao je smireno i želeo je da razgovara. Obukla je suknju i majicu, odmotala peškir sa glave i provukla prste kroz vlažnu kosu.

Izašla je iz sparnog kupatila. – Stvarno mi je žao zbog svega što se sinoć dogodilo.

Adonis je stajao pored otvorenih balkonskih vrata i gledao napolje. Okrenuo se i podigao ruke. – Ereni mi je rekla da si svratila sinoć i kako si želela da razgovaraš sa mnom. Posavetovala me je da porazgovaram s tobom i rekla kako sam možda, kako se to kaže na engleskom? Prenaglio sa zaklju...

– Zaključcima.

– Baš tako. Pa, hoćeš li da mi kažeš šta se dešava?

Harlou je sedela na ivici kreveta, a Adonis na kauču. Naslonio je ruke na kolena i posmatrao ju je u iščekivanju. Duboko je udahnula, ovo je bila njena prilika da ispravi zbrku, ali je takođe znala kako mora da kaže istinu o svom odnosu s Tajlerom. Ako se Adonisu to ne dopadne, svejedno ne bi mogli da nastave dalje, mada je preostalih dana bilo sve manje, i nije bila ni sigurna kako bi mogla da izgleda njihova zajednička budućnost. Ali ako je želela da sazna, morala je da obavi ovaj razgovor.

– Tajler i ja imamo dugu i zapetljanu zajedničku prošlost. Upoznali smo se prvog dana filmske škole kad smo imali osamnaest godina. Bili smo u istom studentskom smeštaju i brzo smo se sprijateljili – mislim kao, bili smo stvarno dobri prijatelji. On je bio neko s kim sam mogla da razgovaram i kažem mu bilo šta. – Zamuckivala je, osećajući kako joj obrazi bride. Nije želela da Adonisu otkriva pojedinosti. – Recimo da se naše prijateljstvo ubrzo pretvorilo u nešto više od samog drugarstva.

– Bili ste momak i devojka.

– Ne baš.

Adonis se namršti.

– Bili smo prijatelji s povlasticama...

– Pomislio sam, zašto bi želela da budeš sa mnom kad je on iz tvog sveta, a ja sam samo seljačko dete?

– A ja sam unuka seljaka i ćerka učitelja.

– I filmske producentkinje.

– Veruj mi, imam više zajedničkog sa očevom stranom porodice. Trebalo bi da budeš ponosan na svoje poreklo i na to čime se ti i otac bavite. – Harlou je stisnula šake u krilu. Od pritiska su joj pobledeli zglavci na prstima. Pitala se šta može da uradi kako bi on shvatio istinu o tome šta oseća prema njemu. – Da li si ikad osetio takvu povezanost s nekim – ne znam kako da je opišem. Kao razumevanje ili želju da sve vreme provodiš s tom osobom.

– Imam prijatelje, dobre, bliske prijatelje, i bilo je devojaka tokom godina, ali niko pored koga bih se tako osećao. – Gledao ju je pravo u oči. – Dok nisam upoznao tebe.

Srce joj je zatreperelo. – I ja osećam isto prema tebi. Hoću da provodim vreme s tobom. Bila sam tako srećna što si sinoć bio tamo. Poslednje što sam želela da uradim jeste da te uznemirim. I iskreno, što se tiče Tajlera, nije ono što misliš.

– Ali ta devojka...

– Olivija?

Adonis klimnu glavom. – Veoma je jasno opisala šta ste jedno drugom.

– Šta smo *bili*.

– Znači, nisi ga poljubila pre neko veče?

– Ovaj, ja, hm... Malo smo popili i poljubio me je. Iznenadio me je, ali sam ga zaustavila. Kunem ti se.

– Ali zašto si bila s njim?

– Nisam bila „s njim“ u tom smislu. Otišli smo na piće nakon dugih i napornih nekoliko dana, i to jedno piće pretvorilo se u nekoliko. On mi je već dugo prijatelj.

– Ali rekla si da ste bili više od prijatelja.

– Naša veza je bila... kako to da objasnim. – Neverovatno koliko joj je bilo teško da objasni prisnost s Tajlerom. Sama pomisao da te reči izgovori naglas budila je u njoj osećaj kao da ga vara.

– Spavali ste.

I sada je on to rekao umesto nje. – Da. Mnogo puta tokom godina.

– Razumem. – Podigao je ruke, na licu mu se prikradao prisenak osmeha.

– Poslednji put pre dve godine. Osim što je pre neko veče pokušao, ništa se nije dogodilo. Niti ja to želim. Više ne. To ne znači da mi nije stalo do njegovog prijateljstva, jer jeste, ali mora da se promeni način na koji se ophodimo jedno prema drugom. Spavao je sa Olivijom. Ona je želela više, on nije, pa je iskoristio našu zajedničku prošlost kao izgovor da je otkači. Razumljivo da je bila povređena i da se iskalila na meni. Žao mi je što si se našao usred svega toga. Rekla bih ti da sam mislila kako je to nešto što treba...

Kucanje na vratima prekinulo ju je usred rečenice.

Molim te, molim te, molim te samo da nije Tajler, pomisli Harlou.

– Harlou? Još spavaš?

Manda. Prekid uzbune. Rekla je Adonisu „izvini" ne puštajući glas.

Harlou je odškrinula vrata.

– Hej, spavalice – reče Manda. – Dolaziš na doručak?

– Aha, stižem. Možemo li da se nađemo tamo? Treba mi deset minuta.

Manda ju je zamišljeno pogledala, a onda se iscerila. – Imaš li društvo? – rekla je tiše.

– Nije ono što misliš.

– O bože – rekla je otvarajući usta bez glasa, a zatim prošaptala: – Ne moraš da žuriš.

Harlou je zatvorila vrata i okrenula se. – Manda. Trebalo bi da doručkujem s njom.

Adonis joj je prišao i uhvatio je oko struka. Prstima joj je milovao kožu ispod majice. – Odoh, kako bi mogla da joj se pridružiš.

Prislonjena uz njegovo čvrsto telo dok su im usne bile tako blizu, poslednje što je želela bilo je da on ode.

– Ne moraš. – Pustila je da joj ruke počivaju na njegovim ramenima i zagledala mu se u oči. – Veruj mi, ona će i te kako imati razumevanja ako bude morala malo da sačeka.

– Sinoć sam se prebrzo naljutio. – Nagnuo se bliže i naslonio čelo na njeno. – Teško mi je da se otvorim. Plašim se da ću ponovo biti povređen, ili da ću izgubiti nekoga.

– Tvoja tetka mi je to već nagovestila. – Zatvorila je oči. Lagano ju je milovao prstima idući naviše, golicao je i izazivao. – Nisam htela da te uznemirim. Stvarno mi se sviđaš.

Harlou ga je povukla ka sebi i poljubili su se. Jezici su im se ispreplitali dok ju je mazio po nagim leđima. Što su se više ljubili, Harlou ga je sve više želela. Nije ni razmišljala o doručku. Manda neće mariti ako Harlou zakasni i dođe sa svežim tračevima, ili ako se uopšte ne pojavi...

Adonis se povukao i zagledao se u nju. – Jako mi je žao, ali stvarno moram da idem. – Disao je ubrzano. Još je osećala njegove vrele ruke na koži. I dalje ju je čvrsto držao, bilo je očigledno koliko ne želi da ide. – Već kasnim, a potreban sam tati. Dođi na večeru. Možda možemo da nastavimo sa ovim...

Harlou se nasmešila i ponovo su se poljubili. Ta zamisao joj je zvučala savršeno.

Tokom doručka, Harlou je uputila Mandu šta se dešavalo proteklih nekoliko dana. Ako je bila razočarana što Harlou nije imala više tračeva o tome šta se desilo sa Adonisom u sobi, dobro je to skrivala. Harlou je laknulo što nije videla Tajlera ili Oliviju.

Pošto je Manda bila uporna, Harlou je spakovala torbu i pridružila se njoj i devojkama iz sektora za kostime i šminku na plaži Panormos. Ceo dan su se sunčale, plivale i čitale.

Uprkos lepom okruženju i zadovoljstvu što može da se opusti na plaži umesto da radi na vrućini, Harlou je poželela da dan prođe što pre. Razmišljala je samo o Adonisu i nastavku onoga što su započeli tog jutra.

Nakon što se još jednom istuširala i presvukla u kratku haljinu s belim radama i bele patike, spakovala je čisto donje rublje i pribor za higijenu u torbu. Sve do *Maslinjaka* se vozila sa osmehom na licu, željna da provede veče s njim daleko od hotela i svih tamo.

Parkirala se i prošla ispod svodova vinove loze prema restoranu koji je blistao u tami.

– Učinilo mi se da sam te čuo kako dolaziš. – Adonis ju je čekao napolju, sa širokim osmehom na licu.

– Zdravo – rekla je Harlou prilazeći mu.

Poljubio ju je, uhvatio za ruku i poveo stazom.

– Zar nećemo večerati u restoranu?

– Ne, nećemo.

Umesto da je povede ka vili, krenuo je stazom koja je vodila ispred njegove radionice u voćnjak. Skoro pun mesec dobro im je osvetljavao stazu pod drvećem. Žagor sa terase restorana jenjavao je kako su se udaljavali.

Na obodu livade bilo je postavljeno izletničko ćebe, a na granama smokve okačeno pregršt fenjera, koji su kroz lišće obasjavali travu.

– Preostali su nam od neke rođendanske zabave koju je Ereni organizovala u hotelu – rekao je Adonis, pokazujući na živopisno osvetljeno drvo.

– Predivno je.

Harlou je sela na ćebe. Noć je bila sparna, ali i najmanji povetarac dopirao je do njih visoko na brdu. Glosa je bleštala ispod njih, dok su u crnilu Egejskog mora svetlucali gradovi na Skijatosu. Osim hučanja sove i pesme cvrčaka, bilo je mirno, lagani povetarac jedva da se poigravao lišćem.

– Mislio sam da malo promenimo.

– Čarobno je. Iako znam da je dole restoran pun ljudi, čini mi se kao da smo sami kilometrima daleko. – Niko do sada nije uradio ništa slično za nju.

– Tata i baka su takođe u kući – rekao Adonis smeškajući se.

– Šta oni misle o ovome?

– Tata nije očaran. – Slegnuo je ramenima. – Ali baka je rekla da je romantično.

– Baka je u pravu.

– Znam. – Otvorio je pletenu korpu i krenuo da vadi činije s hranom i paketima umotanim u mastan papir za uvijanje hrane. – Nadam se da si gladna. – Dao joj je viljušku i pokazao ka postavljenom jelu.

Harlou namerno nije mnogo ručala. Ionako nije bila gladna, a podnevna vrelina joj je ubijala apetit, kao i leptirići u stomaku zbog pomisli da će kasnije videti Adonisa. Sada je umirala od gladi i bila srećna što može da navali na hranu. Bilo je tu četvrtastih parčića pite od spanaća, kao i slatkog peciva s cimetom, zajedno s raznim predjelima, kao što su kremasta začinjena feta, sarmice od zelja s pirinčem i slasna lubenica isečena na komade. Adonis ju je hranio maslinama i brisao joj sok od lubenice koji joj je curio niz bradu. Ruke su im se očešale, zadirkujući i iskušavajući se, podsećajući Harlou na želju koju je tog jutra osetila.

Harlou se oslonila na ruku i ispružila noge. Adonisovo rame je dotaklo njeno. Bio je seksi i zgodan, ali delovao je i kao pouzdan, promišljen i pažljiv muškarac, ne samo kada su osećanja u pitanju već i način na koji je mislio o drugima. Bio je glavna zvezda prethodne večeri u društvu Mande i njenih prijateljica, ali zasigurno mu je bilo ugodnije u okruženju udaljenom od lažnog sjaja hotela i filma.

Adonis je sipao vino u dve čaše, pružio jednu Harlou i kucnuo se.

– Ovo bi trebalo da ponudite gostima – rekla je Harlou. – Izlet u voćnjaku ili maslinjaku. Ljudi bi dobro platili za to. Osama, romantika, mir.

– Razmišljao sam o tome ranije, ali... – uzdahnuo je.

– Ali šta...

– Tata.

– Ne dopada mu se zamisao?

– Ne znam.

– Nisi mu to predložio?

– Nije baš otvoren za promene.

– Ali postoji nešto što bi voleo da radiš?

– Naravno.

Pijuckali su vino u tišini, zamišljeni. Društvo im je pravila sova i nešto bi povremeno zašuštalo u žbunju.

Adonis je spakovao hranu i legli su, oslanjajući se na nekoliko jastuka, zagledani u zvezdano nebo. Adonisova ruka našla je njenu. Bila je vrlo svesna trenutka, otkucaja svog srca, kako ga drži za ruku naslonjenu na njegov čvrst stomak. Nije želela da se ovaj trenutak završi isto kao što nije želela da se okonča njen boravak na Skopelosu.

– Mnogo toga bih želeo da uradim. – Adonis se malo pomerio kako bi je gledao u lice. – Berba maslina s turistima, radionice kuvanja i obrade drveta...

Harlou se pomerala dok mu nije uhvatila pogled. Moljac je lepršao oko jedne od svetiljki u granama iznad njih. Adonis ju je milovao rukom po obrazu pa se spuštao sve do njene ključne kosti, klizeći joj po ruci i odmarajući se na njenom boku.

Poljubio ju je. Šta god da je još želeo da uradi s *Maslinjakom*, moraće da sačeka. Ljubljenje sa Adonisom ispod drveta osvetljenog fenjerima bilo je savršeno. Harlou se trudila da ne brine o tome šta će se desiti kada se snimanje završi i bude morala da se vrati kući.

Približili su se jedno drugom i zavukli ruke ispod odeće, milujući vrelu kožu. Koza je zablejala i oni su se odmaknuli, uz smeh. Harlou se zajapurila opijena vinom, njegovim dodirom i blizinom.

– Seti se šta smo obećali prošle nedelje. – Adonis se naslonio na lakat i zagledao se u nju. – Znam šta treba da uradiš, pre nego što odeš.

– Oh, jelda, šta?

– Razgovaraj s mamom. Reci joj šta misliš o... o svemu.

Harlou je odmahnula glavom. – Poblesavio si. To je jako loša zamisao.

– To je obećanje, sećaš se? – Golicao ju je po bokovima i ponovo je poljubio.

– U redu, važi. Ako ćemo već raditi ovo, a ti ćeš me držati za reč, i ja imam izazov za tebe.

– U redu.

– Mislim da bi trebalo da napustiš ostrvo.

Adonis odmahnu glavom. – Ne mogu, znaš da...

Harlou mu je stavila prst na usne. – Rekao si da uradimo nešto što nas plaši. To je ono što te plaši. Misliš li da želim da razgovaram s mamom, otvorim stare rane i napravim nove?

– To je samo razgovor, Harlou.

– Ti možda misliš kako se radi samo o tome, ali ja znam da će to biti sve samo ne razgovor – svađanje, da, verovatno i vikanje, a i mrzećemo se međusobno.

– Ipak, ne mogu da odem.

– Da, možeš, nakratko, sigurna sam da možeš.

– I šta će to da reši?

– Biće to odmor, novo iskustvo. Međutim, možda je prvi korak da razgovaraš s tatom o tome kako se osećaš. Možeš da mu izneseš svoje zamisli šta sve možete da uradite ovde.

– Ne mogu.

– To je samo razgovor – rekla je lukavo se osmehujući.

Adonis se nasmejao i tu su prekinuli priču. Umotali su ćebe i vratili se kroz voćnjak. Adonis je držao izletničku korpu i Harlou za ruku. Stigli su do asfaltiranog dela prošavši pored njegove radionice i usporili dok su se približavali vili. Ugodna svetlost se prelivala s njenih prozora, delujući gostoljubivo u tami.

– Prespavaj ovde. – Adonisova ruka se napela u njenoj, ali je izdržao njen pogled.

Harlou je bez razmišljanja klimnula glavom.

Ušli su unutra i Adonis je ostavio korpu i ćebe u kuhinji. Zvuk televizora dopirao je iz jedne od prostorija u hodniku.

– Adoni, *esý eísai*? – Stefanos je doviknuo iz zadnje sobe.

– *Naí*, tata.

Adonis je pokazao Harlou da ga prati i zajedno su krenuli uza stepenice, pored gostinske sobe, u kojoj je boravila poslednji put, do Adonisove sobe, na kraju stepeništa. Zatvorio je vrata za njima.

– Tata će se raspričati, baka će postavljati pitanja... – Privukao ju je k sebi.

Poljubila ga je, želeći da bude samo s njim, želeći da zaboravi njegovu porodicu u prizemlju.

– Znaš li šta me zaista plaši – rekla je. – Da napustim ovo ostrvo i oprostim se od tebe.

Obuhvatio joj je lice rukama. – I mene to plaši, ali...

Poljupcem je zaustavila oboje da bilo šta više prozbore. Uvukla je ruke pod njegovu majicu, strgnula je s njega i bacila na pod. Klizila je rukama po njegovim čvrstim grudnim mišićima kojima se divila prvi put kada ga je ugledala.

Lako ju je oslobodio haljine, povlačeći je preko njene glave, svukao je šorts i odveo je do kreveta. Legli su jedno pored drugog, vrela koža im se dodirivala. Prilepili su se jedno uz drugo dok su istraživali, ljubili se i skidali ostatke odeće.

Harlou je golicala Adonisova brada dok su njegove usne lagano putovale od njenog vrata naniže, zadržavajući se na grudima, prelazeći joj preko stomaka, sve više i više je izazivajući. Harlou je sklopila oči i uhvatila ivice jastuka, dah joj je bio plitak, preznojavala se dok su je Adonisove usne istraživale.

Na stepenicama su se začuli koraci.

– Adoni!

Stefanos.

Adonis je podigao pogled između njenih butina, iscerio se i stavio prst na usne.

– Adoni! – ponovio je Stefanos uznemireno.

– *Óchi tóra*, tata!

Harlou se ugrizla za usnu kako se ne bi glasno nasmejala naglas.

– *I yiayiá sou. Voítheia!*

Adonisov osmeh je nestao.

– Šta nije u redu? – pitala je Harlou.

– Ne znam. Moja baka.

Skliznuo je s kreveta, obukao šorts i izašao iz sobe.

Harlou se pridigla. Odjednom se osetila ogoljenom i ranjivom, sama u Adonisovoj sobi, dok joj je telo još bridelo od njegovog dodira. Pogledala je oko sebe i podigla gaćice s poda. Pronašla je haljinu, okrenula je na pravu stranu i navukla preko glave.

I šta sad?

Adonis je ostavio otvorena vrata i do nje su dopirali glasovi. Povišeni, napeti glasovi. Besmisleno je da se krije na spratu dok je porodica imala hitan slučaj. Obula je patike i tiho se iskrala niza stepenice.

Adonis je hodao gore-dole duž hodnika i razgovarao mobilnim pritiskajući ga na uho. U glasu mu se čula napetost iako Harlou nije razumela ni reč od onoga što je govorio. Stefanos je klečao pored Adonisove bake koji je čudno ležala na kućnom pragu, a iz posekotine na glavi slivala joj se krv na kameni pod.

28.

Izgledalo je kao da se sve urotilo protiv nje. Prvo Tajler i njegovo blebetanje, a sada i Adonisova baka. Međutim, osetila je krivicu čim je to pomislila. Adonis je još kao tinejdžer izgubio voljenu mamu, a ona se sada uznemirila što joj noć s njim nije prošla po planu pošto je njegova baka izgubila svest. Izgrdila je samu sebe, ali je i dalje bila svesna kako joj vreme na Skopelosu polako izmiče. Želela je da ga ščepa, uspori i možda potpuno zaustavi. I htela je da ukloni Adonisov bol. Očajnički je želela da mu baka bude dobro, ne zbog sebe, nego zbog njega. Obrisi tuge koje je videla, za kratko vreme koliko ga je poznavala, slamali su joj srce.

Povrh svega, predložila mu je da napusti ostrvo, što nije mogao da učini, pogotovo ne sada. Da li bi se osećala isto da je odrasla na drugačiji način? Da se njeni roditelji nisu razišli, da mama nije celog života putovala svetom i družila se s poznatim ljudima, i da je odrasla na mestu kao što je bakino i dekino imanje – mirno, izdvojeno, sa sporijim tempom života.

Možda bi joj tada bilo jednako teško da ostavi za sobom porodicu i uspomene koje je vezuju za to mesto.

I nije li to što je Adonis imao sve ono što je ikada želela? Mesto koje može da smatra domom? Njen dom iz detinjstva je prodat kada su se roditelji razveli. Tamo se osećala sigurno i uzemljeno. Čak i ako je mama bila odsutna, otac je uvek bio tu, pouzdan i pun ljubavi, ali kada su se razveli, morala je da podeli vreme između roditelja. Dogovorili su se da Harlou bude s mamom dva dana nedeljno, osim ako ne radi van zemlje, što se često dešavalo. Naviknutoj na majku s kojom retko provodi vreme, njoj je bilo neobično da ostane nasamo s njom bez prisustva oca. A onda je on upoznao Džinu i ponovo je bio srećan, dok se Harlou mučila.

Tata je barem sačekao da ona napuni osamnaest godina i ode na studije u školu *Met Film* pre nego što se zbog novog radnog mesta preselio u Norič, gde je sa Džinom na severu Norfoka kupio seosku kuću za sva vremena.

Njeno odrastanje je dodatno promenilo situaciju. Harlou je bila povezana s mamom, prvo kao studentkinja filmske škole u Londonu, kada ju je izdržavala, u trenutku kada se s Tajlerom i još nekoliko prijatelja preselila u njenu kuću. Nakon toga, nikada nije mogla da se otrgne maminom uticaju. Otac, Džina i devojčice činili su joj se kao dalek san, isto kao baka i deka u Jorkširu, na mestu gde se osećala kao kod kuće, sigurno i dobrodošlo. Nikada nije uspela da pronađe neko drugo mesto gde bi se slično osećala. Ne dok nije došla na Skopelos. Da li je bilo sebično što je rekla Adonisu da ga napusti?

Adonisova baka je odvezena kolima hitne pomoći u ostrvsku bolnicu nakon što je izgubila svest. Adonis i Stefanos su otišli s njom. Sa suzama u očima, Adonis je poljubio Harlou za rastanak i mnogo se izvinjavao, zbog čega je još više čeznula za njim. Sita se isplakala dok je vozila nazad do hotela. Plakala je zbog Adonisa i bola koji je osećao, plakala je zbog njegove bake i nadala se da će se izvući. Čak je plakala i zbog mrzovoljnog Stefanosa, očigledno uznemirenog kad je video kako mu se mama ozbiljno povredila.

Kada se probudila sledećeg jutra igrao joj je želudac zbog toga što je život bio tako nepravedan – ne zato što je prekinuta njena noć sa Adonisom, već zbog toga što su se loše stvari dešavale dobrim ljudima. Nije želela da Adonis još više pati ili izgubi nekoga koga voli. Bez obzira na sinoćnu dramu, malo kasnije tog jutra uviđavno joj je poslao poruku i ona se malo opustila znajući da se nije dogodilo najgore.

Baka će biti dobro. Imala je mali moždani udar i povredila je glavu od pada. Sinoć sam s njom otišao na kopno, u bolnicu u Volosu. Tata je morao da se vrati na imanje. Žao mi je zbog toga kako smo se rastali sinoć.

Oči su je peckale od suza dok mu je odgovarala.

Oh, Adonise, ne opterećuj se time. Usredsredi se na baku. Šaljem ti pozdrave i poljupce x

Držala je telefon u krilu. I šta sad? U mislima je bila sa Adonisom i poslednje što je želela bilo je da provede dan okružena ljudima. Čak ni s divnom Mandom, ne danas, ne kad je znala da će je prvo pitati šta se desilo prethodne noći. Harlou je dobovala prstima po krevetu. Možda je, dok joj požar još besni u grudima, ovo savršena prilika da ispuni obećanje dato Adonisu.

Poslala je poruku mami.

Mogu li da svratim do tebe?

Dok je otišla da se istušira, mama joj je odgovorila.

Kojim povodom, Harlou? Naravno da možeš da svratiš.

– Izgledaš ljutito. Šta sam uradila? – Mejv je izašla iz bazena, provukla ruku kroz kosu i ostavila mokre otiske stopala na bledom kamenu dok je otapkala do ležaljke.

– Nisi ništa uradila. Barem ne danas – promrmljala je Harlou silazeći niza stepenice kako bi joj se pridružila na srednjoj terasi.

– Nisam stigla da se pozdravim s tobom u petak uveče. Videla sam da si otišla s tim Adonisom. Jel' se tako zove? – Obukla je lepršavi kaftan preko mokrog kupaćeg kostima. – Pretpostavljam da si se lepo provela?

Harlou je odmahnula glavom. – Ne dešava se sve baš onako kako ti to zamišljaš.

– Stvarno? – Mejv je sela na ležaljku i potapšala onu pored sebe.

– Izgleda da se život urotio protiv mene.

– Zvučiš zagonetno, Harlou. Reci mi istinu.

– U redu, hoću, ali ne o Adonisu pošto je to lično. Želim da razgovaram o nama.

Mejv je zaustila da nešto kaže i ponovo zatvorila usta.

– Šta u *vezi s nama?* – rekla je naposletku dok je Harlou sedala. – Treba li mi nešto žestoko za ovu priču?

Verovatno, pomislila je Harlou, pitajući se kako će, za ime sveta, započeti razgovor. Duboko je udahnula. – Ja nisam kao ti i ne želim da budem kao ti.

Mejvine nozdrve se raširiše. Posegnula je za bocom proseka koji se hladio u posudi s ledom, sipala sebi čašu i iskapila je.

– Jel' ti sad bolje? – upita Harlou.

Mejv je dopunila čašu. – Odakle sad to, dođavola, ovako iznebuha?

– Ne mogu više ovako, da se pretvaram kako je sve u redu i da sam zadovoljna svojim životom, jer nisam. Stalno se mešaš, pokušavaš da usmeriš moju karijeru u pravcu u kojem *ti* želiš da ide, praviš izbore umesto mene. Veći deo mog detinjstva bila si odsutna, ali si mi se u odraslom dobu petljala u sve. Možda bih to i razumela da si se zanimala za mene dok sam odrastala, ali izabrala si karijeru umesto deteta.

– Opa, sad ćemo o tome, zar ne?

– Odavno je trebalo da obavimo ovaj razgovor.

– I tako si odlučila da mi sad, pred kraj napornog snimanja, pričaš o mom roditeljstvu. – Iskapila je drugu čašu proseka i prekrstila ruke.

– Da, baš sad, jer sam boraveći ovde imala dovoljno vremena da porazmislim o svemu. Na primer, zašto si radije išla na posao nego provodila vreme sa mnom kad sam bila mlađa.

– Ne budi smešna, Harlou. Nije da mi je posao bio važniji od tebe. Samo... – Duboko je udahnula i umirila se. – Više mi se dopadaš kao odrasla osoba.

– Pa, to je baš slatko.

– Nisam znala kako da se nosim s detetom. Nemam majčinski nagon. Nikad ga nisam ni imala. Nikad nisam bila neko ko će se raspekmeziti zbog beba, a neću ni da započinjem priču o tome kakav je pakao brinuti se o maloj deci. Više si mi se dopadala kao tinejdžerka nego kao dete.

– Sviđala sam ti se u tom dobu jer si mogla da praviš žurke i živiš onako kako si želela. Uvek se radilo samo o tebi.

Bilo je teško razaznati majčin izraz lica iza prevelikih naočara za sunce, ali Harlou je primetila kako su joj pobeleli članci na rukama dok je stezala ivicu ležaljke. – Istina je kako nisam želela da u svemu budem neuspešna. Donela sam odluku da se usredsredim na jednu oblast svog života u kojoj bih zapravo mogla da budem dobra.

– Pa si izabrala posao.

– Da. Da, jesam. Nikad nisam bila roditelj kao što je bio tvoj otac, i još je, pa sam odabrala da u svojoj karijeri budem najbolja što mogu. Da sam pristala na kompromis, ne bih dospela tu gde sam sad, a opet ne bih bila dobra majka. Bila bih neuspešna na obe strane, umesto da ostvarim uspeh u jednom, a podbacim u drugom.

– Mama, ti to ne znaš.

– Oh, ali znam, Harlou. Nisam stvorena za majčinstvo, ne zato što te nisam volela, jer te volim, nego nisam znala kako da ti budem majka. Svakako mi to nije bilo prirođeno kao tvom ocu.

– Ali sigurno se isto dešava sa svakom novopečenom majkom? Mora da uči u hodu.

– Daj, molim te, i sama znaš da je to gomila gluposti. Naravno da nije isto. Nekim od mojih prijateljica je sve to lako išlo od ruke, dok sam ja... – Skrenula je pogled, stisnutih obraza kao da pokušava da se smiri. – Imala sam postporođajnu depresiju. Bila sam utučena jer nisam mogla da se povežem s tobom. Sve je bilo tako teško. Stalno si plakala, *ja sam* stalno plakala. A tvoj otac je nenamerno pogoršao situaciju tako što se u potpunosti povezao s tobom.

Harlou se zaprepašćena naslonila na ležaljku pokušavajući da shvati ono što joj je mama ispričala. – Zašto nisam znala za ovo?

– O PPD-i? To nije bilo nešto o čemu se tad raspravljalo. Nisam se osećala sposobnom da s bilo kim pričam o tome – čak ni s tvojim ocem. Imala si samo tri ili četiri godine kad si krenula da zapitkuješ kad ćeš dobiti brata ili sestru. Bila si isuviše mala da shvatiš zašto ih nećeš imati – barem ne od mene. Osećala sam se kao da sam izgubila identitet i želju da budem uspešna. Posao je bio jedino u čemu sam bila dobra, pa sam se tome i posvetila. Možda misliš kako je to sebično, ali je istina. Tako sam se osećala, pa sam preduzela nešto u tom pogledu kako bih pomogla sebi. Ako, ili kad, budeš imala decu, moći ćeš da donosiš različite odluke. – Pomerila se na ležaljci, zajapurena i uznemirena. Da nije bilo sveg tog botoksa, Harlou je bila prilično sigurna kako bi se mama namrštila. – Ovo je besmislen i beskoristan razgovor.

– Ne, nije – rekla je Harlou, blažim glasom i s više razumevanja. – Ovo je prvi put da mi na pravi način pričaš o tome – nisam imala pojma da si patila od postporođajne depresije.

– Ako zaista želiš da znaš istinu, želela sam da uspem kako bih se dokazala svom ocu.

Harlou je iznenada pogledala mamu, nije mogla da se seti kada ga je poslednji put pomenula. Retko je pričala o roditeljima, i od svoje dvadesete godine je bila otuđena od njih. Za razliku od bake i deke sa očeve strane, mamini roditelji nikada nisu bili deo unukinog života.

– Želeo je sina, ali je dobio mene. Čitavo moje detinjstvo proveo je pijan i ogorčen. Nikada nije pokazivao osećanja prema meni, samo kaiš kad bih ga naljutila. Majka je bila slaba i nikada mu se nije suprotstavila. Poslednje što sam želela bilo je da je budem kao ona. Zato sam postala snažna i odlučna, prvom prilikom napustila dom i ubijala se od posla kako bih izbegla očevo razočaranje. Budalasto sam mislila da ću, ako postanem uspešna, moći da se iskupim za to što nisam sin kakvog je želeo. I naravno, ništarija je umrla pre nego što sam postala uspešna. Svejedno, sumnjam da bi ga uopšte bilo briga.

– Možda bio bio ponosan.

– Oh, ne bih rekla. Grešila sam, prva ću to da priznam, ali dala sam sve od sebe. Nisam baš mogla da se ugledam na porodicu punu ljubavi kako bih stvorila svoju. To nije opravdanje, samo činjenica. – Snažno je šmrcnula i prevukla gornjim delom šake preko lica, brišući usamljenu suzu. – O čemu se ovde uopšte radi? Kakva je korist od vraćanja u prošlost i onome što ne možemo da promenimo? Kako bi se ti bolje osećala? Ili da me jednostavno napadneš?

Sada je bio red na Harlou da se promeškolji. Mama je zurila u nju, a govor tela joj je bio neprijateljski. U poslednjih nekoliko minuta otvorila joj se više nego ikada ranije. Harlou se čvarila na jarkom suncu. Znoj joj je curio niz lice. Rekla je Adonisu kako bi iskren razgovor s mamom bio loša zamisao, ali zato što ju je on ponukao na to, i zbog osećanja koja su se godinama taložila, ipak je to uradila. Nikada ne bi bilo pravo vreme za ovaj razgovor, pa zašto ne sada?

– Godinama si razočarana mnome jer nisam uradila ništa slično onome što si želela da uradim. – Izdržala je mamin pogled i obratila joj se trudeći se da joj ne zadrhti glas. – Ništa o čemu bi *ti* mogla da ispričaš prijateljima ili se praviš važna. Ti si želela da budem glumica, pa režiserka, ili producentkinja kao ti, sigurno ne pomoćnica menadžera lokacije, ali, hej, ako to već radim, morala si da mi nađeš prokleto lagodan posao. Obrati pažnju kako se sve vrti oko tebe, a ne mene i onoga što ja želim. Sigurna sam da bismo obe, ako bi imale priliku, jedna od druge želele različite stvari. Mogu samo da zamislim koliko je teško bilo imati PPD, i žao mi je što si prošla kroz to. Ali želela sam mamu koja je prisutna – kad si provodila vreme sa mnom, želela sam da budeš u potpunosti tu, ne da radiš ili telefoniraš, ne da želiš da budeš bilo gde osim tu sa mnom. Da li ti je ikad palo na pamet da me pitaš šta *ja* želim?

– Šta želiš, Harlou? Da li znaš uopšte?

– Znam kako ne želim da nastavim kao do sada, skačući iz jedne situacije u drugu jer nisam srećna.

– Oh, baš sam iznenađena, nisi srećna kao pomoćnica menadžera lokacije nakon što si radila kao prva pomoćnica režisera. Zaprepašćujuće. – Harlou je zamišljala kako mama prevrće očima iza sunčanih naočara.

– Zapravo, sad sam srećnija nego kad sam bila pomoćnica režisera, i to ne zato što, kao što si pogrešno nagoveštavala, nisam mogla da se nosim s pritiskom na poslu. Nego zato što ima više mogućnosti za rad na otvorenom i putovanja – onim što me čini srećnom.

– Pa da, Harlou, ko ne bi voleo da provede leto na grčkom ostrvu? Baš si me zaprepastila tim otkrićem. I za to možeš meni da zahvališ.

– A opet, toliko malo znaš o meni da nisi imala pojma koliko će mi teško pasti da mi Tajler bude šef.

– Ako misliš kako ne znam za tebe i Tajlera, grdno se varaš. Znam da se već godinama mirite i raskidate.

Harlou ju je oštro pogledala. – Da li ti je tata to rekao?

Mejv ju je pogledala preko rama sunčanih naočara i nakašljala se.

– Da li ti je Tajler rekao?

– Naravno da nije. Ti i Tajler ste javna tajna. Svi znaju za vas. Daj molim te, kad ste tokom studija odseli kod mene, da li si stvarno mislila kako sam poverovala da se preslišavate na spratu?

– Ne postoji više to Tajler i ja. Nikad nije ni bilo ničega, nismo bili u pravoj vezi.

– Samo ste se tucali, zar ne?

– Mama!

– Hajde, molim te, ne izigravaj nevinašce preda mnom. Znam kako to ide.

– Ne uključujemo osećanja, reći ću to tako. – Izgovoriti to naglas zvučalo je kao laž, što je i bilo.

– Smisli nešto bolje, Harlou. Osećanja uvek zasmetaju. Zato i dalje postoji nešto između vas dvoje. Ne možete da pustite jedno drugo.

– Nastavila sam dalje. Nema tu više ničega. Nismo više zajedno na taj način, ne više.

– Zato što ti se sviđa ovaj Grk?

– Da, sviđa mi se.

– Onda budi s njim dok još imaš priliku. Iživi se, a Tajler će biti tu kad se vratite u Englesku.

Harlou je skrenula pogled. Nije htela da ima prolaznu vezu sa Adonisom. Osećanja su već postojala, ali znala je kako odnos s njim ne može biti ništa više od letnje ljubavne pustolovine.

Okrenula se. – Da li tako gledaš na veze? Provedi se i pređi na sledećeg?

– Ponekad, da.

– Kao s tatom?

– Tvoj otac nije bio prolazna veza. Volela sam ga i venčali smo se iz pravih razloga, uprkos razlikama. Zaista je smešno što smo verovali kako to može da uspe – učitelj iz Jorkšira koji se preselio u

London zbog boljeg posla, dok sam ja bacila oko na Holivud. Jednostavno nismo bili jedno za drugo. Sputavao me je, a ja sam njega činila nesrećnim. Znaš dobro, kao i ja, da nam je bolje ovako. Srećan je, zar ne?

– Da, jeste, veoma.

– Pa, blago njemu.

– Da li si ljubomorna?

– Ne želim više da budem s tvojim ocem. Džina je savršena za njega i nisam ljubomorna na nju.

– Verujem ti, ali da li si ljubomorna na njihov skladan, srećan brak ispunjen ljubavlju? Zar ne želiš to s nekim?

Mejv je stisnula obraze. Pogodila joj je slabu tačku.

Harlou je odlučila da produbi priču. – A Džim?

– Šta s njim?

– Da li je vaša veza ozbiljna?

– To smo što smo.

– Vidi ko je sad tajanstven.

– Ne želim da pričam o svojoj vezi.

– A ipak ti ne predstavlja problem što ti je ljubavni život razapet po internetu.

– Čitaš ta sranja?

– Ne, ali čujem govorkanja. Samo bih želela da pronađeš nekoga ko se lepo ophodi prema tebi i voli te na pravi način. Isto kao što želim vezu kakvu imaju tata i Džina – vole se, podržavaju i razgovaraju. Stavljaju porodicu na prvo mesto.

– Džina je napravila izbor, isto kao i ja. Odlučila je da odustane od karijere i usredsredi se na decu.

– Nije odustala, napravila je predah.

– U svakom slučaju, Harlou – nastavila je Mejv s težinom u glasu. – Da sam i ja učinila isto, ne bih bila tu gde sam danas.

– Ali po koju cenu?

Mejv je prenebregnula opasku i sipala sebi još jedno piće. Harlou je primetila kako joj ništa nije ponudila da popije, svejedno ne bi pila jer vozi, ali grlo joj je bilo suvo, a jarko sunce je nemilosrdno pržilo.

– Znaš, tužno je što me nikad nisi pitala da li sam srećna.

Mejv je stisnula vilicu. – Šta bi te usrećilo, Harlou?

– Da se zaljubim, budem s nekim s kim želim da provedem ostatak života, radim nešto do čega mi je stalo. Volela bih da radim napolju, iscrpljena dočekam kraj dana i vratim se u neku toplu i gostoljubivu kuću kao što je bakina i dekina. To je sve što sam oduvek želela, i nikad nisam bila u stanju da ti to priznam. Nisam ni tati. – Dok su joj reči navirale, shvatila je kako je sve što zaista želi ovde na Skopelosu. – Jesi li srećna, mama?

Mejv je iskapila treću čašu proseka i legla na ležaljku. – Ako si završila, mislim da je vreme da odeš.

29.

SEDMA NEDELJA – ZAVRŠNA NEDELJA SNIMANJA

Harlou se u ponedeljak probudila rano ujutru sa osećanjem strepnje, kao da ima kamenje u stomaku. Za sedam dana biće u avionu koji leti za Englesku.

Nakon sukoba s mamom, vratila se pravo u hotel i sakrila se u svoju sobu. Nije bila raspoložena da se vidi ili razgovara ni sa kim. Uspela je da izbegne Tajlera još od mamine rođendanske zabave, i želela je da tako i ostane. Naručila je da joj donesu hranu u sobu, a čak je prenebregavala poruke i telefonski poziv od Mande. Od Adonisa nije bilo ni glasa, a nije očekivala da je obaveštava šta se dešava ili razmišlja o njoj dok mu je baka u bolnici.

Pre posla, otišla je na trčanje, nadajući se da će je, ako se istutnji stazom ispod drveća, malo popustiti napetost. To se nije dogodilo, ali to ju je bar ispunilo energijom. Istuširala se, obukla, spakovala torbu i otišla u hotelski restoran na doručak.

– Šta se dešava, Harlou? – Manda je skliznula na praznu stolicu nasuprot drugarice. – Zabrinula sam se za tebe. Šta se dogodilo?

Harlou je podigla pogled sa činije s voćem i jogurtom. – Izvini, juče sam imala loš dan. Nisam htela da te zapostavljam, samo nisam želela ni sa kim da razgovaram.

– Hej, u redu je. Shvatam. Jesi li sada dobro? Hoćeš li da pričamo o tome?

Harlou uzdahnu. – Odakle da počnem?

– Kako se završilo? – Manda je naborala nos. – Ispričaj mi skraćenu verziju.

– Juče sam se suočila s mamom. Rekla sam joj sve šta osećam.

Manda razrogači oči.

– Naravno da to nije prošlo baš najbolje – nastavila je Harlou. – I više-manje me je otkačila.

– U redu, ali šta se desilo u subotu uveče sa Adonisom?

Harlou ponovo uzdahnu. – Proveli smo *najneverovatnije* i *najromantičnije* veče sa sve izletom u voćnjaku.

– I... – Manda podiže obrve.

– Ostala sam da prespavam i bili smo u njegovoj sobi, i radili smo svašta... Mislim, on je meni radio svašta...

– O, bože, Harlou, od toga su satkani snovi.

– Da, jesu, sve do dela kad mu se baka šlogirala.

– Molim?

– Srušila se i udarila glavu. Stefanos je pozvao Adonisa da mu pomogne, i to je bilo to...

– Da li je ona dobro?

– Biće.

– Pa, to je dobro. I dalje imaš vremena da se vidiš s Adonisom i da nastavite tamo gde ste stali...

– Osim što je s njom u bolnici na kopnu. I ne znam, čak i da je ovde, nisam sigurna koliko je to dobra zamisao. Što ga više upoznajem, želim sve više da znam o njemu... Uh. Odlazimo za nekoliko dana. Ako se desi još nešto, jedino se brinem kako ću se osećati zbog toga.

– Zato što ti se stvarno dopada.

Harlou je klimnula glavom i pogledala na sat. – Moram da krenem.

Manda je zagrli. – Ne brini se u vezi s tim. Sve se uvek nekako sredi samo od sebe. I s mamom isto. Dobro je što si konačno razgovarala s njom.

Harlou više nije mogla da izbegne Tajlera. Sreli su se po običaju na hotelskom parkiralištu i tek su na pola puta do seta uspeli da prozbore nešto više od pozdrava.

– Izvinio sam se Oliviji – rekao je Tajler iznenada.

– Jesi?

– Nakon što si me u petak uveče izbacila, otišao sam da je potražim.

Čvrsto je stezao volan, a pogled mu je bio prikovan za krivudavi put.

Znači tamo je otišao.

– Bila si u pravu u vezi s načinom na koji sam se ophodio prema njoj, i rekao sam joj istinu o nama.

– Dobro, drago mi je. – Osetila je kako u njoj popušta napetost, sa saznanjem da ju je poslušao.

Stigli su prvi na set i sve pripremili kada su glumci i preostala ekipa počeli da pristižu, a set je vrveo od dešavanja. Glumci su u bazi već probali kostime, frizure i šminku. Na lokaciji su urađene samo završne pojedinosti, i bili su spremni za snimanje već u devet.

Dok se pripremalo snimanje prvog kadra, Džim je došao zabrinut.

– Zdravo, Harlou. Pretpostavljam da ne znaš gde ti je mama?

– Ovaj ne, izvini.

Džim se namršti.

– Zašto? Šta se dešava?

– Trebalo je da bude ovde pre skoro sat vremena, a nisam je video niti razgovarao s njom od juče popodne.

– Pokušao si da je pozoveš?

– Mnogo puta. Odmah me prebaci na govornu poštu. Otišao bih do njene vile i proverio, ali potreban sam im ovde, pa da li bi mogla ti da odeš?

– Naravno. Mislim da se Tajler upravo vraća u bazu – svratićemo usput.

– Hvala ti – rekao je Džim. Srela je njegov pogled i on je klimnuo glavom. Kakav god odnos da je imao s njenom mamom, nesumnjivo je izgledao zabrinuto. – Na početne pozicije, molim vas! – viknuo je, udaljavajući se.

* * *

Harlou se vratila u auto s Tajlerom, ali sada se njihova pažnja usredsredila ka njenoj mami.

– Možda je odlučila da ostane u krevetu i isključila telefon – spomenuo je Tajler dok su se vozili putem kojim su došli samo nekoliko sati ranije.

– Mama se ne izležava, čak ni vikendom.

– Misliš da nešto nije u redu?

– Ne znam. – Harlou je zurila kroz prozor u šumovito brdo pored kojeg su projurili. Izjedala ju je briga. Nije bilo u maminom stilu da se ne pojavi na poslu, isključi telefon i ne komunicira ni sa kim.

Mejvin auto je bio na prilazu kad su se parkirali ispred vile. Harlou i Tajler su se pogledali dok su izlazili iz kola i obišli vilu. Sve je bilo mirno i tiho na ranojutarnjem suncu, pogled bujan i zelen sve do svetlucavog mora.

Vrata dvorišta bila su širom otvorena. Harlou je promolila glavu unutra.

– Mama?

Torba i ključevi od kola bili su sa strane, kao da je spremna da pođe, a uređaj za kafu uključen. Harlou je prišla i isključila ga.

– Harlou!

Zabrinutost u Tajlerovom glasu naterala ju je da se vrati napolje.

– Ovde dole – pozvao ju je sa srednje terase.

Mejv je ležala na bledom kamenu koji je okruživao bazen.

Harlou je potrčala niza stepenice i kleknula pored nje. – Mama, jesi li dobro?

Mejv je otvorila oči. – Tako mi se... vrti u glavi...

Tajler je zgrabio jastuk s najbliže ležaljke, nežno joj podigao glavu i podmetnuo ga ispod.

– Šta se dogodilo...

– Ne znam. Bila sam dobro, a onda sam iznenada osetila bol... zavrtelo mi se u glavi, bilo mi je muka i teško sam disala. Činilo mi se kao da ću umreti.

– Zašto nisi pozvala nekoga? – Harlou je pogledala unaokolo. – Gde ti je mobilni?

– Bazen. Izgubila sam svest pored bazena. Mora da je upao unutra.

– Gospode bože, mama. Mora neko da te pregleda.

– Ne. Moram da odem na... set.

– Mama, jedva držiš oči otvorene. Vodimo te u bolnici.

Tajler je nešto tražio na telefonu. – U Skopelosu postoji ambulanta.

– U redu, hajde da probamo da te uspravimo.

Harlou s jedne, a Tajler sa druge strane, uhvatili su Mejv ispod pazuha i pomogli joj da se pridigne sve dok se nije naslonila uza zid s glavom naslonjenom na jastuk.

– Možda bi trebalo da pozovemo hitnu pomoć – rekao je Tajler.

– Ne. Bez hitne pomoći. Pribraću se za koji minut. Donesite mi vode.

Tajler je otrčao do vile, dok je Harlou umočila ivicu peškira za plažu u bazen i njime istapkala mamu po čelu i obrazima. Njeno inače preplanulo lice bilo je bledo, a čelo orošeno znojem.

Tajler se vratio s bocom hladne vode i prineo ju je Mejvinim usnama. Progutala je gutljaj i naslonila glavu na jastuk.

– Hvala ti.

Dok je Mejv sedela i pijuckala vodu, Harlou je pozvala Džima da mu kaže šta se dogodilo.

– Ali je dobro? – pitao je.

– Svesna je i razgovara s nama, samo što joj se još vrti u glavi. Odvešćemo je u ambulanta u Skopelosu.

– Doći ću ako treba.

– Javiću ti. Poslaću ti poruku kad budemo znali šta se dešava.

– Hvala ti, Harlou.

Spustila je slušalicu i ujela se za usnu. Možda je pogrešno pretpostavila da su u prolaznoj vezi. Svakako je delovao zabrinuto. Možda je njemu više bilo stalo nego njenoj mami?

Odveli su Mejv do kola i uspeli da pronađu ambulantu u Skopelosu. Činilo se kao da su navikli da leče strane turiste i svi su govorili engleski.

– Tajlere, potreban si im na setu – rekla je Mejv nakon što su je odveli u sobu kako bi je pregledao lekar. Čak i dok je ležala u bolničkoj postelji i dalje je komandovala.

Tajler je pogledao Harlou i ona je klimnula glavom.

– U redu. Nadam se da će ćeš uskoro biti bolje, Mejv. – Dodirnuo je ruku Harlou. – Ako ti bilo šta zatreba...

Harlou je klimnula glavom. – Hvala ti.

Posmatrala ga je dok nije nestao niz hodnik, a onda se okrenula ka majci. – Hoćeš li da sačekam s tobom?

– Ne, u redu je. Pričekaj napolju. Videćemo šta će doktor reći, a onda moraš da se vratiš na posao.

– Mama, ovo je važnije.

Mejv je otpuhnula i sklopila oči.

Harlou ju je pogledala na trenutak. Boja joj se vratila u obraze i izgledala je bolje nego kada su je pronašli. Ali njena inače savršena kosa bila je umršena, a usne lišene zaštitnog znaka, crvenog karmina. Izgledala je sićušno i ranjivo dok je u sumornoj sobi ležala u bolničkoj postelji, daleko od svog uobičajenog glamuroznog okruženja.

Harlou je uradila ono što joj je mama rekla i sačekala ispred. S viškom vremena pred sobom, u glavi joj se rojilo milion misli, od toga šta je moglo da se desi da je mama izgubila svest u bazenu, do toga šta radi Adonis. Nije se čula s njim otkako joj je prethodnog jutra poslao poruku. Možda je isto razmišljao o onome što je rekla Mandi za doručkom – koja je svrha pokušavati da započneš nešto što će se za nedelju dana okončati? Razmišljala je da mu pošalje poruku, ali nije znala šta da napiše, pogotovo što je sedela u bolnici i čekala vesti o majčinom zdravlju.

Prošla su još dva sata dok joj nije prišao lekar, ćelav sa sedom bradom.

– Harlou?

Klimnula je glavom i ustala.

– Vaša majka me je zamolila da porazgovaram s vama o tome šta se dogodilo. Ona pati od teške anksioznosti – rekao je na tečnom engleskom. – Mi to zovemo generalizovanim anksioznim poremećajem, i može se manifestovati fizičkim kao i psihičkim simptomima, kao oni koje je vaša majka danas imala. Vrtoglavica, nepravilni otkucaji srca, mučnina, nedostatak vazduha i bol. – Pokazao je na sredinu grudi.

– Znači, to je bila neka vrsta napada panike?

– Ozbiljnog, da.

Harlou se prisetila ručka u vili, sa ocem i Džinom, kada je prošla pored majke koja je stajala sama i izgledala pomalo izgubljeno – bila je znojava i držala se za grudi. Da li je i tada imala napad? Harlou se zapitala koliko dugo to već traje.

– Odmara se i zadržaćemo je još nekoliko sati. Možete li da navratite kasnije?

– Naravno.

Harlou je napustila zagušljivu ambulantu. Laknulo joj je što može da izađe na sunce i udahne svež morski vazduh. Osećala se iscеđeno. Bilo joj je nezamislivo da se njena snažna i moćna mama bori sa anksioznošću. To je samo dokazivalo kako svako ima Ahilovu petu.

30.

Mejv je pozvala Džima da dođe po nju u ambulantu. Harlou nije bila sigurna da li se uzrujala ili joj je laknulo što je mama, umesto nje, izabrala njega.

U sobi je prvi put u pretraživač ukucala ime Mejv Fenimor Bel i pregledala stranicu za stranicom trač-blogova i članaka o maminom navodnom ljubavnom životu zajedno sa ozbiljnim intervjuima i fotografijama. Bilo je tu mutnih fotografija, Mejv u zagrljaju s jednim upola mlađim glumcem, kojeg je pomenula Amerikanka u restoranu u *Maslinjaku*, dok je članak u časopisu *Veniti fer* bio usredsređen na njenu karijeru i dostignuća, a na naslovnoj strani *Empajer magazina* u rukama je stezala Oskara. Ali upravo su tračevi rasplakali Harlou, opaske o svemu, o maminoj težini, izgledu, o tome da li joj je pomogao plastični hirurg, do toga zašto je ovaj tip bio s njom i da li se petljala sa onim momkom. Grube i okrutne reči razbacane na sve strane. Svako je imao mišljenje, svako joj je našao manu i govorili su o njoj na način tako ličan na koji nikada ne bi govorili o Mejvinim muškim kolegama.

Kad je te večeri Harlou dobila poruku od Džima: *Mama želi da te vidi*, uskočila je u automobil i odvezla se mračnim krivudavim putem u brda, ostavljajući iza sebe ostatke sunca koje je krvarilo na horizontu.

– Kako je? – upitala je Harlou kada ju je Džim pustio unutra.

– Tvrdoglavo – promrmljao je. – Ubedio sam je da ode u krevet, ali još radi. Želela je da te vidi, ali sam takođe pomislio kako ćeš ti imati veće šanse da je urazumiš.

Harlou se nasmejala. – Ako ne sluša tebe, teško da će slušati mene.

– Samo porazgovaraj s njom, molim te.

Harlou nije mnogo razmišljala o Džimu. Pretpostavljala je da je u vezi s njenom mamom kako bi unapredio karijeru, jer je Mejv prava osoba za to. Ipak, bio je pored nje kada je zagustilo.

Stavila mu je ruku na rame. – Hvala ti što si uz nju.

– Znam da nismo mnogo razgovarali i znam da ti je sigurno neugodno... ona ti je mama i... – Obrazi su mu se zarumeneli i bilo je očigledno da se muči kako bi pronašao reči. – Mejv i ja se poznajemo već neko vreme – nekoliko puta smo radili zajedno. Dobro se slažemo i draga mi je. Samo želim da to znaš. – Pokazao je ka stepenicama. – U svakom slučaju, čeka te.

Glavna spavaća soba vile bila je sva u belom, osim drvenih greda na tavanici i ružičastocrvene i egejskoplave boje na uobičajenim grčkim pejzažima. Njena mama je bila naslonjena na gomilu jastuka sa otvorenim laptopom ispred sebe. Pogledala je Harlou.

– Svi se prema meni ophode kao da sam invalid.

Harlou joj je prišla i sela na ivicu kreveta. – Džim je zabrinut, i to s pravom.

– Ah, zar i ti? Mislila sam da ćeš se sažaliti i reći mi da nastavim dalje i vratim se na posao.

– Mama, imala si toliko strašan napad anksioznosti da si se onesvestila. Mogla si da prođeš mnogo gore, da povrediš glavu ili padneš u bazen. Ko zna šta bi se tad dogodilo? Ne želim ni da razmišljam o tome.

– Sad već dramiš, Harlou.

– Ne, ne dramim. – Harlou je spustila ekran laptopa.

– Šta to radiš?

– Teram te da me slušaš. – Stavila je laptop na noćni ormarić i okrenula se. – Koliko dugo se ovako osećaš?

– Osećam se odlično. – Pogledala ju je prkosno, a nozdrve su joj se raširile.

– Stvarno? Znači, ovo se desilo kao grom iz vedra neba, zar ne? Nisi bila uznemirena ili pod stresom?

– Naravno da jesam, ali to nije ništa novo. Imam stresan posao, ali uživam u njemu.

– A kakva je situacija sa ostalim oblastima života?

– Kakva situacija?

– Tvoj način života je poguban, mama. Ne čitam đubre koje pišu o tebi na internetu, ali danas jesam i, gospode bože, kako to podnosiš?

– Navikla sam se na to tokom godina.

– Ne bi trebalo da se navikavaš na to.

– A šta predlažeš da uradim?

– Ne znam... promeniš nešto. Nemoj to da dopuštaš. Nemoj im biti laka meta. Uspori malo. Ne dozvoli da te osporavaju.

– Lako je tebi da to kažeš.

– Zapravo ne, nije. Već sam ti rekla kako mi je muka od tvog mešanja u moj život, i da mi stalno govoriš šta treba da radim. Poslednje što želim je da ja tebi to radim, ali završila si u bolnici zbog bolova u grudima i gubitka svesti, tako da je drugačija situacija u pitanju.

– To je samo posledica stresa, a ne prokletog srčanog udara.

– I smestilo te je u bolnicu, a upravo si priznala kako ima veze sa stresom. Potpuno razumem ogroman pritisak kojem si izložena na poslu – on je deo te priče, ali dovoljno dugo se baviš time i znaš kako da izađeš na kraj s preprekama, ali što se ovog drugog tiče, postoji nešto što možeš da uradiš povodom toga. Okruži se dobrim ljudima, kao što je Džim. Upravo mi je rekao kako se poznajete već neko vreme. Ako ti se sviđa, pokušaj da budeš u pravoj vezi s njim, ne petljaj se s poznatom, oženjenom filmskom zvezdom.

– To je do zla boga preuveličano. – Prekrstila je ruke. – I imam dobre ljude oko sebe.

– Zaista?

– Da. Samo ne znaš ko su mi prijatelji pošto ne provodimo toliko vremena zajedno kao nekad.

– Ne, ne provodimo, ali onda izvini što sam pretpostavila kako si i dalje okružena gomilom drkadžija.

– Šta bi za ime sveta to trebalo da znači?

Harlou je duboko udahnula. – Ne mogu ni da se setim koliko puta su mi se nabacivali tvoji „prijatelji“. Dok si živela u kući na Noting hilu i svakog vikenda organizovala zabave.

Majčine oči su se suzile, ali Harlou je izdržala njen pogled. Predugo je skrivala istinu, i to ju je godinama izjedalo. Ako želi da izgradi dobar odnos s mamom, onda je iskrenost bila jedini put napred.

– Imala sam osamnaest, devetnaest godina. Mislim da su bili iznenađeni kad ne bih bila zainteresovana, nisam imala želju da glumim ili budem slavna. Toliko puta su mi rekli kako će od mene napraviti zvezdu... – Glas joj je podrhtavao. – Ali postojali su uslovi...

– Kakvi uslovi? – Mejvin glas je bio neumoljiv, ali je prebledela.

– Uslovi kakve pokret #MeToo pokušava da iskoreni.

– O bože, Harlou. – Zvučala je saosećajno. Suze su joj navrle na oči. – Zašto mi nisi rekla?

– Da li bi mi poverovala?

– Naravno da bih. – Glas joj je bio nesiguran. – Vrlo dobro znam kako je to nekad izgledalo, posebno za mlade glumice.

– Nisam čak ni bila glumica.

– Ne, ali si moja ćerka.

– Mama, bila si toliko zaokupljena tim glamuroznim svetom i životnim stilom koji si stvorila za sebe, nisam sigurna da si tad bila u stanju da vidiš išta izvan toga. A optuživanje za neprimereno ponašanje bilo kojeg od tvojih prijatelja producenata i režisera uništilo bi ti karijeru. Po tvojoj reakciji pretpostavljam da nisi ni bila svesna svega toga. Ali meni je glava bila na mestu kako bih znala šta se zaista dešava.

– Zahvaljujući tvom tati – rekla je tiho.

– Da, zahvaljujući tati.

– Da li on zna? – rekla je s panikom u glasu.

– O dešavanjima na zabavama? Ne. To je jedina tajna koju sam ikad sakrila od njega. Ali Tajler zna.

Mejv ju je oštro pogledala.

– Verovatno se ne sećaš, ali došao je na nekoliko žurki pred kraj naše druge godine. Pokušavala sam da razdvojim pohađanje filmske škole od činjenice da sam ti ćerka. Znala sam kako to izgleda kad ti je mama filmska producentkinja i želela sam da mi prijatelji budu prijatelji zato što im se dopadam, a ne zbog toga ko si ti. Ali Tajler se nekako razlikovao od drugih, verovala sam da ne pokušava da me iskoristi.

Harlou je zastala dok ju je preplavio talas mučnine. Bio je to prvi put da je o tome razgovarala s nekim drugim osim s Tajlerom.

– Na jednoj zabavi neko mi je sipao bogzna šta u piće. Tajler je u nekoj od gostinjskih soba zatekao tog tipa na meni i odvukao ga odande. Napravio mu je i masnicu na oku.

Mejv je zastao dah. Shvatila je šta se dogodilo dok su joj se suze slivale niz obraze. – Bila sam potpuno van sebe narednih nekoliko sati, ne bih znala ništa šta se oko mene dešava da Tajler nije pazio na mene. – Harlou je uzdahnula drhteći. – Pretpostavljam da je taj tip nameravao da me siluje. Tajler me je spasao.

Mejv je posegnula za ćerkinom rukom i uhvatila je. – *On* ti je to uradio? – Zvučala je užasnuto, oči su joj se ispunile suzama, a lice se izobličilo od besa.

– Znaš o kome govorim? – Harlou je tiho upitala.

Mejv je slobodnom rukom obrisala oči. – Optužen je za seksualno uznemiravanje tokom akcije #MeToo. Zašto nisi ništa rekla?

– Želela sam, ali sam se plašila da će tvoja povezanost s njim i tebe povući na tu stranu.

– Oh, Harlou! – Stegla ju je i zajecala. – Trebalo je da mi kažeš. O svemu. Kamo sreće da jesi.

– To su bili tvoji prijatelji i kolege. Nije bilo tako jednostavno. U to vreme si čak bila u vezi s njegovim najboljim prijateljem.

Mejv je uhvati rukama za glavu. – Ali patila si u tišini. Stvarno nisi rekla tati?

Harlou je odmahnula glavom.

– I nisi rekla meni.

– Imala sam Tajlera. – Harlou je izvukla maramicu iz kutije na noćnom ormariću i pružila joj je.

Mejv je tapkajući maramicom obrisala oči, umirila disanje i pogledala Harlou. – Da li zbog toga kuburiš s dugoročnim vezama?

– Govori u svoje ime.

– To je druga priča. Ja nemam problema s poverenjem – jednostavno nemam želju da se skrasim. Ali Tajler. – Uzdahnula je i ponovo obrisala oči. – Ne mogu dovoljno da mu zahvalim što je bio tu i što te je spasao. Imaš li osećaj kako mu duguješ nešto? Zato ne možeš da ga pustiš?

Harlou je grcala u suzama. Ponovo je proživljavala bol i uznemirenost koje je godinama potiskivala. – Osećam se odgovornom što mu se nakon diplomiranja karijera razvlačila jer nije mogao da dobije nijedan posao koji je ma kako bio povezan s tim producentom. Imao je problem s pićem, koji se pretvorio u problem s drogom, i sve je izmaklo kontroli. Pomogla sam mu da se otarasi poroka, ali od tad osećam mešavinu krivice i toga da mu nešto dugujem. A on mi je i prijatelj.

– Možda nisam samo ja ta koja treba da se promeni i pusti stare obrasce. Da, Tajler ti je prijatelj – uradio je upravo ono što pravi prijatelj treba da uradi, pazio je na tebe i zaštitio te kad ti je to bilo potrebno. Ali ne duguješ mu ništa osim prijateljstva. Ako ćemo tako, ja sam mu dužna što te je štitio kad ja nisam. *Taj čovek* je čudovište. – Gnev joj je bojio reči, nije mogla ni ime da mu izgovori, ali njen odlučan pogled je govorio sve. – U to vreme sam ga budalasto nazivala prijateljem i nisam videla šta se dešava. Nisam ga podržala kad je istina izašla na videlo. Jadne te žene. Njih sam podržala. I tebe... To je bilo pre nego što si mi sve ispričala. Ti si mi ćerka. – Glas joj je pukao i zagrlila je Harlou.

Harlou se za trenutak ukočila, mama to nikad nije radila, ali u tom trenutku joj je baš to trebalo. Zagrlila je i ona nju.

– Ne dozvoli da te krivica ili prošlost spreče da nastaviš dalje. – Mejv je nežno uhvatila ćerkinu bradu i usmerila joj pogled ka sebi. – Razumeš?

Harlou je klimnula glavom. Jednom da se i ona složi s mamom.

– Isto i ja mogu tebi da kažem, samo obrnuto. – Uzela je maramicu i obrisala suze. – I ti razmisli o tome šta zaista želiš, i nemoj da upropastiš dobru priču sa Džimom, ako te on usrećuje.

31.

Letnja sezona je bila u punom jeku, na ostrvo je pristigao veliki broj turista, baš kada su filmska ekipa i njene zvezde privodili posao kraju i spremali se za povratak u Englesku, gde će ostatak snimanja dovršiti u studiju *Pajnvud*. Harlou će se vratiti na poznat teren, međutim to je najmanje želela.

Mejv se vratila na posao dan nakon što je kolabirala i radila je iz vile, a poslednja dva dana snimanja na ostrvu provela je na setu. Harlou je čitave nedelje živela na auto-pilotu: ustajala je rano, preko dana naporno radila, kasno završavala i vraćala se u hotel na večeru. I onda opet iz početka. Slobodno vreme je provodila s Mandom i njenim prijateljicama iz sektora za frizuru, šminku i kostime. Čekalo ih je još tri nedelje zajedničkog rada u Londonu, ali Harlou je znala kako će joj nedostajati društvo prijateljice kad se snimanje završi. Posle toga, ko zna šta će biti. I baš to Harlou nije znala: šta će sledeće da radi. Proteklih nekoliko nedelja postalo joj je jasno šta je čini srećnom, samo nije imala pojma da li je ta sreća održiva.

Osim u ponedeljak, kada je Harlou pronašla mamu onesvešćenu, Adonis joj je svakog dana slao poruke, ali je ipak ostao s bakom u Volosu. Vreme je curilo.

U petak, poslednjeg dana snimanja na Skopelosu, Harlou se istuširala i obukla osećajući težinu u stomaku, napokon je postala svesna činjenice da nakon vikenda odlazi odavde.

Samo što nije krenula ka glavnoj bazi kad ju je iznenadilo kucanje na vratima. Ereni je stajala na odmorištu, umor i briga bili su joj urezani na obično nasmejano lice.

– Jel' sve u redu? – upita Harlou.

– Jeste, izvini. Nisam bila sigurna da li ću te videti na vreme. Idem u Volos da budem s mamom dok je ne puste kući. Pošto putuješ u ponedeljak, htela sam da se pozdravimo. Žao mi je što odlaziš. – Čvrsto je zagrlila Harlou i poljubila je u obraze.

– Oh, Ereni, to je tako divno od vas. I vi ćete svi meni nedostajati kao i ovo mesto. – Osetila je knedlu u grlu. Toliko se trudila da kontroliše osećanja.

– Adonis se vraća sutra, trebalo bi da se vidiš s njim, pre nego što odeš. Znam da bi mu se to svidelo. Dobra si za njega. – Klimnula je glavom i otišla.

– Ereni! – Harlou je zgrabila ključ-karticu i pratila je do odmorišta. – Šta mislite o njegovom odlasku sa ostrva? Mislite li da bi trebalo to da uradi? Znam da se plaši da ne uznemiri Stefanosa.

Ereni se zaustavila na vrhu stepenica. – To bi svima veoma teško palo. I mojoj mami, i mom bratu, ako bi Adonis otišao. – Odšetala je nazad do Harlou. – Međutim, brinem se kako će, ako to ne uradi, naposletku biti ogorčen na njih, posebno na mog brata, i da bi jednog dana mogli zauvek da ga izgube. *Maslinjak* već pripada Adonisu – barem trećina – i na kraju će Stefanos sve to prepustiti njemu. To je njegovo nasledstvo, njegova budućnost, ako ostane na Skopelosu. Ipak, tu su i uspomene, mučne, ali i one srećne. Nadam se da će ovde doživeti još mnogo srećnih trenutaka, ali on je sad odrastao čovek i svoja ličnost. – Slegnula je ramenima. – *Then xéro*. Ne znam.

– Da li zato što Stefanos ne može sâm?

– Ma ne. Teško mu je da se izbori sa Adonisom. Između njih vlada napetost. Adonis ima zamisli, nove zamisli, barem mislim tako – teško je, ne priča mi mnogo jer se plaši da će Stefanos onda to saznati, ah, teško je. Imaju ispomoć kada ima dosta posla, za vreme berbe maslina i leti u restoranu, ali samo kratkoročno, mada je, naravno, i time teško upravljati. Adonis ne može da ode ako ga neko ne zameni. Teško je naći nekog ko je dobar i pouzdan. Stefanos može da bude... kako se kaže, veoma težak? Brinem se da će se jednog dana posvađati, i to će onda biti smak sveta. Želim da pomognem, ali moram da se brinem o hotelu, mužu i svojoj porodici.

– Žao mi je što je situacija tako teška.

– Takav je život. Nikad nije lako. – Klimnula je glavom. – Nadam se da ćemo te jednog dana ponovo videti.

* * *

Harlou je provela ostatak dana razmišljajući o razgovoru sa Ereni, a dok je radila, u glavi joj se stvarao zametak zamisli. Mejv se vratila na posao i za kormilo, izgledala je i ponašala se kao da se ništa nije dogodilo, ali Harlou je znala. Bila je svedok majčine ranjivosti koju ranije nije videla. Konačno su razgovarale kako treba, i Harlou joj je rekla sve što je godinama gomilala u sebi. I bila surovo iskrena. Njena mama je reagovala s nevericom i besom, koji su se pretvorili u saosećanje. Osetila je olakšanje što je istina izašla na videlo. Takođe je bila iskrena kada joj je rekla da živi na poguban način – barem u nekim oblastima života.

Na Skopelosu ostaju još samo dva dana, i Harlou je znala da želi ponovo da vidi Adonisa, pa kada joj je te večeri stigla poruka od njega, nije morala dvaput da razmisli šta će mu odgovoriti.

Vraćam se na Skopelos sutra do 20.00. Mogu li da svratim do tebe?

Naravno. Jedva čekam. x

I od tog trenutka, umesto da vreme teče sporije, želela je da se ubrza.

Te večeri je organizovana oproštajna zabava u hotelskom baru, kako bi se obeležio završetak ovog dela projekta pre nego što se snimanje nastavi u enterijerima studija *Pajnvud*.

Mejv se nakratko pojavila u baru na plaži i otišla ranije. Harlou je primetila da je i Džim odsutan. Da li je to dobar znak? Nije bila sigurna, ali dopadala joj se zamisao da mami neko pravi društvo u prelepoj, ali samotnoj vili u brdima.

Harlou je provela veče u Mandinom društvu zajedno sa ostatkom sektora za frizure, šminku i kostime. Bila je neizmerno zadovoljna što se njihovo prijateljstvo ponovo rasplamsalo.

– Sad umirem od želje da odem kući i vidim Emu i Roba. Ovo je najduže što sam bila odvojena od njih – priznala je Manda. – Kako se osećaš u vezi sa odlaskom?

– Užasavam ga se.

– Oh, dušice. Da li ćeš se videti sa Adonisom pre nego što odeš?

Harlou joj je pokazala njegovu poruku.

Manda je ciknula i zagrlila ju je. – Onda se ovde opraštamo jer je moj let u nedelju, a ti ćeš sutra provesti noć u Adonisovom naručju.

– Teško da je ovo rastanak, ćurko jedna. Radimo zajedno sledeće nedelje.

– I te kako, i tad ćeš mi ispričati *sve* tračeve.

Sutradan predveče Harlou je hodala između drveća načičkanog ivicom zaliva i duž plaže u Panormosu. Nekoliko porodica i parova i dalje je bilo tu, upijalo poslednje zrake zalazećeg sunca. Sitan šljunak je škriputao dok je hodala. Zastala je na trenutak, želeći da upije na samo prizor brda pod borovima i blistavog mora već i toplinu sunca na ramenima i osećaj zadovoljstva koji joj je tako dugo nedostajao. Nije želela da ode, nije želela da se vrati životu u Engleskoj i neizvesnosti šta će sledeće da uradi. Najviše od svega, nije želela da se oprosti od Adonisa.

Harlou se vratila u hotel nešto pre osam i stomak joj se zgrčio kada joj je Adonis poslao poruku da se parkirao. Prva ga je spazila, koračao je prema njoj stazom između vila, poznat prelep lik. Zajapurila se od njegovog pogleda i pomislila na razne poslastice.

Zagrlio ju je i poljubili su se.

– Zdravo – rekla je Harlou kad ju je pustio. – Veoma si mi nedostajao.

– I ti si meni.

Adonis ju je uhvatio za ruku i odvela ga je do vile i na sprat u svoju sobu. Dala mu je pivo iz frižidera i otvorila balkonska vrata.

– Kako ti je baka?

– Biće dobro. Samo treba malo da uspori. Biće kod kuće za nekoliko dana.

Smestili su se na stolice od ratana s pogledom na bazen i hotelski kompleks koji su svetlucali na večernjem suncu. Okruživala ih je atmosfera iščekivanja, kao da su započeli učtiv razgovor pre nego što će nastaviti tamo gde su pre neko veče stali.

– Ereni je bila juče da se pozdravi.

– Rekla mi je. – Adonis je uvukao ruku u njenu. – Voleo bih da ne moraš da ideš.

Harlou je klimnula glavom i ujela se za usnu. Nije bila sigurna kako će preživeti narednih nekoliko dana, a da ne upadne u emotivno rasulo.

– Čini se kao da tek počinjemo da se upoznajemo, a sve je već gotovo. – Glas mu je bio nabijen osećanjima.

Sve je izgledalo tako konačno i Harlou je to mrzela. Provesti noć s njim, ne bi li to samo još više otežalo odlazak? Osim ako, naravno, ona ne izabere drugačije...

Tajler i Olivija su šetali stazom držeći se za ruke. Harlou je osetila preskakanje srca. Kratko bockanje ljubomore nestalo je čim je pogledala Adonisa. Nasmešila se i okrenula, gledajući Tajlera i Oliviju kako se smeštaju na ležaljkama. Olivija se svukla u bikini i skočila u bazen. Tajler ju je posmatrao i zviždao dok je plivala na leđima pored njega. Podigao je pogled i video da ga Harlou posmatra. Nesvesno je jače stegla Adonisovu ruku. Tajler je zaklonio oči i mahnuo joj.

– Da li je sve u redu među vama? – upitao je Adonis.

– Savršeno – odgovorila je iskreno.

Harlou i Tajler nisu razgovarali o svom odnosu još od svađe u petak uveče, ali to što je ona bila ovde sa Adonisom, a Tajler izgledao opušteno i zadovoljno pored Olivije govorilo je mnogo. Prebolela je Tajlera i krenula dalje, uradila je to odavno, jedino što sve do sada nije dozvolila sebi da ga pusti. Nekako će već pronaći način da ostanu prijatelji, nije mogla da se odrekne te strane njihovog odnosa. Previše je tu zajedničkih uspomena, onih dobrih protkanih lošim, da bi sve to odbacila, ali bio joj je potreban novi početak.

Harlou se ponovo usredsredila na Adonisa. Uživao je u pogledu, u kojem je i ona tokom poslednjih nekoliko nedelja, zgodan kao i prvi put kada ga je ugledala.

– Ako bi, recimo, mogao na šest meseci da odeš odavde, gde bi to bilo?

– Ne mogu.

– Ali *ako* bi mogao. Šta bi uradio? Da ne moraš da brineš o ovom mestu ili tati? Da li bi negde otputovao ili nešto radio?

– U Norveškoj postoji kurs za obradu drveta. Vodi ga čovek s kojim sam razgovarao na *Instagramu*. Šestomesečni rezidencijalni program.

– Jel' skup?

– Nije problem u novcu, nego koliko dugo bih morao da budem odsutan.

Čula mu je napetost u glasu. Poslednje što je želela je da ga uznemiri. Uzela je od njega gotovo praznu bocu piva i stavila je na sto. Sada nije bilo vreme za razgovor.

Držeći ga za ruku, Harlou je hodala unazad i vodila ga u svoju sobu. Široko se osmehnuo.

– Mislila sam da treba da nastavimo tamo gde smo stali pre neko veče... – Svukla je majicu i ispustila je na pod.

– Oh, stvarno – rekao je Adonis i poljupcem ućutkao dalju priču.

Adonis je trenutak kasnije skinuo majicu, ona je svukla suknju, on šorts, sve dok trag odeće nije vodio preko pločica sve do postelje. Povukla ga je na krevet i zagrlila. Strasno su se poljubili.

– Želiš li da nastavimo tačno tamo gde smo stali? – rekao je nestašno, dok joj je nežno svlačio gaćice.

– Ne bih se bunila.

Prožimala ju je peckava toplina dok ga je hvatala za čvrsta ramena, a on je poljupcima istraživao njene obline dok se nije potpuno izgubila.

Ovog puta nije imao ko da ih uznemiri, nije bilo porodičnog hitnog slučaja, samo njih dvoje i cela noć koja se proteže pred njima. Dok je sunce zalazilo, prevrtali su se u postelji, nadoknađujući izgubljeno vreme. Kakav način da se njihova priča okonča, baš kako je Manda predvidela, Harlou u Adonisovim naručju. Za nju je zašlo sunce na Skopelosu.

Bilo je pozno veče dok su ležali zajedno u mraku i pod klima-uređajem hladili uzavrelu kožu, zvuk mora je dopirao kroz otvorena balkonska vrata zajedno sa smehom i udaljenim glasovima.

Harlou je prelazila prstima preko Adonisovih glatkih, mišićavih grudi, upijajući svaki obris, svaki njegov delić. Ne može ovako da se završi, kako njen boravak na Skopelosu tako ni odnos sa Adonisom. Nekako se pored njega osećala drugačije nego s bilo kojim prethodnim muškarcem. Kao da ju je upotpunjavao. A odlazak... o tome nije imala snage da razmišlja. U srcu je znala šta želi da uradi.

Poljubila mu je jednu stranu lica, a zatim i usne. Okrenuo se prema njoj nasmejanih očiju.

– Možeš da ideš – rekla je, milujući ga po bradi, duž linije vilice i sve do grudi. – Možeš da otputuješ na šest meseci, uživaš u vremenu za sebe i slobodi o kojoj si oduvek čeznuo.

– Zašto sad pričamo o ovome, Harlou? Stvarno ne mogu. Ne mogu da ostavim tatu, ne pošto nas je baka ovako uplašila... – Zamuckivao je usled naleta osećanja, a ruka mu je bila napeta na njenom boku.

– Šta ako bi tvoj otac uzeo šegrta?

– Već smo razmišljali o tome, ali nikad nije uspelo. Mladi na ostrvu žele da rade s turistima ili da odu.

– Šta ako bi to bio neko ko bi dao sve od sebe, neko ko oseća strast da radi na mestu kao što je *Maslinjak* i želi da uči o tome.

Adonis se nasmeja. – Kad bi samo mogla da nađeš nekog takvog.

– Mogu.

– Koga?

– Sebe.

32.

Nakon što su proveli noć zajedno, sledećeg jutra otišli su u *Maslinjak* i seli sa Stefanosom na praznu terasu s pogledom na masline. Izmaglica od toplote samo što nije zasvetlucala na horizontu. Njima troma društvo su pravile ptice koje su letele između drveća, leptir koji je lepršao krilima pored zida i Sem koji je ležao u hladu pored njihovih nogu. Harlou je naterala sebe da se više usredsredi na lepotu koja ju je okruživala, a manje na ustreptalo srce, dok je Adonis, držeći je za ruku, na grčkom razgovarao s tatom o onome što je Harlou predložila prethodne noći.

Harlou nije uspevala da rastumaći Stefanosovu reakciju, njegovo čelo izbrazdano suncem izgledalo je kao da je stalno namršten, a povremeno gunđanje nije ništa otkrivalo.

Adonis joj steže ruku. – Hoće da nasamo razgovara s tobom. – Poljubio ju je u čelo i nestao u maslinjaku sa Semom koji je trupkao za njim.

Harlou je progutala knedlu. Znoj joj se skupio u dnu leđa. Stefanos ju je pažljivo posmatrao, nije je nimalo iznenadilo što je neproverljiv, bila je svesna koliko suludo zvuči njen predlog da ona ostane, a Adonis ode.

– Sviđa ti se? – upitao je Stefanos naposletku. – Moj sin.

– Mnogo.

– Želiš da učiš o svemu ovome? – Odmahnuo je rukom u pravcu maslinjaka.

– Da.

– Zašto?

– Zato što mi je dosta rada u oblasti za koju se pretpostavljalo da ću se njome baviti, a koju nisam izabrala. Volim prirodu i seoski način života. Baka i deka su mi poljoprivrednici.

– Možeš i tamo da učiš, zar ne?

– Da, mogla sam, i jesam kad sam bila mlađa. Provela sam mnoga srećna leta čisteći štale, hraneći životinje, vozeći se traktorom s dedom. Međutim, sviđa mi se vaš sin, i mislim da se i ja njemu dopadam. Takođe, volim ovo ostrvo. Hoću da ostanem. Hoću da pomognem. Želim da učim.

Stefanos je progunđao. – Možeš ovde da učiš sa Adonisom. Ne mora on da ide kako bi ti nešto naučila.

– U pravu ste, ali znam kako izgleda provesti godine radeći nešto što ne želiš. Adonisu je potrebno malo slobode, mora da ode. Naposletku ćete ga izgubiti ako malo ne popustite. Mora da napusti ovo ostrvo makar nakratko. Neka sâm odluči da se vrati.

– A ako ne odluči? Šta ćeš onda da radiš?

– Ne znam.

– Šta ću ja da radim?

– Ne znam ni to. Ali morate ga pustiti da to uradi ili će vas prezirati, što će se s vremenom pretvoriti u bes – više nego što ga već ima. To za obojicu nije ni dobro ni zdravo.

Stefanos se pomalo nevoljno složio, možda imajući tračak nade u vezi s tim šta budućnost može doneti, na šta se Harlou još nije usuđivala da se usredsredi. Ovo je bio samo početak. Morala je da završi snimanje *Jednog grčkog leta* i dovede u red svoj život u Engleskoj pre nego što bude mogla da razmišlja o preseljenju na Skopelos, na šest meseci ili duže, samo će vreme pokazati.

Let za Englesku bio je najduže i najdepresivnije putovanje koje je Harlou ikada preduzela. Nije imala osećaj kao da se vraća kući, ne kada joj je deo srca ostao na ostrvu. Ono što je predložila Adonisu bilo je potpuno suludo, ali je takođe delovalo ispravno. Način da oboma pomogne. Nesumnjivo je znala kako nije spremna da napusti Adonisa, da to svede na letnju ljubavnu priču i lepu uspomenu. Želela je više, želela je njega. Znala je kako i on želi više, ali nije bila sigurna ima li zajedničke budućnosti za njih, ako on pre toga ne iskusi slobodu za kojom je oduvek žudeo.

* * *

Četiri nedelje kasnije, završeno je snimanje filma *Jedno grčko leto*. Mama će biti uključena u postprodukciju, ali prvo se vraća u Los Anđeles na nekoliko nedelja. Harlou nije bila sigurna šta se dešava s njom i Džimom, i nije pitala, na mami je bilo da razluči šta želi. Poslednje što je Harlou nameravala da uradi, nakon što ju je izgrdila zbog mešanja u njen život, bilo je da se ona meša u majčin.

Tajlera je kasnije te godine čekalo snimanje filma u Kornvolu, a Džo, koji se oporavio nakon preloma noge, trebalo je da mu se pridruži na snimanju. Manda će nekoliko nedelja provesti s porodicom, a onda raditi na kostimiranoj drami u Londonu – blizu kuće. Za sve njih kockice su se slagale na svoje mesto.

Za Harlou, obaveze oko snimanja *Jednog grčkog leta* su se okončale. Za samo nekoliko nedelja, život joj se okrenuo naglavačke. Osećala se kao potpuno drugačija osoba od one koja je zakasnila na Skopelos. Bila je srećnija, samouverenija, sigurna u ono šta želi od života. Suprotstavila se majci i otvorila stare rane, ali uradile su to zajedno i napokon zaista razgovarale, Harlou se nadala kako će konačno pronaći način da zaleče svoj odnos. Planirala je da ostatak vremena u Engleskoj provede sa ocem i porodicom u Norfoku, pre nego što ode u dugo odlaganu posetu baki i deki u Jorkšir.

Harlou se naslonila na sjajnu bakarnu šipku i zagledala se u glumce i ekipu koji su proslavljali završetak posla. Zabava je bila u punom zamahu. Sa salonskim stolicama u boji senfa duž jednog zida, svetlucavom bronzanom ciglom i plesnim podijumom koji vodi na spoljnu terasu, ovaj prostor je bio vrsta otmenog mesta kakva su se mami dopadala. Veoma različit od hotelskog bara na plaži s peskom na podu, drvenim stolovima i morskim povetarcem. Da li će joj ovo nedostajati? Udešavanje, blizina slavnih ljudi, besplatno piće... Možda malo. Međutim, znala je kako će je ono što je čeka na Skopelosu više usrećiti. Jedino za čime je žalila zbog odlaska bilo je što će manje viđati tatu, Džinu i devojčice, ali oni su bili srećni što ona ide za svojim srcem, a osim toga devojčice su bile veoma uzbuđene što će moći da posete Skopelos – ako Harlou ostane dovoljno dugo. A i ona će dolaziti njima u posetu.

Tajler joj je uhvatio pogled i pridružio joj se u baru.

– Hoćeš još jedan... – upitao je, pokazujući na gotovo praznu čašu.

Klimnula je glavom i naručio joj je još jedan džin-tonik i pivo za sebe.

Sedeli su na barskim stolicama i posmatrali brojne prijatelje i kolege kako plešu, ćaskaju i smeju se zajedno. U slabo osvetljenom baru bilo je vruće kao u baru na plaži na Skopelosu, ali nedostajala je pozadina beskrajnog mora i neba, kao i šum talasa koji kotrljaju šljunak. Činilo se kao da su ona i Tajler napravili pun krug, slave završetak snimanja i zajedno piju piće. Bio je mnogo manje besan nego kada su prvi put otišli na piće na ostrvu. Opušteno su ćaskali o svojim planovima.

Olivija mu je mahnula sa stola.

– Šta se dešava s vas dvoje? – upitala je Harlou, klimnuvši Oliviji i drugim asistentima produkcije.

– Prilično sam siguran da će taj odnos iščileti kada budem u Kornvolu, a ona u Londonu, ali videćemo. Biću otvorenog uma. Bolje da joj se pridružim. – Poljubio je Harlou u obraz i nagnuo se ka njenom uhu. – Radi ono što te usrećuje. Zaboravi na ostale. I žao mi je zbog načina na koji sam se ponašao prema tebi i zbog onoga što sam ti rekao pre dve godine. Volim te i uvek ću biti tu ako ti ikada zatrebam. Prijatelji, zapamti to. – Stisnuo joj je ruku. – Vidimo se.

Gledala ga je dok nije nestao u gužvi glumaca i ekipe.

– Jel' sve u redu između vas dvoje? – Manda joj se pridružila u baru.

– Da, mislim da jeste.

– Jesi li dobro?

Harlou se nasmeja. – Mislim da jesam.

Manda se kucnula s drugaricom. – To što radiš je hrabro i divim ti se što si preuzela kontrolu nad svojim životom.

– Divljenje je bolje od uverenja da sam luda, što većina njih smatra.

– Misliš na tvoju mamu...?

– Upravo.

– Zasigurno nisi luda, mada reskiraš. Šta ako, tokom nekoliko meseci slobode, Adonis odluči da se ne vrati? Šta ako na putovanju upozna neku drugu?

– Znam da reskiram, ali takođe mi je jasno kako ne bismo uspeli ako on ne dobije ovu priliku. Nedostajao mi je svakoga dana dok sam bila ovde, tako da znam da je u redu okušati sreću u vezi sa onim što bi moglo da se desi.

Tri dana kasnije, Harlou se s mamom vozila taksijem do aerodroma *Hitrou*. Putovale su na različite strane sveta – mama u svoj dom u brdima Holivuda, a Harlou preko Atine do maslinjaka na padini grčkog ostrva. Sve dok su obe srećne, da li je zaista bilo važno što vode potpuno različite živote? Harlou se nadala da će pronaći svoje mesto negde između očekivanja, nada i snova svojih roditelja. Grčko ostrvo imalo je lepotu i glamur, dok su, nasuprot tome, maslinjak oblikovali priroda i naporan rad. Po njenom mišljenju, bilo je to najbolje od oba sveta, samo je trebalo da sledi svoje srce i nada se najboljem.

Nakon što su stigle do dela za odlaske, zajedno su popile kafu. Harlou je primećivala poglede upućene mami – ljudi su je prepoznavali dok su prolazili pored njih. Grupica mladih od dvadeset i nešto godina nekoliko stolova dalje upirali su prstom ka njoj i došaptavali se. Izgledalo je kao da mama i ne primećuje da privlači pažnju, nakon tri decenije navikla se na to, ali Harlou je znala kako ona nikada ne bi želela da se navikne na to.

Pričale su o snimanju na Skopelosu i maminom povratku u Los Anđeles, i razgovor ih je neminovno vratio na ispovest u vili nakon što je mama završila u bolnici.

– Uvek sam želela samo ono što je najbolje za tebe, Harlou, i ono što te usrećuje. Možda sam pretpostavila – pogrešno – kako će ono što je mene usrećilo, barem profesionalno, učiniti isto i za tebe. Ti si nepoznanica koja beži od slave i ove industrije koja je meni pružila toliko prilika i život o kojem sam nekad sanjala. Mislila sam da to znači kako nisi motivisana ili kako nemaš želju da uspeš, ali imaš, samo na drugačiji način. Žao mi je što to nisam razumela.

– Želim da pronađem svoj put, to je sve. Ali poslednje što želim je da razočaram tebe i tatu.

Mejv je pružila ruku preko stola i uhvatila ćerku za ruku. – Nisi nas razočarala. Bože, Harlou, nemoj to nikad da pomisliš. Ponosna sam kakva si dobra, divna i razumna žena postala, uprkos svemu kroza šta si prošla i što si mene imala za majku. – Šmrcnula je i duboko udahnula.

– Ne budi previše dirljiva, mama. To nije tvoj stil.

Mejv se nasmejala i pogledala tablu s redom letenja. – Sigurna si u vezi s povratkom na Skopelos?

– Sigurna sam.

– Čak i ako je Adonis odsutan?

– Biće tamo prve nedelje.

Mejv je podigla obrve. – Onda to iskoristi na najbolji mogući način.

– Ovo radim zbog sebe. Sviđa mi se Adonis, *stvarno* mi se dopada, ali ako će biti nešto od nas, prvo oboje moramo da shvatimo šta želimo.

– I misliš da će ti rad u maslinjaku, hranjenje koza i branje voća pomoći u tome?

– Da, mislim.

– Harlou Sends... – uzdahnu Mejv. – A dali smo ti ime za filmsku zvezdu.

– *Ti* si mi dala ime filmske zvezde. Harlou nije bio tatin prvi izbor, zar ne?

– Ne, nije. Hteo je da te nazove Sofi. Međutim, mislim da Harlou i Adonis zvuče kao prilično poseban par. – Bacila je pogled na *kartije* sat i ustala. – Dobro, Džim me čeka.

Harlou je takođe ustala, a lice joj je obasjao osmeh. Saznanje da se Džim vraća u Los Anđeles s mamom usrećilo ju je više nego što je mislila da je moguće.

– Nedostajaćeš mi, mama.

Mejv ju je čvrsto zagrlila. Mirisala je na skup parfem. Poljubila je Harlou u obraz usnama sa crvenim ružom. - Volim te, Harlou Sends. - Otišla je od kafeterije prema salonu prve klase ne okrećući se.

Rasterećena, Harlou je pokupila prtljag i pošla drugim putem do kapije za poletanje aviona koji će je odvesti nazad u Grčku i Adonisu u naručje.

Epilog

DVE GODINE KASNIJE

Ritam pesme „Dancing Queen", koja poziva na ples, lebdeo je iznad *Maslinjaka*. Grčki i engleski jezik mešali su se sa smehom. Harlou je hodala dugim putem nazad od vile. Voćnjak je bio obavijen tamom, a kroz grane je bleštao polumesec. Iza njega, na terasi restorana svetlucalo je na stotine bajkovitih svetlećih lampica i fenjera, crvenom, narandžastom i ljubičastom bojom. Bili su okačeni o masline, i puteljak koji su osvetljavali podsećao je na šarenu vilinsku stazu niz padinu. Gledala je odozgo mesto koje je sada zvala domom, videla je mamu s crvenim ružem na usnama kako ćaska sa Ereni i čula je upečatljivo kikotanje najmlađe sestre Flo. Osećaj je bio neuporediv. To je bilo sve o čemu je sanjala i više od toga.

– Zašto se skrivaš ovde gore? – Otac je uhvatio Harlou za ruku.

– Ne krijem se, samo upijam prizor.

– Bio je ovo čaroban dan.

– Zaista jeste, a noć je tek počela.

Gledali su kako njene sestre plešu na terasi sa Ereninim unučićima, široko se osmehujući zajapurenih lica. Svi su se smešili. Obilje vina i hrane, slavlje uz muziku na prelepom mestu poput *Maslinjaka* delovali su poput pilule sreće.

Derek je stegnuo ćerkinu ruku. – Znaš, ponosan sam na tebe. Ostvaruješ svoje snove.

– Hvala, tata.

– Trebalo je imati petlju da pratiš svoje srce, posebno kad to uključuje preseljenje u drugu zemlju i prkošenje mami.

Harlou je frknula. – Izgleda kao da je sada dovoljno srećna zbog moje odluke.

– Iskreno, nikad nije izgledala tako zadovoljno. To što si razgovarala s njom, zauzela se za sebe i urazumila je nešto je najbolje što si mogla da uradiš.

– Jeste. – Harlou je klimnula glavom. – Dolazak na Skopelos mi je promenio život.

– Idemo – rekao je, vodeći ih ka travnatoj stazi koja je vodila ka restoranu. – Hajde da pronađemo tog tvog novopečenog muža.

Povratak na Skopelos, pre nešto više od dve godine, bio je najbolja odluka koju je Harlou ikada donela, čak i ako tada toga nije bila svesna. Znala je kako je to izgledalo svima ostalima, odreći se filmske karijere i života u Londonu zbog neglamuroznog rada u maslinjaku na grčkom ostrvu hiljadama kilometara daleko od kuće, ali Harlou je bila odlučna, iako nije bila sigurna kako će se sve to odvijati.

Harlou i Adonis su proveli zajedno svaki minut nedelje koja je bila pred njima, radeći na svojoj tek započetoj vezi. Kada je Adonis otišao na trajekt za Skijatos da započne dugo putovanje u Norvešku na šestomesečni kurs obrade drveta, Harlou je već bila do ušiju zaljubljena u njega.

Iskustvo provođenja prve jeseni i zime na ostrvu bilo je potpuno drugačije od njenog grčkog leta. Nedostajao joj je Adonis, nedostajali su joj tata, Džina, sestre, prijatelji, čak i majka, ali uživala je da provodi dane na otvorenom, učeći o uzgajanju maslina i brinući se o životinjama sa Stefanosom. Postala je stručnjak za pravljenje feta sira i filo testa u kuhinji slušajući Adonisovu baku, a usput je pokupila i ponešto grčkog. Harlou se polako navikavala na Stefanosovu mrzovolju koja je skrivala nežnu i brižnu stranu, i osetila je koliko mu nedostaje sin. To što ga je pustio da ode jednako mu je teško palo kao što je Adonisu bilo teško da donese odluku o odlasku. Harlou je bila odgovorna za to da cela priča uspe. Njena sreća i budućnost zavisili su od toga.

Čežnja za zavičajem se ublažila kada je konačno došlo vreme za berbu maslina. Provodila je duge, ali prijatne dane u maslinjaku, uz mesnu ispomoć dovedenu da ubere i zapakuje masline u sanduke. Harlou je uživala da tokom zime radi napolju, i vraća se u sumrak do seoske kuće sa Stefanosom i Semom, koji ju je pratio kao senka, na pripremljenu domaću večeru skuvanu pre nego što će se potopiti u kadu i uživati. Jedino joj je nedostajao Adonis, ali svakodnevno su slali poruke jedno drugom ili razgovarali, njegova sreća i ushićenost zbog onog što je radio bili su zarazni. Pričali su satima, delili iskustva i zamisli.

Kako su prolazile nedelje i meseci, Harlou je sve više razumela Adonisovu potrebu da nadogradi ono što je Stefanos stvorio u *Maslinjaku*. Restoran je bio samo delić toga, ali postojala je mogućnost da se uradi mnogo više. Adonisova zamisao da pozove turiste kako bi pomagali prilikom berbe maslina dopala se Harlou, i mogla je da zamisli kako će to izgledati. Mesto je bilo suviše lepo da bi ostalo skriveno, zaljubila se u njega skoro isto koliko i u Adonisa.

Stefanosovi strahovi da mu se sin neće vratiti kući nestali su kada se Adonis vratio šest meseci kasnije. Tada je i Harlou pao kamen sa srca, i nakon velikog porodičnog okupljanja, nalik na ono radosno veče koje je prvi put provela sa Adonisom i njegovom porodicom na proslavi Ereninog rođendana, Harlou i Adonis su uleteli u postelju.

Tokom šest meseci Adonisovog odsustva njegova spavaća soba postala je i njena, ali bio je neverovatan osećaj biti u njoj i ponovo ga držati u naručju. Nadoknadili su izgubljeno vreme, malo su spavali i pojavili se sledećeg jutra na doručku snenih očiju, ali neizmerno srećni, Stefanos je gunđao što su zakasnili, a baka im se smeškala sa sjajem u očima.

Svejedno da li je razlog bio to što se Adonis zaljubio u Harlou, ili mu je vreme koje je proveo na putu omogućilo da ponovo otkrije svoju strast i pronađe sebe – ili je u pitanju bila kombinacija to dvoje – on se vratio na Skopelos srećniji i sa stvarnom željom da ostane. Sve što je ikada želeo bilo je da nakratko predahne, otputuje, stekne nova iskustva i uradi nešto za sebe. Harlou mu je omogućila upravo to, dok je pomagala njegovom ocu i baki. Takođe, sve što je Harlou zaista ikada želela bilo je da pronađe svoje mesto u svetu i podeli ga sa srodnom dušom. Poslednje što je očekivala da će joj se dogoditi tog vrelog letnjeg dana kada je kasno stigla na Skopelos bila je ljubav.

U leto nakon Adonisovog povratka, Harlou je otputovala u Englesku da nekoliko nedelja provede sa ocem, Džinom i sestrama. To se poklopilo s premijerom filma *Jedno grčko leto* u bioskopu na Lester skveru, glamuroznim događajem na crvenom tepihu kojem su prisustvovale brojne slavne zvezde. Mejv se ponašala kao riba u vodi, a to što je reskirala da snima na lokaciji se isplatilo, producirala je još jedan izuzetno gledan film koji je dobio pristojne kritike, a pored toga je osvojio Zlatne globuse za najbolji film – u žanru mjuzikl/komedija i Kristal za najbolju glumicu. Mejv je takođe postala istaknutija glasnogovornica ženâ u filmskoj industriji, nakon dirljivog i strastvenog govora na dodeli Zlatnih globusa publika ju je nagradila stojećim ovacijama. Jedino je Harlou znala kako je to način na koji je mama pokušavala da se iskupi za prošlost, ali je svejedno bila izuzetno ponosna na nju. Harlou je uživala u kratkom povratku u svet filma, ali je jedva čekala da se vrati u spokoj imanja i Adonisov zagrljaj.

Nedugo pošto se Harlou vratila na Skopelos, na izletničkom ćebetu u maslinjaku pod zvezdama i treperavim svetlima, Adonis ju je zaprosio. Trenutak je bio čaroban i romantičan, neočekivan, ali radostan. To što je rekla da bila je najlakša odluka u njenom životu.

Adonis, s blistavim osmehom na licu, u beloj lanenoj košulji koja otkriva delić njegovih preplanulih i zategnutih grudnih mišića, stajao je na terasi restorana i ćaskao sa Džinom, supruginim bakom i dekom i prijateljem Džekom. Kada su se Harlou i njen otac pojavili na stazi i krenuli da im se pridruže, začuo se poklik bodrenja.

Adonisove nasmejane oči raširile su se kad je ugledao Ereni kako se probija kroz gomilu prijatelja i članova porodice prema Harlou.

– *To kalamatianó!* – uzviknula je Ereni, uzela Harlou za ruku i okrenula joj se sa osmehom. – Mladin ples!

Harlou je bila upozorena na ovo, ali mislila je kako se izvukla pošto je obrok priveden kraju, a muzika iz filma *Mamma Mia!* odslušana.

Ereni se vragolasto osmehnula dok je muzika prešla sa „Voulez Vous" na tradicionalnu grčku melodiju koja je takođe pozivala na igru i obavila maslinjak zavodljivim ritmom.

Predvođena Ereni, Harlou se našla usred grupe žena, sada već poznatih lica rođaki iz Adonisove porodice, ali primetila je da su i druge uvučene u krug, poput Mande i Mejv, sa zbunjenim izrazom lica. Smeh i sreća oko nje bili su zarazni dok je pokušavala da izvede pokrete za koje je mislila da su nalik koracima grčkog plesa. Adonis je stajao na stolici pljeskajući zajedno s prijateljima i njenim ocem. Džina je bila uvučena u ples i nasmešila se Harlou dok ju je Ereni vrtela ukrug. A onda su Abi, Eli i Flo bile u krugu, mašući rukama oko sestrinog struka. Njih četiri su se zagrlile i smejale dok se muzika ubrzavala, sve glasnije i veselije.

Ples se završio uz klicanje i još smeha. Harlou se uputila ka najbližoj praznoj stolici, srce joj je i dalje ubrzano lupalo, a obrazi je boleli od smejanja. Izgladila je prednji deo venčanice sa carskim strukom boje slonovače i došla do daha. Adonisov stric Kostas je s još nekoliko Grka preuzeo privremeni plesni podijum u maslinjaku.

– O bože, ovo me je podsetilo na scenu venčanja u filmu *Mamma Mia!* – Manda se, još dolazeći do daha i smejući se, strovalila na stolicu pored Harlou.

– Onu gde se razdvaja tlo i svuda šiklja voda? – nasmejala se Harlou.

– Vibracije su bile takve da sam imala utisak kako će se raspuknuti zemlja pod nama. – Uzdahnula je. – Harlou, sve ovo mi se jako dopada. Drago mi je da te vidim toliko srećnu i kako ti je život savršen. Stvarno sam srećna zbog tebe.

– Tako mi je drago što si uspela da dođeš.

– Ne bih ovo propustila ni za šta na svetu. I nadam se da si svesna kako nećete imati problema da namamite ljude da vas posete.

– Već primamo rezervacije. – Harlou je namignula. – Mislim da moje sestre neće želeti da odu.

– Ne čudi me. Rob i ja sigurno ne želimo. – Pogledala je preko terase do mesta gde je njen muž razgovarao sa Adonisom, Tajlerom i Džimom. Ponovo se okrenula ka Harlou. – Stvarno je sve u redu između tebe i Tajlera? Mislim, došao vam je na venčanje i priča s tvojim mužem...

– Kako sam mogla da ga ne pozovem? – Harlou je posmatrala trojicu muškaraca koji su, na različite načine, postali njeni oslonci u životu. – Imali smo uspone i padove, i ponekad je bio potpuni kreten, ali naposletku smo ipak prijatelji. Snimanje na Skopelosu bilo je nešto najbolje što mi se desilo, ne samo zato što sam upoznala Adonisa već mi je omogućilo da zaista razrešim svoja osećanja prema Tajleru, nešto što je trebalo odavno da uradim. A i došao je s devojkom. – Pogledala je iza razigranih Grka do mesta gde je vitka žena tamne kovrdžave kose ćaskala sa Džinom. Harlou ju je rado pozvala kao Tajlerovu pratnju, agentkinju za nekretnine koja mu je pomogla da kupi stan u Londonu. Zabavljali su se oko godinu dana i činilo se da ga je spustila na zemlju. – Oboje smo nastavili dalje. Iskreno sam srećna zbog njega i nadam se da je i on zbog mene. A Adonis je neverovatan – uopšte nema ništa protiv Tajlera, što uopšte nije moralo tako da bude.

Ispričala mu je šta joj se dogodilo i kako ju je Tajler spasao. Adonis je sada na Tajlera gledao drugim očima, poštovao ga je, i nadala se da će među njima naposletku procvetati prijateljstvo.

– Pa, Tajler ne može ni da primiriše grčkom bogu. Nema tu nadmetanja. – Manda se nasmešila Harlou.

– Ne, ne može, ali kod Adonisa nije sve samo do izgleda.

– Oh, ne treba da mi objašnjavaš. S njim si dobila sve u paketu. Kao što sam ti rekla mnogo puta ranije, ti si prava srećnica. – Manda klimnu glavom. – Živni malo, tvoja mama nam dolazi u susret. – Manda je poljubila Harlou u obraz i pohitala ka mužu.

Mejv je nosila šarenu plavo-svetlosivu haljinu koja joj je stajala kao salivena, s dubokim V izrezom koji je isticao dekolte na pravi način. Držala je dve čaše šampanjca i išla pravo ka Harlou, dajući sve od sebe kako bi izbegla da je uvuku u ples.

Harlou je ustala.

– Mislila sam da bi ti ovo prijalo posle sveg tog plesa. – Mejv joj je pružila čašu. – Znam da meni sigurno hoće. – Podigla je obrvu. – Volela bih da smo imali ovakvu scenu u *Jednom grčkom letu.* – Rukom je pokazala okolinu. – To je čaroban napad na čula – boje, muzika, sva ta hrana, okruženje. – Okrenula se ka Harlou. – Da budem iskrena...

– A kad nisi, mama? – Harlou se nasmeja.

Mejv se nasmešila. – Malo sam se zabrinula kad si rekla kako će žurka nakon venčanja biti u maslinjaku. Međutim, to tako liči na tebe. Savršeno je. – Kucnula se s ćerkom.

Stajale su na trenutak i gledale prizor pred sobom. Kostas je predvodio kolo, ritam grčke pesme se ubrzavao, kao i rad nogu, dok je grupa, uglavnom Grka, držeći ruke na ramenima svojih suseda složno uhvatila korak u stranu. Čak je i Stefanos bio među njima, njegovu uobičajenu ozbiljnost zamenilo je tiho zadovoljstvo. Harlou je primetila kako je ono sve jače otkako se Adonis vratio. Na sve strane je videla srećna i ozarena lica prijatelja i porodice. Uhvatila je Adonisov pogled. Od njegovog osmeha joj se i dalje topilo srce. Poslala mu je poljubac i vratila se mami.

– Mislim da ti se nikad nisam zahvalila što si mi obezbedila posao pomoćnice menadžera lokacije.

– Harlou Sends – Mejv je ostala suzdržana – da li mi zapravo govoriš kako si zahvalna za nešto što sam učinila za tebe?

– Nemoj da se navikavaš. – Harlou se nasmešila. – Ali da. Dolazak ovde mi je promenio život.

– To zaista nije imalo nikakve veze sa mnom. – Pijuckala je šampanjac.

– Možda nije, ali da me nisi naterala da prihvatim posao, nikad ne bih upoznala Adonisa. Ne bismo sad bile ovde, i verovatno ne bismo rešile nesuglasice. Mislim da je leto na Skopelosu i tebi promenilo život. – Harlou je klimnula glavom u pravcu Džima.

Mejv je stavila slobodnu ruku preko grudi, a osmeh joj se zasvetleo, ozarivši joj lice. – Bila si u pravu, dobar je za mene. Ne mogu da zamislim kako bih bez njega bila na tvom venčanju.

To što je otvoreno pričala o vezi i nežnost koja se provlačila kroz njene reči govorile su mnogo. Harlou je bila još srećnija što vidi mamu srećnu. Džim i Mejv su i dalje živeli odvojeno, zadržavajući nezavisnost – Harlou je bila sigurna da se njena mama više nikada neće udati – ali pojavljivali su se zajedno u javnosti i bila je duže s njim nego što je Harlou znala da je mama bila s nekim u vezi, osim njenog oca, naravno. Iako je i dalje bila veoma usredsređena na karijeru, činilo se kako je uspela da više uravnoteži život – postojan odnos sa Džimom i otvorenost s Harlou značili su da više razgovaraju. Bilo je to dobro za sve.

Mejv je popila ostatak šampanjca i uhvatila Harlou podruku. – Dosta o meni. Danas je tvoj dan. Toliko sam srećna zbog tebe. Nije mi bilo svejedno kad si se vratila ovde – pa, svi smo pomalo sumnjali, čak i tvoj tata, ali dokazala si nam da nismo u pravu. Na pragu si da započneš novo i uzbudljivo doba u svom životu. Bez obzira na to što se moj brak okončao, bilo je tu i lepih trenutaka, a ti si bila glavni. Pretpostavljam da će tvoj brak sa Adonisom biti mnogo srećniji. – Stisnula je ćerkinu ruku. – Tvoj tata očajnički želi da postane deda, znaš.

Harlou se nasmejala i pogledala u pravcu gde su Eli i Flo pokušavale oca da nauče koracima grčkog plesa. Abi, sada već prava tinejdžerka, gledala ih je i odmahivala glavom.

– Biće izvrstan u tome – nastavila je Mejv. – Ali samo polako. Mrzela sam kad su me na venčanju rođaci koje sam jedva poznavala zapitkivali „kad će da zakmeči“, kao da se to ticalo bilo koga drugog osim nas dvoje. A da i ne počinjem priču o tome kako su, bukvalno odmah nakon tvog rođenja krenula pitanja kad će beba broj dva doći na red.

– Oh, već imam osećaj da se Adonisova porodica nada bebi, ali nećemo žuriti – ovde ima previše posla. Toliko je mogućnosti, i Adonis želi da se usredsredi na obradu drveta.

– Mi o Adonisu...

Koračao je prema njima, usredsređujući se na Harlou dok se udaljavao od ujaka. Stigao je do njih i, uz osmeh, pogledao od Harlou ka Mejv. – Mogu li na trenutak da pozajmim suprugu?

– Naravno da možeš. – Mejv je mahala praznom čašom. – Ionako treba da je dopunim. – Otišla je preko travnjaka i nestala u bojama i gužvi svadbene zabave.

Harlou ga je pogledala. – Jel' sve u redu?

– Jeste, samo sam želeo na trenutak da budem s tobom – Adonis ju je uhvatio za ruku. – Pođi sa mnom.

Pobegli su od svetlosti i smeha koji su se prelivali sa terase. Što su dalje hodali, muziku je sve više zamenjivalo hučanje ćuka. Svaki pedalj zemljišta bio joj je poznat, bilo je toliko mesta koja su joj nešto značila: tamo gde je prvi put ugledala Adonisa, maslinovo drvo gde je snimljena scena za film *Jedno grčko leto*, deo u voćnjaku koji su odvojili za romantične izlete, kuhinja na otvorenom pored radionice sa peći na drva gde su pekli pice nakon berbe maslina u zimskim mesecima. Adonisov san o *Maslinjaku* se ostvario. Stefanos je smekšao, Adonis prihvatio život na ostrvu, a Harlou je premostila jaz između njih dvojice, omogućavajući im da otvoreno razgovaraju, što im je godinama nedostajalo.

Harlou je podigla haljinu, a Adonis joj je pomogao da pređe nizak kameni zid i uđe u voćnjak. Tačno je znala kuda je vodi. Srce joj se poskočilo, osećanja koja su se skupljala tokom dana i ljubav prema njemu prostrujali su njom dok su se približavali drvenoj klupi.

Seli su i Adonis je prešao rukom preko glatkog drveta sedišta koje je izdeljao u znak sećanja na mamu. Uhvatio je Harlou za ruku i stavio u svoju. Livada je bila tamna i obasjana zvezdana, borova šuma iza njih zaštitnički ih je obgrlila. Muzika i smeh su plutali kroz noćni vazduh, šarena svetla blistala kroz grane drevnih maslina. Muzika grupe ABBA ponovo je bila glavna i Harlou je na trenutak zamislila kako je grčko kolo posustalo dok se pića dosipaju, a deca odlaze do plesnog podijuma kako bi skakutala uz „Lay All Your Love On Me".

– Delovalo mi je kao pun pogodak da se mamina omiljena pesma čuje na našem venčanju. Dopalo bi joj se kako je protekao današnji dan. – Adonis čvršće stegnu ruku Harlou i ona mu je obrisala suzu koja mu je skliznula niz obraz. – I tebe bi zavolela, skoro isto kao što te ja volim. – Od njegovog iznenadnog osmeha srce joj je zaigralo.

– Oh, Adoni, kako bih volela da je mogla danas da bude ovde s nama.

Nežno ju je poljubio, a ruka mu se opustila u njenoj. – Jeste, barem duhom. Ona je deo ovog mesta i uvek je prisutna ovde. – Slobodnom rukom je pritisnuo grudni koš u predelu srca. – *Maslinjak* je ispunjen uspomenama. To je moja prošlost, ali i naša budućnost.

– Zauvek – reče Harlou dok je spuštala ruku na njegovu i gledala preko maslinjaka obasjanog mesečinom.

Zahvalnice

Pisanje romana podrazumeva mnogo zurenja u prazan ekran pre nego što likovi i priča polako ožive na stranici. I uprkos tome što provodimo sami mnogo sati izmišljajući zaplet, pisanje romana je takođe i saradnja. Isto važi i za ovu knjigu.

Hvala Iltidu Liru Dansfordu, bivšem skautu za lokacije specijalizovanom za lokacijska snimanja u Velsu, što je bio velikodušan sa svojim vremenom i pomogao mi da shvatim logistiku izmišljenog snimanja filma *Jedno grčko leto*. Hvala Heder Parsons, autorki knjige *Staze Skopelosa*, čije je poznavanje ostrva, njegovog biljnog i životinjskog sveta kao i šetnji bilo od neprocenjive vrednosti da bi knjiga oživela. Zahvalnost dugujem i vlasnicima *Farme maslina*, sa Krita, kao i porodičnoj firmi *Antonio maslinovo ulje* sa Skopelosa. Za sve netačnosti ili situacije u kojima je korišćena stvaralačka sloboda u potpunosti sam odgovorna isključivo ja. Hvala mom mužu Niku i njegovoj tetki Suli na pomoći oko grčkog jezika!

Hvala Judit van Dajkhauzen, koja uvek prva čita moje romane i čije su sugestije, bez izuzetka, na mestu. Hvala mojoj porodici i prijateljima, posebno mami, Niku i Leu, koji su mi pomogli da prebrodim izazovnu godinu.

Naposletku, ali ni u kojem slučaju manje važno, velika hvala Kerolajn Riding, ne samo što mi se prva obratila i bila oduševljena mojim zamislima već zato što je ostvarila moj san o potpisivanju ugovora za knjigu. Zahvaljujući tvojim pronicljivim izmenama i predlozima, *Jedno grčko leto* je zablistalo. Zadovoljstvo je raditi s tobom i ostatkom tima iz *Boldvud buksa*.

Beleška o autoru

Kejt Frost je autorka više od petnaest romantičnih bestseler romana kao i avanturističke trilogije o putovanju kroz vreme za decu. Kejt je stekla zvanje mastera u kreativnom pisanju na Univerzitetu *Bat spa*, gde takođe predaje pisanje memoarske proze i kreativno pisanje na osnovnim studijama.

Knjige Kejt Frost u izdanju
Izdavačke kuće TEA BOOKS d.o.o.
(digitalna i/ili štampana izdanja)

Italijanski san
Jedno grčko leto
Ostrvo na suncu

www.ingramcontent.com/pod-product-compliance
Lightning Source LLC
Chambersburg PA
CBHW060758310726
48980CB00002B/142

* 9 7 8 8 6 6 1 4 2 1 6 0 0 *